KB158254

카가미 유 지음
이즈카 다이스케 일러스트
신동민 옮김

도쿄 데드라인
TOKYO DEAD LINE

CONTENTS

TOKYO DEAD LINE

일러스트 / Daisuke Izuka

도쿄 데드라인

카가미 유 지음 | 신동민 옮김

밤낮을 불문하고 보행자와 차량이 오가는 스크램블 교차로.

하지만 오늘 밤은 차도 보이지 않고 신호등도 들어와 있지 않았다.

오늘 날짜는 2070년 7월 17일.

기온이 올라가고 들뜬 젊은이들이 거리로 흘러나오는 시기이기는 하지만 핼러윈도 아니고 크리스마스도 아니다.

아무것도 아닌 지극히 평범한 날이 될 터였지만——.

심상치 않은 숫자의 사람들이 스크램블 교차로를 글자 그대로 가득 메우고 있었다.

아니다——지면도 보이지 않을 만큼 교차로를 가득 메운 자들을 인간이라고 부를 수 있을까.

그들은 신음 같은 소리를 내면서 뭔가에 씐 듯이 걷고 있었다. 빠르지도 않고 느리지도 않게. 공허한 눈으로 양손을 축 늘어뜨리고 비틀대는 발걸음이었나.

그들은 단세포 생물처럼 한 덩어리가 되어 걸어갔다.

그런 그들에게 쫓기는 한 남자가 달리고 있었다.

벌써 몇 시간째 달렸는지는 스스로도 알 수 없었다. 이동 거리는 1킬로미터도 채 되지 않으리라. 그래도 그 1킬로미터는 영원처럼 길었다.

남자는 아직 청년이라고 할 수 있는 나이대였다. 민무늬 티셔츠에 검은 바지라는 지극히 평범한 복장이었다. 그 티셔츠 가슴 부위에 거무칙칙한 얼룩이 묻어 있었다. 출혈의 흔적이고, 지금도 피가 천천히 흐르고 있었다.

그는 마치 겨드랑이에 끼듯이 한 소녀를 데리고 있었다.

소녀는 쇼트커트 머리에 반소매 파자마 차림이었다. 그녀의 파자마도 이곳저곳에 오물이 묻어 있었지만 그것은 핏자국이 아니었다. 여기에 올 때까지 몇 번이나 넘어진 흔적이었다.

청년은 그녀가 하다못해 눈을 떠주기를 바랐다. 그녀가 자신의 다리로 달려주면 그들에게서 도망칠 가능성도 높아진다.

하지만 청년은 그것이 어렵다는 것을 알고 있었다. 만약 그녀가 의식을 되찾아도 걷는 것조차 할 수 없다는 것도.

그것들 중 한 마리——젊은 여성으로 보이는 무언가가 양손을 들었다. 그 손끝은 모두 피로 새빨갛게 물들어 있었다.

무언가는 입을 크게 벌리고 짐승처럼 달려들었다.

청년은 발을 멈추고 오른손에 들고 있던 권총을 재빨리 들어 익숙한 동작으로 두 발 발사했다. 겨냥이 빗나가지 않아서, 총알 두 발은 무언가의 머리를 멋지게 꿰뚫었다.

무언가는 비명도 지르지 않고, 피를 내뿜는 경우조차 없이 실이 끊어진 꼭두각시처럼 쓰러졌다.

청년은 이어서 방아쇠를 당겨 마찬가지로 무언가를 또 한 마리 쓰러뜨렸다. 그러나——더 쏘려 한 차에 찰칵, 하고 무정한 소리가 울렸다.

총알 부족——청년은 사격의 기본인 잔탄 세기조차 잊어버린 것이다.

청년은 쓸모없어진 권총을 무리로 내던지고 다시 소녀를 부둥켜안아 달려 나갔다.

이제 남은 수단은 체력이 계속되는 한 도망치는 것밖에는 없었다. 아니, 처음부터 다른 것은 없었다. 총알을 몇 발 쐈다한들 발버둥밖에 되지 않는다.

뻔히 알고 있었으면서도 청년은 맞서려 했다. 이 무언가——괴물이라고밖에 형용할 수 없는 존재에게.

도망치느냐 맞서느냐 망설이는 것은——괴물 무리 저쪽에 그녀가 있기 때문이다.

있을 터다. 그녀는 빈드시 살아 있고, 청년이 마중 오기를 기다리고 있다.

"⋯⋯⋯⋯큭!"

청년은 무심히 뒤를 돌아보다──문득 깨달았다.

거기에 찾고 있었던 모습이 있었다. 어둠처럼 검은 머리를 길게 늘어뜨린 아름다운 한 여성이 괴물들에게 뒤섞이듯이 서 있었다.

괴물들의 공허한 눈 속에서 한 쌍의 날카로운 눈빛이 번뜩이고 있었다.

인간을 무차별적으로 덮치는 괴물들이 마치 그녀만은 무시하는 듯했다. 뭐가 어떻게 되는 건지 청년은 조금도 이해할 수 없었다.

오늘 밤은 이해의 범주를 넘은 일이 지나치게 일어나고 있지만──그녀가 괴물 무리 안에 있는 이유는 무엇 하나 상상할 수조차 없었다.

가장 보고 싶었던 얼굴이 그곳에 있는데 사고가 정지하고 말았다.

청년은 무리 앞에 멈춰 서서 그녀를 계속 응시했다.

그저 그것밖에 할 수 없었다──.

도쿄 도 시부야에서 일어난 이 사건은 나중에 '죽음의 행진'이라고 불리게 된다.

별이 보이지 않는 밤하늘에 경찰차 사이렌이 울려 퍼지고 있다.

7월에 들어가 도쿄의 기온은 계속 상승하고 있었고, 특히 오늘은 바람 한 점 불지 않아서 한여름의 열대야처럼 무더웠다.

JR 신주쿠 역 주변은 고층 빌딩이 늘어서 있다. 오후 11시가 넘어도 대부분의 빌딩에서 불빛이 번쩍번쩍하게 빛나서 마치 불야성 같았다. 어느 빌딩이든 새롭고 단정한 디자인이지만 어딘가 냉혹한 분위기가 감돌고 있었다.

그런가 하면, 시선을 살짝 멀리 보내니 아주 초라하고 노후화된 빌딩 무리도 보였다.

2073년 도쿄에서는 드물지도 않은 광경이었다. 20년 전에 재해가 잇달아 일어나는 바람에 즉시 시행된 부흥 계획. 혹은 단순히 노후화된 빌딩 무리를 한꺼번에 해체하고 아름답고 미래적인 경관을 만들기 위해 진행된 도시 계획.

그 계획들에 의해 지어진 새로운 거리. 다만 딱히 피해가 없었던 건물이나 앞으로 몇 십 년은 충분히 안전하게 사용할 수 있는 빌딩까지 계획의 이름하에 해체되어 으리으리한 새 빌딩으로 바뀌었고, 한편 무너져가는 건물이 여전히 쓰이고 있기도 했다.

융통성 없는 계획의 산물──그것이 낡고 새로운 건물이 뒤섞인 일그러진 도시, 도쿄다.

신주쿠 역시 현재의 기묘한 도쿄를 상징하는 거리 중 하나다.

그 JR 신주쿠 역 근처 길을 한 남자가 걷고 있었다. 주변 건물, 상점, 지나칠 만큼 늘어선 가로등에서 나오는 빛으로 주위는 대낮처럼 밝았다.

하지만 길을 걷는 남자의 존재는 그 밝은 빛 속에 불길한 그림자를 드리우고 있는 것처럼 보였다. 마치 살인청부업자나 사신 같은 불온한 분위기를 휘감고 있었다.

눈과 귀가 가려질 만큼 길고 덥수룩한 머리카락, 지루한 듯이 일그러진 입술.

한눈에 싸구려라는 것을 알아볼 수 있는 기성 정장. 안에 걸친 와이셔츠는 가슴팍을 풀어헤쳤고, 넥타이의 매듭도 느슨하게 풀려 있었다.

가만히 서 있기만 해도 땀이 날 듯한 더위 속에 양손을 주머니에 찔러 넣고 있는 모습은 이상했다. 그래도 등을 곧게 펴고 또렷한 걸음걸이로 나아가는 그의 모습을 보면 어떠한 훈련을 받았다는 것을 알아차리기는 그리 어렵지 않으리라.

남자가 향하는 방향의 끝에는 이차선 도로를 막는 형태로 출입금지라고 적힌 노란 테이프가 둘러쳐져 있었고, 그 앞에는 제복 차림의 경찰관 몇 명이 서서 주위를 살피고 있었다.

삼엄한 분위기지만 구경꾼의 모습은 거의 보이지 않았다. 통행인들은 경찰들의 모습을 보자 허둥지둥 그 자리를 떠났다. 다들 경계심을 노골적으로 드러내며 관련되고 싶지 않은 듯했다.

그 남자는 떠나지 않고 경관들에게 걸어갔다.

"……사이가 형사님!"

"그래, 저기…… 마니와 씨, 였던가?"

남자에게 한 제복 경찰이 달려왔다. 경찰의 나이는 40대 전후이리라. 사람 좋아 보이는 얼굴에 희미하게 긴장이 배어 있었다.

"네, 마니와 순사입니다. 기다리고 있었습니다, 사이가 형사님."

사이가라고 불린 남자는 자신보다 열 살은 많을 제복 경관에게 거만하게 고개를 끄덕었다.

남자의 이름은 사이가 요.

나이는 스물일곱. 경시청 수사 1과에 소속된 형사다.

계급은 순사부장. 경찰은 군대와 마찬가지로 계급이 절대적이다. 영화나 드라마에서 자주 보는 경례는 개인이 아니라 계급에 하는 것이다.

다만 요즘에는 웬만큼 공식적인 자리를 제외하고는 경례하지 않지만.

"마니와 씨, 상황은?"

"아아, 네. 이것이 인섹트 아이가 촬영한 현장 영상입니다."

"흐음……."

사이가는 마니와 순사가 내민 휴대 단말기로 시선을 향했다.

단말기는 손바닥 정도 크기로, 위쪽에 있는 렌즈에서 12인치의 홀로그램이 떠올라 있었다.

"현장은 여기서 두 블록 앞에 있는 지하통로입니다. 주변 봉쇄는 완료했습니다."

사이가는 고개를 끄덕이고 단말기의 영상을 빤히 관찰했다.

인섹트 아이라고 불리는 전장 5밀리미터 정도의 벌레형 비행 드론이 촬영한 영상이다.

소형 몸체에 고성능 카메라를 내장하고 있어서 약 3300만화소의 8K 영상과 깨끗한 디지털 음성의 실시간 송신이 가능하다.

21세기 초반에 영상의 해상도는 비약적으로 향상됐지만, 최종적으로는 민간용 영상 장치는 4K 사이즈로 자리 잡았다. 결국 고밀도 영상을 필요로 하는 인간은 그리 많지 않았기 때문이다.

하지만 이런 범죄 현장에서는 영상이 깨끗할수록 바람직하다. 중요한 단서를 선명한 영상에서 얻을 수 있기 때문이다.

"오, 누군가 했더니 매장계의 사이가 씨잖아."

"……뭐야, 당신도 있었던 거야?"

사이가는 영상에서 눈을 떼고 다가오는 남자에게 시선을 옮겼다.

털북숭이 중년 남자로, 사이가와 엇비슷하게 저렴해 보이는 정장 차림이었다.

그는 이 주변을 관할하는 신주쿠 경찰서의 형사다. 표준적인 사고방식의 소유주인지, 경시청 형사가 소관 사건에 참견하는 것을 좋아하지 않았다.

사이가는 전에도 그와 몇 번이나 만나서 상당히 낮은 수준의 비아냥을 들은 바 있었다.

"빨리 왔군. 오늘은 파트너는 없는 건가?"

"그 녀석은 일단 연수로 와 계신 몸이니까. 근무 시간 외에는 너무 혹사시키지 말라고 본국에서 클레임이 왔나 봐.”

“흥, 매장계에서도 그런 걸 신경 쓰는 건가?”

매장계──그것이 사이가가 소속된 부서의 이름이다.

정확히는 경시청 형사부 수사 제1과 제8 강행범 수사 특수변이자 수사계──.

사이가 자신도 때때로 정식 부서명을 잊어버릴 뻔할 만큼 길다.

평소에는 관할 형사가 말했듯이 ‘매장계’라고 부르고 있다.

그리고 이 부서에 소속된 형사를 특히 ‘매장관’이라고 부른다.

“……뭐, 상황은 알았어. 그럼 잠깐 갔다 오지.”

“네?! 기다려주세요, 사이가 형사님! 설마 혼자서요?!”

사이가는 마니와에게 아무런 대답도 없이 가만히 노란색 출입금지 테이프를 타 넘었다.

그리고 마니와의 단말기와 같은 타입의 휴대 단말기를 꺼내 지도로 현장의 위치를 확인했다.

“백업을 한 명이라도 데려가십시오! 단독으로 현장에 들어가는 건──.”

“이봐, 됐어!”

관할 형사가 마니와 순사를 날카롭게 제지했다.

“하지만 아무리 그래도 이 상황에서 백업도 없이──.”

"마니와 아저씨, 댁도 몸 사리는 걸 생각할 나이잖아. 저런 죽지 못한 자에 엮이면 안 돼."

지극히 젊고 지극히 특수한 신경을 가진 일부 사람을 제외하면 태반의 경찰관이 가장 중시하는 것은 '큰 실수 없이 퇴직을 맞이하는 것'이다.

그렇게 되면 충분한 액수의 퇴직금과 공제 연금이 지급된다. 혹은 재취직하는 데도 불편하지 않다.

쓸데없이 위험한 일에 엮여서 퇴직 후의 인생을 그르칠 필요는 없는 것이다.

"이봐, 마니와 씨. 오늘도 밤이 진해. 3년 전부터 계속 이래."

사이가는 그 말만 하고 단말기를 주머니에 넣은 후 걷기 시작했다.

새까만 하늘에는 별 하나 보이지 않았다. 하지만 봉쇄된 밤거리는 여전히 가로등이 눈부실 만큼 빛나고 있었다.

"사냥하기에는 좋은 어둠이야. 시작해볼까."

사이가는 주머니에 양손을 찔러 넣은 채 빛나는 거리를 걸어갔다.

＊

"그는 정말 혼자 갔네요……."

"……딱히 문제없을 거야. 우리한테 협력할 수 있는 방법은 없고, 하고 싶지도 않아."

관할 형사는 마니와 순사의 말을 우연히 듣고 고개를 작게 저었다.

"매장계는 경찰이자 경찰이 아냐. 저 애송이가 순사부장이라고? 웃기지 마, 그 자리가 경찰에 들어온 지 3년 된 애송이가 올라갈 만큼 간단할 거 같아? 저 녀석은 우리랑은 다른 존재야."

"…………."

마니와는 아무런 대답도 하지 않았다. 꽤나 좋은 성품의 인물인 듯했지만, 아무리 그라도 관할 형사의 말이 옳다는 것을 인정하지 않을 수 없는 것이리라.

"하여간에, 수사할 마음도 안 드는 이런 사건이 언제까지 계속되는 거야."

"그래도 대처할 수 있는 건 경찰──아니, 그들밖에 없습니다."

"매장계 말인가. 그들도 시체를 다루는 데는 익숙하겠지만 경찰은 사업을 너무 확대했어."

관할 형사는 쓴웃음을 짓고 사이가가 사라진 방향으로 눈길을 돌렸다. 그가 나아간 방향 끝에는 분명 지옥이 기다리고 있다. 그 무뚝뚝하고 젊은 형사에게는 익숙한 경치겠지만 관할 형사는 현장을 보고 싶은 마음조차 들지 않았다. 수많은 처참한 시체와 잔혹한 범행 현장을 보아온 그로서도 눈을 돌리고 싶어질 만한 지옥이 기다리고 있는 것을 알고 있기 때문이다.

"하, 이것 참. 경찰은 일손이 부족한데 성가신 일만 늘리고 난리야. 성가신 건 언제나 믿을 수 없을 만큼 멀리서 온단 말이지."

"남극, 말인가요."

관활 형사의 말에 마니와 순사가 눈살을 찌푸리며 중얼거렸다.

이 나라에서 지옥이 시작된 건 사이가가 말한 대로 3년 전.

하지만 더욱 거슬러 올라가면 진정한 시작은 아득히 먼, 너무나도 먼 과거에 있었다——.

*

서기 1939년, 나치 정권하의 독일은 극비 계획을 진행하고 있었다.

남극 탐험 계획——당시의 독일은 비누 등의 생활필수품, 니트로글리세린 등의 군사 물자의 원료로 사용할 고래 기름이 대량으로 필요해서, 남극 방면에 포경을 목적으로 한 기지를 설치하는 것이 급선무였다.

탐험에 사용된 캐터펄트선의 이름을 따서, 탐험대가 도착한 땅은 '노이슈바벤란트'라고 이름 지어졌다.

탐험은 독일 해군의 주도로 실시되었고, 해군 장교가 학자 수십 명을 이끌고 남극 대륙에 상륙해 노이슈바벤란트에 기지를 세우고 주변 조사를 실시했다.

결국 2차 세계대전이 본격화됨에 따라 조사는 좌절되고 말았지만——.

이 조사 탐험에 대해서 세상에서는 온갖 소문이 떠돌았다. 이른바 기록에 있는 이상의 대량 인원이 투입되어 남극 지하에 잠든 고대 유적을 발굴했다는 둥, 혹은 UFO의 제조 기지를 건설하는 것이 목적이었다는 둥——.

또한, 자살했다고 알려진 히틀러가 실은 살아 있었다——는 것은 흔한 소문인데, 그가 도망친 장소가 남극이었다는 설도 있다.

덧붙여 말하자면, 미 육군은 전쟁이 끝난 지 얼마 안 된 1946년에 '하이 점프 작전'이라는 남극 관측 계획을 실시했다. 이것은 사실 나치의 잔당 섬멸이 목적이었다는 설까지 존재했다.

어느 것이나 황당무계해서 오컬트 잡지를 떠들썩하게 할 정도의 이야깃거리밖에 되지 않는다.

하지만 과거 남극에 나치 독일의 조사대가 파견된 건 틀림없는 사실이다.

그로부터 정확히 백 년 뒤인 2039년, 남극.

남위 77도 19분 01초, 동경 39도 42분 12초, 내륙부.

일본의 관측대가 머무는 '야마토 기지'에서 한 가지 이변이 일어났다.

기지 주변을 조사하던 대원 몇 명이 갑자기 '나치 독일의 병사'와 조우한 것이다.

물론 누구나 목소리도 나오지 않을 만큼 놀랐지만, 조사에 참가했던 생물학자는 유난히 큰 충격을 받았다. 그는 밀리터리 마니아라는 은밀한 취미를 가지고 있었다. 특히 2차 세계대전 중 독일에서 사용한 장비를 사랑했고, 갑자기 나타난 그 병사의 복장은 그가 서바이벌 게임에서 애용하는 것과 같았다.

독일 병사는 영하 50도가 넘는 기온과 자신의 손도 보이지 않는 눈보라 속에서 코트조차 입지 않았고, 군복은 너덜너덜하고 허리띠는 사라진 데다 무기류는 지니고 있지 않았다.

21세기도 중반에 이르렀다고 하나 남극은 가볍게 관광하러 올 수 있는 땅이 아니었다. 설마 독일군 군복을 입고 서바이벌 게임에 빠져 있는 것은 아니리라.

독일 병사는 얼굴도 포함해 피부가 대부분 얼어붙어서 표정을 짐작할 수 없었다. 하지만 그 눈은 공허해서 마치 유령 같은 분위기를 자아내고 있었다.

관측대원들이 너무나도 엉뚱한 사태에 몸을 움직일 수조차 없게 된 차에——독일 병사가 천천히 다가와 덤벼들었다.

독일 병사가 달려든 것은 그 생물학자였다. 독일 병사는 유일하게 피부를 드러내고 있는 그의 얼굴을 움켜쥐어 손가락을 박고, 믿기 어렵게도——손가락으로 피를 빨아 올렸다.

아니, 그때는 독일 병사가 무슨 짓을 하고 있는지 누구도 정확히 이해하지 못했다. 독일 병사의 손끝에서 아주 가느다란 혈관이 몇 가닥 튀어나와 생물학자의 몸속으로 들어가 혈관에서 직접 피를 빨아 올리고 있었다——그 사실이 판명된 것은 훨씬 뒤의 일이다.

독일 병사의 흡혈로 인해 생물학자의 얼굴에서 순식간에 생기가 사라져 바싹 마른 건어물처럼 변모해갔다.

피를 빨린 것은 수십 초 정도였다. 겨우 정신을 차린 다른 대원 몇 명이 황급히 독일 병사를 생물학자에게서 떼어냈다.

그때 독일 병사의 양팔이 마치 마른 점토 세공품처럼 부스러져 떨어졌다.

그들은 대원 중 한 명이 들고 있던 로프로 독일 병사를 구속한 후 꿈쩍도 못 하게 된 생물학자를 데리고 도망치듯

기지로 귀환했다.

남극에 흩어져 있는 일반적인 각국의 기지와 달리 야마토 기지에는 의사 두 명이 상주하고 있었다.

두 의사는 이송된 생물학자를 치료하지 않았다. 그들의 의료 기술에 문제가 있었던 것이 아니라 생물학자가 이미 사망해서 소생 처치가 무의미한 것이 명백했기 때문이다.

독일 병사 역시 치료하지 않았다. 탐색대의 대장이 의사를 포함해 그에 대한 접근을 엄금했기 때문이다. 그 판단에 이의를 제기하는 대원은 한 명도 없었다.

그리고 대원들이 귀환하고 몇 시간 후.

야마토 기지는 지옥으로 변했다.

사망이 확인된 생물학자가 되살아나 독일 병사와 마찬가지로 다른 대원들의 피를 빨기 시작한 것이다.

생물학자는 명백하게 제정신을 잃고 있었고 이 사람 저 사람 가리지 않고 과거 동료들을 잇달아 덮쳐갔다.

피를 빨려서 죽은 대원은 생물학자와 마찬가지로 자아를 잃고 다른 대원을 습격해서 사태는 점점 더 악화되어 갔다.

다른 관측 기지가 야마토 기지의 이상을 알아차렸을 때는——이미 때가 늦어 있었다. 대처에는 우여곡절이 있었지만 기지는 최종적으로 파기되었다.

그리고 참극의 발단이 된 나치 독일 병사의 육체는 해부되었고, 그의 육체에서 미지의 바이러스가 발견되었다.

백 년의 시간이 지났기 때문에 사실은 이미 역사에 파묻히고 말았지만, 독일 병사는 모종의 임무 때문에 남극의 얼음 밑을 발굴하던 중에 바이러스와 접촉해 감염된 것으로 보였다.

또한 그의 군복은 상당히 손상되어 있었는데, 안쪽까지 많은 흙이 들어 있어서 한번 매장된 것이 아닐까 하는 추측이 나왔다.

바이러스가 사인이었는지는 확실하지 않지만, 독일 병사는 한번 사망해 묻혔다가 땅 밑에서 기어 나와——백 년이라는 긴 세월 동안 얼음 대륙을 헤매고 있었다.

그리고 일본의 탐험대와 조우했다——믿기 어렵기는 하지만 그렇게 생각하면 이야기에 모순은 없다.

그의 몸에서 발견된 바이러스는 나중에 '게슈펜스트(망령) 바이러스'라고 불리게 된다.

그 바이러스야말로 세계를 공포와 광기로 몰아넣고 모든 것의 시작이 되었다——.

*

신주쿠 역 근처에 있는 그 지하 통로는 가로 폭 5미터 정도, 높이는 3미터 정도.

통로 중앙에 두꺼운 기둥 몇 개가 늘어서 있고, 거기에는 선전용 포스터가 붙어 있었다.

길이는 50미터도 되지 않으리라. 그 통로의 한가운데에 한 소녀가 멍하니 서 있었다.

나이는 아마 10대 초반쯤일 것이다. 초등학교 고학년이리라.

찰랑찰랑한 갈색 머리를 어깨까지 기르고, 입은 것은 마치 속옷처럼 얇은 원피스뿐이었다. 어깨끈 한쪽이 내려온 탓에 아직 그다지 부풀지 않은 가슴이 살짝 들여다보이고 있었다.

"여."

"…………."

사이가가 가볍게 인사하자 소녀가 눈만을 움직여 시선을 향했다.

마치 파충류처럼 감정이 빠진 눈. 등줄기가 얼어붙을 듯이 이상한 눈빛이었다.

"이거…… 요란하게도 해놨군."

사이가는 기가 막혀 주위를 둘러봤다. 소녀의 주위에는 인간 네 명의──인간이었던 것의 사체가 흩어져 있었다.

게다가 전원이 마치 미라처럼 바싹 마른 상태로 죽어 있었다.

남자가 셋, 여자가 하나. 남자는 푸른 작업복을 입은 중년,

거리 계열 복장의 소년, 제복 차림의 경관. 그리고 화려한 붉은 원피스를 입은 젊은 여자.

죽어 있는 자들에게는 아무런 공통점도 통일성도 보이지 않았다. 아마 이 주변 통행인을 대충 골라 왔을 것이다.

"그래서, 그 녀석은 죽은 거야? 가족한테 보일 수 없을 만큼 얼빠진 모습인데."

사이가는 소녀에게 물었다.

소녀는 한 손으로 정장 차림 남자의 목덜미를 움켜쥐고 있었다. 작은 여자아이가 덩치 큰 어른의 목덜미만 쥐어 들고 있는 이상한 상황이었다.

"이, 이봐, 당신, 살려——!"

정장 차림 남자는 고개를 숙인 채 조금도 움직이지 않았지만, 갑자기 튕겨나듯이 얼굴을 들고 외쳤다——.

"크아아아아아아악!"

하지만 그 외침은 비명으로 바뀌고, 갑자기 다른 네 명과 마찬가지로 미라처럼 피부가 푸석푸석해졌다.

소녀가 남자의 목덜미에서 손을 떼자 그 몸이 털썩 쓰러졌다. 목덜미를 쥐고 있던 소녀의 손에는 희미하게 피가 묻어 있었다. 그 혈액은 마치 손가락에 빨려 들어가듯이 사라져갔다.

"쳇……."

사이가는 혀를 찼다. 정장 차림 남자는 이미 상당히 흡수되어서 어차피 구하지 못했겠지만 눈앞에서 간단히 죽게 허용하고 말았다——.

그렇다, 쓰러져 있는 인간 다섯 명은 소녀에게 피를 빨려 죽은 것이다.

"좀 많이 과음한 거 아냐?"

사이가는 이 이상한 광경을 보고도 조금도 놀라지 않았다.

과거에 남극에서 일어났다는 참극——그 유물이 불러온 범죄는 현재 도쿄에서 드물지 않기 때문이다.

사망자를 괴물로 되살리는 게슈펜스트 바이러스는 만 4천 킬로미터의 거리를 넘어 도쿄에 상륙을 마쳤다.

인간이 가진 가공한 욕망의 산물로——.

"아니, 아직. 아직 부족해……."

소녀는 멍하니 중얼거리고 한 걸음 앞으로 나섰다.

소녀의 팔다리는 마른 나뭇가지처럼 가늘었다. 쥐기만 해도 부러질 것 같았다. 보기만 해도 애처로웠다.

"아직 부족해, 오빠."

"부족한 건 피냐? 아니면…… 덜 죽여서 부족한 거야?"

"흐흥."

사이가의 비아냥에 소녀는 살짝 웃었다. 작은 아이라고는 생각할 수 없는 요염한 웃음이었다.

"웃지 마, 시인."

스스로도 놀랄 만큼 냉정한 목소리였다. 제어가 되고 있지 않다고 사이가는 자각했다.

그렇다, 그녀는 시인——.

남극에서 발견되어 일본에 옮겨져 개량된 바이러스의 감염자.

한번 죽어 모든 기능이 정지됐으면서도 뇌만이 활동하는 상태로 되살아난——괴물이다.

소녀 역시 모든 일의 시작인 독일 병사와 마찬가지로 피를 양식으로 삼는 것이다.

"웃지 말라고 해도 무리야, 오빠. 이제 웃겨서 못 참겠어."

소녀는 계속해서 키득키득 웃었다.

다섯 명이나 되는 인간이 목숨을 빼앗기고 그 시체가 쓰러져 있는——이 참혹한 상황에서 아직 어린 티가 남은 소녀가 웃고 있었다.

시인은 마음까지도 괴물로 변한다——.

정확히 말하면 피를 식량으로 삼는 성질이 생겼기 때문에 살인을 금기로 여기지 않는다. 시인은 사람의 피를 빨아 자신의 존재를 유지하는 것을 최우선으로 삼는다.

피에 대한 욕구는 사람으로 살며 익혀온 윤리나 상식을 초월한다. 죽음에서 되살아남과 동시에 감정을 담당하는 변연

계에 이상이 생겨서 인간은 마음의 상태가 바뀐다. 그것은 인간의 입장에서 보면 마음까지 괴물이 됐다고밖에 생각할 수 없는 변화다.

피를 빠는 것은 시인에게 가장 큰 욕망이다. 그녀는 피를 듬뿍 빨고 아주 만족한 듯했다.

"웃지 말라고 했잖아, 시인. 이렇게 잔뜩 죽여 놓고."

이 상황은 약간 기묘하기도 했다. 시인이 그렇게 많은 피를 필요로 하지 않는다는 사실은 이미 확인됐다.

기껏해야 400밀리리터 정도의 양으로 며칠 동안 활동이 가능하다. 이것은 헌혈 한 번과 그리 차이가 없는 양이다.

인간의 혈액량은 약 4, 5리터. 몇 명이나 되는 사람의 피를 모조리 빨 필요는 전혀 없을 터다.

그런데도 그녀는 다섯 명분의 피를 모두 빼앗았다——.

"죽여도 딱히 상관없잖아. 인간은 잔뜩 있으니까."

"이 나라는 인구 감소로 골머리를 앓고 있어. 노동력이 줄면 서비스가 저하돼 불편한 생활을 강요받는다고. 날 편하게 살게 좀 해줘."

"어려운 말은 잘 모르겠지만, 오빠도 어지간하네."

소녀는 아직도 웃고 있었다. 역시 사람을 다섯 명이나 죽인 것은 신경도 쓰지 않는 모양이다.

이것이 시인——그리고 전설이 된 독일 병사와는 달리 의

사소통이 가능한 자.

"나도 시인과 뭘 떠들고 있는 거야. 이러니까 토커(지혜 있는 자)는 성가셔. 늘 나타나는 건 아니지만."

"그래? 나는 특별하다는 거야?"

"특별한 데도 좋고 나쁜 게 있어. 아돌프 히틀러 역시 특별한 존재였어."

사이가는 숨을 천천히 고르며 다시 현장을 확인했다.

쓰러져 있는 사체는 다섯. 그중 하나는 제복 경찰이다. 마니와 순사는 아무 말도 하지 않았는데, 경찰에서도 피해를 아직 파악하지 못한 것일지도 모른다.

경찰의 옆에는 권총이 한 정 떨어져 있었다.

일본의 경찰관은 오랫동안 리볼버를 사용해왔지만 10년쯤 전에 오토매틱으로 바꾸기 시작했다. 땅에 떨어져 있는 것도 시그자우어 P239라는 오토매틱 권총이었다. 탄약은 9밀리미터 파라블럼탄, 장탄 수는 8+1발. 소형이라 다루기 쉽고 현장에서의 평판도 더할 나위 없이 높다.

"아아, 저거? 총에 겨눠지는 경험은 태어나서 처음이었어. 그 작은 것뿐만이 아니라 이쪽 것에도. 심장이 뛰고 있었다면 두근거렸으려나."

소녀는 미소 지으면서 말하고 다리를 휙 움직였다. 땅에 총이 또 한 정 떨어져 있었고, 그 총에 달린 끈을 발끝에 걸어 주워 든 것이다.

"최근에는 순경 아저씨도 이런 무서운 총을 가지고 다니나 보네."

레밍턴 M870, 펌프 액션식 샷건. 1960년대에 개발되었고, 높은 조작 편의성과 견실한 설계에 의한 안정성이 호평받아 아직도 현역으로 사용되고 있었다.

장전되어 있는 것은 아마도 가장 흔한 직경 18.1밀리미터의 12게이지 실탄. 제대로 맞으면 몸이 벌집이 된다. 장탄수는 여섯 발. 총신에는 도트 사이트가 달려 있었다.

"최근에는 밤중에 돌아다니는 나쁜 애가 많거든. 순경 아저씨도 무거운 총을 들고 다녀야 돼. 이런…… 저쪽은 눈을 떴나."

사이가는 쓰러져 있는 한 명에게 힐끗 눈길을 줬다. 푸른 작업복 차림의 중년 남자였다. 피부가 푸석푸석하게 마르고 눈이 완전히 탁했다. 명백하게 죽었는데——양팔에 힘을 실어 일어나기 시작했다.

오오오오, 하고 땅속에서 울리는 듯한 신음소리가 들렸다.

"노 헤드(무능력자)로군. 뭐, 그게 보통이지."

사이가는 무미건조하게 말했다. 작업복 남자는 몸을 비틀대며 곧장 다가왔다. 바싹 마른 양팔을 뻗어 사이가를 움켜쥐려고 했다.

작업복 남자는 소녀에게 피를 빨려 바이러스에 감염돼 괴물로 변한 것이다——.

사이가가 몸을 슬쩍 피하자 작업복 남자는 근처 기둥을 잡았다. 붙어 있던 포스터가 찢어지고 남자의 손가락이 기둥에 박히자 날카로운 소리가 나며 흠집이 났다.

콘크리트 기둥을 맨손으로 파괴하다니 말도 안 된다. 인간을 아득히 능가하는 힘이었다. 만약 인간의 팔을 움켜쥐면 뼈까지 으스러뜨릴 수 있으리라.

"경솔하게 경찰한테 손대면 공무집행방해로 연행돼. 별건 체포는 경찰님의 특기거든."

사이가는 이죽대며 허리띠에 달린 칼집에서 짧은 칼을 뽑았다. 그리고 아무 일도 아닌 것처럼 작업복 남자의 관자놀이에 칼을 깊숙이 꽂았다.

작업복 남자는 비명 하나 지르지 않고 피도 거의 흘리지 않은 채 그 자리에 털썩 쓰러졌다.

"마치 벌레라도 잡는 거 같네, 오빠."

"크게 안 달라. 차이는 살충제가 듣지 않는 것 정도야. 노헤드는 잡히기 전에 이렇게 하면 거의 무해하거든."

사이가는 칼날을 가볍게 흔들어 칼에 살짝 묻은 피를 턴 다음 칼집에 넣었다.

"요즘 도쿄는 이런 괴물도 드물지 않아서 다들 알고 있어.

이런 시간에 돌아다니면 아빠랑 엄마한테 혼난다."

"괜찮아."

소녀는 키득키득 웃었다.

"그야——아빠도 엄마도 내가 먹었거든."

"……진짜 대식가네. 부모는 보통 가만 두지 않나?"

"나는 나쁜 앤가? 하지만 상관없어. 아빠랑 엄마는…… 나를 죽였는걸."

"…………."

그렇군, 하고 사이가는 납득했다. 시인화한 사람을 볼 때 우선 궁금한 건 사인이지만, 부모에 의한 학대사인 모양이다. 안되기는 했다.

"평소처럼 아빠가 날 때리고 배를 몇 번이고 걷어찬 다음. 벽에 머리를 박은 것까지는 기억나."

"엄마는 못 본 척했어? 아니면 웃으면서 보고 있었어? 대체 어느 쪽이지?"

"흥미도 없는 걸 물으면 안 돼, 오빠. 그건 상상에 맡길게. 하지만 욕실에서 내가 눈을 떴을 때 옆에 있던 건 엄마였어."

"……그러냐."

"엄마는 말이지, 마침 내 어깻죽지에 톱을 대고 있었어."

사이가는 맞장구를 치지 않았다. 요약하자면 소녀는 아버지에게 살해당하고, 죽은 사이 어머니에게 해체되고 있었던 모양이다. 인간을 해체할 때 피를 씻어내기 쉬운 욕실이 쓰이는 경우가 많기 때문이다.

"하지만 눈을 뜨니 맞은 것도 톱도 아무래도 상관없어졌어. 그저 배가 고팠는데——어떻게 하면 배를 채울 수 있을지 바로 알았어."

소녀는 배를 누르며 미소 지었다.

피의자의 부모에 대해서 받은 데이터는 없었다. 되살아난 직후에 부모를 죽여서 어딘가에 처리하고——집을 나왔다는 이야기인 듯했다.

"사정 청취는 이쯤 할까. 나중에 조사하는 것도 귀찮으니까 우선 얘기를 들으라고 지시를 받았거든. 하여간에 귀찮다니까."

"사정 청취. 알아. 드라마에서 본 적 있어."

"형사 드라마도 보냐? 소박한 취민데?"

"응, 잔뜩 봤어. 그래서——이거 쏘는 법도 알아!"

"…………!"

소녀가 샷건의 방아쇠를 당기자 사이가는 재빨리 기둥 그늘로 뛰어 들어가 몸을 숨겼다. 퍼엉 하는 총성이 울리고 기둥이 구멍투성이가 되어 파편이 흩날렸다.

놀랍게도 소녀는 한 손으로 샷건을 들고 총신이 들리는 일도 전혀 없이 발포했다. 일반적인 어린아이라면 양손으로 들어도 반동에 쓰러진다. 어른이라도 한 손 사격은 제대로 맞지 않는다.

가느다란 팔로는 상상도 할 수 없는 무시무시한 힘이었다.

"아쉬워, 빗나갔네."

소녀는 포엔드를 당겨 탄피를 빼고 다음 탄을 장전한 다음 다시 발포했다.

사용 탄환은 벅샷. 열 발쯤 되는 굵직한 산탄이 단숨에 튀어나오는 강력한 탄환이다. 본래는 사슴 사냥용이지만, 대인용으로도 군이나 경찰에서 사용한다.

"좋은 사격이야. 이거 드라마가 청소년에게 악영향을 끼치네. TV는 규제해야겠어."

사이가는 느긋하게 중얼거리고 기둥 그늘에서 얼굴을 살짝 내밀었다. 그곳에——이미 소녀의 모습은 없었다.

"행동력도 제법이야!"

사이가가 돌아본 방향의, 앞머리에 닿을 만큼 아슬아슬한 곳에 샷건의 총구가 있었다.

소녀는 평온한 웃음을 머금고 있었다. 아니, 그녀는 웃는 얼굴 이외의 표정을 지을 수 없는 듯했다. 그리고 그 웃는 얼굴은——무시무시할 만큼 공허했다.

"안녕, 오빠."

"성격이 왜 이리 급하냐, 꼬마야."

사이가는 주저앉으며 왼발을 차 올렸다. 샷건의 총신에 발차기를 살짝 스쳐서 총구가 빗나가게 했다.

굵은 산탄이 쏟아져 사이가가 몸을 숨기고 있던 기둥에 다시 몇 개나 되는 구멍이 뚫렸다.

"총은 휘두르지 마! 전쟁놀이는 남자의 유희라고!"

"남녀차별이 심하네, 오빠."

소녀는 샷건을 아무렇게나 내던지고 오른다리를 가볍게 움직여 땅에 쓰러져 있던 시체 중 하나를 날렸다.

"…………!"

사이가는 양팔을 교차해 날아온 시체를 받아냈다. 거대한 철구에라도 부딪힌 듯한 묵직한 충격이 전해져서 버티지 못하고 벽까지 날아갔다. 등이 벽에 부딪혀 순간 숨이 멎었다.

"이번에는 축구냐……!"

시체는 성인 남성, 체중은 적어도 60킬로그램이 넘는다. 그것을 축구공처럼 차서 날리다니, 역시 소녀는 인간과 비교할 수 없는 힘을 가지고 있었다. 그것이 시인──죽음에서 되살아나 인간을 초월한 자들.

"여자도 체육 시간에 축구하거든. 이거라면 불만 없지?"

"큭……!"

소녀는 원피스 자락을 나부끼며 발차기를 날렸다. 이래서는 축구가 아니라 가라테다. 사이가는 발차기를 피한 후 땅바닥을 굴러 뒤로 물러났고, 재빨리 일어나 몸을 낮추고 자세를 잡았다.

"와, 의욕 넘치네."

소녀는 멈추지 않고 발차기를 계속 날렸다. 그 다리는 가느다란 데도 불구하고 바람을 가르는 소리를 내는 것이 마치 통나무가 날아다니는 듯했다.

"발 버릇이 나쁜 애라니까, 하여간에!"

제대로 맞으면 아마 일격에 기절할 위력의 발차기다. 머리에 명중하면 두개골이 부서지리라.

그래도——사이가는 웃었다. 대담한 웃음을 띠고 싸구려 정장의 옷자락을 나부끼며 간격을 한 걸음 좁혔다.

"와앗?"

사이가 역시 발차기를 날리자 소녀는 당황한 듯한 소리를 냈다. 채찍처럼 다리를 구부리며 최소 궤도를 그리는 발차기다. 소녀의 전력을 다한 발차기와 달리 훈련을 받은 기술이다.

소녀는 허겁지겁 물러나 그것을 피했다. 그러나 사이가는 그때 이미 권총을 들고 있었다.

"그 총……! 어느새!"

그렇다, 사이가는 아까 땅바닥에 쓰러졌을 때 경찰의 권총을 주웠다. 무의미하게 단벌 정장을 더럽힌 게 아니었다.

이어서 방아쇠를 세 번 당기자 총성이 지하통로에 울려 퍼졌다. 소녀는 즉시 팔로 머리를 가드했고, 총알 세 발은 오른손과 오른쪽 어깨, 더욱이 그녀의 왼쪽 팔꿈치에 명중해 살점이 튀었다.

피는 아주 살짝 흘러나올 뿐이었다. 소녀는 다시 뒤로 물러나 통로에 등을 붙였다.

시인은 장기가 거의 기능하지 않는다. 심장도 움직이지 않기 때문에 혈액이 세차게 흘러나올 일은 없었다.

"쳇."

사이가는 혀를 차고 권총을 버렸다. 주인인 경찰이 이미 쐈는지 잔탄은 세 발뿐이었다.

"9밀리미터로는 발도 못 묶겠지. 장탄 숫자가 많은들 소용없을 테고."

"후후후."

사이가의 불평에 소녀는 웃음으로 응답했다.

그녀의 몸에 뚫린 구멍 세 개가 금세 막혔다. 마치 되감기라도 보고 있는 듯한 그 광경도 사이가에게는 익숙한 것이었다.

"오빠 대단하네. 거기 쓰러진 푸른 옷 입은 사람, 지금은 바싹 말랐지만 상당히 근육질이었어. 순경 아저씨도 무서운 얼굴로 뭔가 고함치면서 쐈고. 하지만 무서운 사람들도 한 방에 팍! 할 수 있었는데 오빠는 어떻게 된 거야? 설마 나랑 똑같아?"

"아쉽지만 땡이야. 하지만 정상적인 상태 그대로는 시인과 못 싸우지."

사이가는 입가를 일그러뜨리듯이 웃었다. 소녀를 죽음의 세계에서 소환한 것은 뇌의 기능을 확장해 육체의 한계를 초월시킨다.

더욱이 그것은 세포의 유전자 정보를 읽어내 손상된 부분에 같은 세포를 잇달아 만들어간다. 피부든 혈관이든 금세 수복한다.

그렇다, 평범한 인간으로는 시인의 앞에 설 수조차 없다. 인간다움을 잃고 소녀에게 총을 겨누는 것도 서슴지 않게 된 경찰이라도 아직 부족하다. 인간다운 면을 더 버리지 않으면 시인과는 싸울 수 없는 것이다.

그리고 사이가 요는──인간이자 인간이 아니다. 경계선을 이미 밟고 넘어섰다.

"그럼…… 오빠는 대체 정체가 뭘까!"

소녀는 지면을 차고 달리기 시작했다. 우직하기까지 한 정직한 공격. 당연하리라, 그녀는 고작 몇 시간 전까지 부모에게 학대당할 뿐인 무력한 존재였기 때문이다. 원시적인 전투 방식 외에 다른 방법을 알 리가 없었다.

"커스(저주). 그게 날 사람인 채로 사람이 아닌 존재로 바꿨어."

사이가는 총알 같은 기세로 덤벼든 소녀의 어깨를 가볍게 눌러 받아넘긴 후——.

허리에 찬 홀스터에서 대형 권총을 뽑았다. 총신은 어둠에 동화된 듯한 진한 칠흑. 총구를 소녀에게 향한 것과 동시에 투사 표시가 공중에 떠올랐다. 총신에 내장된 칩 타입의 컴퓨터가 순식간에 작동되어 표적과의 거리, 풍향, 습도, 더 나아가 예측되는 발사 시 총신의 흔들림으로부터 조준을 조정하고 있는 것이다.

1초도 걸리지 않아서 조정이 끝나고 작고 붉은 광점이 표시됐다. 사이가가 방아쇠를 당긴 것은 표시와 거의 동시였다. 대형 권총에는 백업으로 통상적인 아이언 사이트(가늠 구멍과 가늠쇠)도 달려 있었다. 사이가는 사이트를 이용해 눈과 감으로 겨냥했다.

타앙, 하고 대기를 진동시키는 무시무시한 총성이 울렸다. 아니, 그것은 이미 폭음이라 해도 상관없을 정도였다. 소리와 방출된 화약이 몸에 찌르르하게 닿았고, 총구에서는 눈도 멀 만큼 강렬한 머즐 플래시가 빛났다.

"하악……!"

작은 비명과 함께 소녀의 어깨에 총탄이 명중하고——그 작은 몸이 요란하게 날았다. 탄환을 맞은 어깨에는 성대하게 균열이 생겼고, 피가 나지 않았기 때문에 상처가 생생할 만큼 똑똑히 보였다.

사이가가 쏜 총탄은 살을 가르고 뼈를 부숴서, 작다고는 하나 30킬로그램 이상은 되는 몸을 공중으로 날린 것이다. 아까 쐈던 9밀리미터 탄과는 비교도 되지 않는 위력이었다.

그리고——.

사이가는 한 발을 맞힌 것으로 그치지 않았다. 권총을 쥔 채 미끄러지듯이 발을 내딛어 벽에 충돌한 소녀에게 다가갔다.

"……오빠, 엄청 큰 총이네. 무서워."

소녀는 미간에 들이대진 권총에도 겁먹지 않고 그렇게 말하며 웃었다.

"그레이버라는 거야. 사용 탄환은 12.7밀리미터 연두확산탄(軟頭擴散彈). 탄환이 몸속에서 산산이 부서져 변형돼. 머리에 맞으면 뇌를 통째로 파괴하지. 시인을 파괴하기 위해서 만들어진 터무니없는 총이야."

"와, 대단하네. 만약 내가 아픔을 느꼈다면 쇼크로 죽었을지도 모르겠네."

그 말대로 시인은 고통조차 느끼지 않는다. 열기도 추위도, 활동을 저해하는 신경은 모두 차단된 것이다.

"이러고 한 방에 총알이 떨어졌다는 아니겠지?"

"장탄 숫자는 일곱 발, 약실 안에 한 발. 잔탄은 충분해. 이 거리라면——시인이라도 도망 못 쳐."

사이가는 소녀에게 차갑게 단언했다. 그레이버의 총구는 소녀의 미간에 닿을 정도였다.

혹시 사이가가 평범한 인간이라면 이 초근거리에서도 소녀는 도망칠 수 있을지도 모르지만——상대가 나빴다.

"……만약 오빠에게 특수한 취향이 있다면 나한테도 살 길이 있을까?"

"미안하지만 꼬마한테는 흥미 없어. 미인계를 쓰기에는 10년 일러. 공교롭게도 시인이면 성장도 기대할 수 없고."

"그렇구나. 난…… 이 이상 못 자라는구나."

소녀는 특별히 아쉬운 모습도 보이지 않았다. 시인에 대해서 민간인은 그다지 많이 알지 못하지만 소문만이라면 세상에 얼마든지 돌아다니고 있었다.

괴물들의 존재가 사람들에게 인식된 지 3년.

시인은 성장하지 않고 늙는 일도 없다. 몇 건의 케이스에서 그 사실은 확인됐다. 불로화 역시 그들을 괴물로 바꾼 존재가 초래한 것이다.

"아아, 아쉬워. 지옥이 있다면 아마 아빠랑 엄마도 거기 있을 거야. 그 두 사람을 또 만나게 되려나……."

"천국이든 지옥이든 저세상에 가는 건 인간뿐이야."

"……시인은 지옥에 갈 가치도 없다는 거야?"

"아니, 네 부모는 인간이 아냐. 짐승이야."

사이가는 총을 들이댄 채 다시 냉정하게 말했다. 그것은 소녀에게 하는 위로가 아니었다. 사이가 요라는 형사는 시인에게 동정을 품을 만큼 무르지 않았다. 그저 한 가지 사실을 말했을 뿐이다.

"흐음, 그렇구나. 그렇지, 그 말대로야. 하지만 난 그 생각은 못 했어."

그것이 소녀에게 위로가 되었다 해도 알 바 아니다.

"시인은 두 번 죽어. 하지만 두 번째 죽음은 아프지 않고 괴롭지 않아. 무섭지도──않아."

"짐승과도 작별할 수 있어. 멋지네."

소녀는 처음으로 감정을 동반한 미소를 보였다──그렇게 생각했다.

시인에 대해 확인된 것은 그 밖에도 있다.

시인은 자기 보존 본능이 두드러져서 사람의 피를 빠는 것도 죽이는 것도 아무렇지 않게 생각하게 된다.

하지만 그것을 제외하면 마음이 크게 바뀌지 않는다.

웃기도 하고 화도 낸다. 눈물을 흘리는 경우도 있으리라.

하지만 이 소녀는 담담하게 감정을 기의 나타내지 잃있다. 아마 마음이 성장할 환경이 아니었던 것이리라.

그녀는 목숨을 잃기 전부터 마음이 죽었다──한번 죽었다 되살아나도 마음은 달라지지 않았다.

그래도──그녀는 웃었다. 이것이 그녀에게 마지막 웃음이 된다 해도.

그리고 사이가 역시 마음을 죽였다. 소녀의 형태를 한 존재에게 종말을 내리기 위해서.

웃는 소녀에게 들이댄 권총의 방아쇠를 천천히 당겼다.

시인에 대해 확인된 몇 가지 사실, 그중에서도 가장 중요한 것──.

그들은 뇌가 파괴되면 활동이 완전히 정지된다.

살아 있던 무렵에 품었던 소녀의 원한도 슬픔도 죽은 다음 그녀가 저지른 죄조차도──모든 것을 그레이버의 12.7밀리미터짜리 연두확산탄이 끝냈다.

*

눈 아래로 헤드램프의 빛이 돌아다니고 있었다.

바로 몇 분 전까지 눈에 거슬릴 정도였던 붉은 램프의 빛은 거의 사라졌다. 아마 사건이 정리되고 모여 있던 경찰들이 철수를 시작했으리라.

한 남자가 10층 빌딩 옥상 가장자리에 걸터앉아 다리를 허공에 뻗고 있었다. 옥상에는 펜스가 없는 까닭에 혹시 헛디디면 거꾸로 추락할 것이다.

하지만 남자의 얼굴에는 두려움은 전혀 보이지 않았다.

아직 젊은——청년이다. 긴 흑발에 단정한 이목구비. 여름인데 가죽점퍼를 걸치고 통 좁은 청바지를 입고 있었다.

"결국 그 애는 어디도 못 갔네."

청년은 나직하게 중얼거렸다. 옥상에는 그 외에 아무도 없었다. 전화를 걸고 있는 것도 아니었다.

청년의 귀에는 무시무시한 폭음——매장관이 사용하는 대형 권총의 총성 잔향이 들러붙듯이 들리고 있었다. 사건 현장은 그가 있는 빌딩에서 수백 미터가 떨어진 데다 심지어 지하였다. 하지만 그의 예리한 청각은 그 총성을 포착했다.

굉음 같은 총성이 한 소녀에게 두 번째 죽음을 선사한 것을 청년은 잘 이해하고 있었다.

시인이 된 지 얼마 안 된 그녀를 마중 나온 차였다. 청년이 가면 한결 빠르겠지만, 그에게는 만의 하나라도 매장관과의 접촉이 허용되지 않았다.

적어도 지금은——.

청년은 아마 매장관에게 머리를 꿰뚫렸을 소녀의 정보를 조금이나마 들었다.

학대당한 작은 여자아이. 특별히 드물지도 않다. 몇 년 안에 집을 나가 거리에서 들개처럼 살게 됐으리라.

하지만 소녀는 시인이 됐다. 매장관만 만나지 않았다면 어디든지 갈 수 있었으리라. 부모조차 죽였다. 바라던 일을 뭐든지 할 수 있었을 것이다.

"매장관——."

어느샌가 청년의 손에 칼이 쥐어져 있었다.

사랑받은 적도 없고 갈 곳을 잃은 소녀. 그녀는 똑같다고 청년은 생각했다.

그 역시 들개 같은 존재였다. 하지만 지금은 다르다. 그 소녀와 마찬가지로 다른 존재로 변해 인생을 바꿀 기회를 손에 넣었다.

그 소녀는 손에 넣은 것을 놓치게 됐지만——.

"……구하지는 못해. 그러니까 죽일 거야."

청년은 자신의 말에 논리도 맥락도 없다는 것을 알고 있었다. 하지만 뭔가를 구할 수는 없어도 죽일 수는 있다. 그 자신의 마음속에서는 모순이 없었다.

어쩌면 청년은 소녀의 구원자가 됐을지도 모른다. 하지만 되지 못했다. 그뿐인 일이다.

그러니까 지금까지와 다르지 않다. 믿는 것을 위해 싸우고 죽인다.

그가 믿는 것은 이 세상에 단 두 개. 움켜쥔 칼날과——.

그리고 단 한 명, 지금의 그를 사랑해주는 사람뿐이었다.

＊

JR 요요기 역에서 도보 2분. 신주쿠 역에서도 가까운 그 일대에는 20세기의 거리가 남아 있었다.

올려다보면 신주쿠 역 주변의 고층 빌딩들이 눈에 들어오는 구역이지만, 이 부근은 대조적으로 차분한──혹은 쓸쓸하다 해도 좋을지도 모른다. 도쿄의 재개발 계획에서 제외됐기 때문이다.

그 구역의 선로변에 있는 7층짜리 잡거빌딩.

노후화가 진행돼서 건물주가 철거를 고려하고 있던 차에 갑자기 매수자가 나타났다. 매수자의 명의는 경시청이었다.

경시청이 구입한 그 잡거빌딩은 통째로 매장계의 사무실로 쓰이게 됐다. 매장계의 형사들은 빌딩을 '분서(分署)'라고 불렀다.

현재 경시청 내부는 비좁아서 매장계의 사무실을 설치하기는 어렵다. 시부야 주변에서 일어나는 사건을 다룰 일이 많은 그들의 접근성도 고려돼서──그리하여 분서가 차려졌다. 요요기에서 시부야까지는 4킬로미터도 채 되지 않아서 차라면 불과 10분밖에 걸리지 않는다.

이처럼 이유는 여러 가지 있지만 그것들은 구실에 불과했다.

실은 단순한 이야기로, 매장계라는 경시청의 골칫거리 집단이 유배된 것이다.

죽지 못한 자들과 같은 건물에서 일하고 싶지 않다――경시청의 경찰들 대다수는 그렇게 생각했다.

경찰서라기보다 마치 탐정 사무소처럼 보이는, 고색창연한 잡거빌딩으로 밀려간 것도 그 때문이다.

하지만 유배인――아니, 매장계에 소속된 형사들은 그다지 신경 쓰지 않았다. 요요기의 빌딩을 통째로 사니 나름대로 가격이 나갔고, 당연하지만 경시청 부서가 있는 관계상 매수 뒤에 최저한의 개장과 보안 장비 설치가 실시됐다.

무엇보다 다른 부서 형사들과 얼굴을 맞댈 일도 없고 비아냥을 들을 일도 없다. 유배 신분을 환영하는 사람조차 있는 처지였다.

그중 한 명――사이가 형사는 오전 열 시가 다 되어 겨우 출근했다. 복장은 싸구려 검은 정장이다.

사이가는 가벼운 발걸음으로 짧은 계단 세 개를 올라가 유리문의 인증 장치에 손바닥을 대고 문을 열었다.

빌딩 현관 바로 옆에 카운터가 있고, 한가해 보이는 얼굴을 한 제복 경찰이 한 명 앉아 있었다.

사이가는 그 경찰에게 가볍게 인사를 하고 몇 미터 더 나아가 엘리베이터 앞에 섰다.

"사이가 군!"

"······오."

엘리베이터의 오름 버튼을 누른 것과 동시에 목소리가 들렸다.

사이가가 돌아보니 현관에서 정장 차림의 여성이 들어오는 모습이 보였다. 치마는 미니스커트 길이였고, 여름인데 스타킹을 확실히 신고 있었다.

갈색을 띤 머리카락을 짧게 자르고 있었지만 키도 크고 슬림한 스타일이다. 눈초리가 살짝 올라가서 시선이 날카롭지만, 자세히 볼 필요도 없이 미인이라는 것을 알 수 있었다.

"뭐야, 중역처럼 이 시간에 출근하고."

"본청에 갔다 온 거야. 그보다 사이가 군. 너······ 어젯밤에 뭐 한 거야?"

"뭐라니, 일했지. 알잖아?"

"현장 검증도 안 하고 보고서도 작성 안 하고 사라졌잖아! 그런 짓까지 하고 일했다고 말할 수 있는 거야?! 어디로 사라졌던 거야?!"

"걱정 마. 가끔 사라지는 경우도 있지만 언제든지 네 곁으로 돌아올 테니."

"내가 무슨 버림받은 여자야?!"

여성은 사이가를 쨰려봤다.

그녀는 나카조 시즈카. 나이는 사이가와 같은 스물일곱 살. 계급은 경부로 매장계의 계장이다.

나이에 어울리지 않게 계급과 직무가 높은 건 그녀가 이른바 '커리어조'이기 때문이다. 정식으로 국가 공무원 1종 시험이라는 난관에 합격해서, 통상적이라면 순사부터 경력을 시작하는 것을 두 단계 뛰어올라 갑자기 경부보가 됐다. 경찰관의 태반은 순사부장이나 경부보로 정년을 맞이한다. 통상적인 경찰의 결승점이 커리어조에게는 시작점인 것이다.

그 뒤의 출세 속도도 '논커리어조'와는 비교가 되지 않는다. 전국에 경찰관은 25만 명 정도 있지만 커리어조는 500명도 되지 않는다. 이 500명 중에서 경찰 조직을 움직이는 간부가 육성되는 것이다.

시즈카도 그 커리어조이고, 경시청에 입청한 당시에는 장래가 기대되는 여성 경찰이었——지만, 어떤 문제를 일으켜서 지금은 이 유배 부서의 보스를 맡고 있다.

경찰은 아직도 남성 사회지만 매장계에 배속된 것과 그녀의 성별은 관계없었다. 다만 그녀는 출세 코스에서 벗어났다. 그것뿐이었다.

"나 참, 무뚝뚝한 주제에 말수만은 많다니까. 그러면 적어도 건실한 말 좀 해."

"교섭인이 아냐. 거친 일 전문 형사는 독설이 뛰어나고 너스레를 떠는 게 일이야. 형사 드라마에서도 대충 그렇잖아?"

"……아무리 거친 일 전문이라고 해도 말이야."

시즈카는 한숨을 깊이 내쉬었다.

"2인 1조의 원칙을 무시하고 단독으로 돌입. 해결했나 했더니 그레이버를 든 채 사라지고, 만약 외부에 새어나가면 내 해고만으로 안 끝나."

"사무실로 돌아오는 것도 귀찮아서 그랬어."

사이가는 아무것도 아닌 일처럼 말했다. 실제로 그의 허리에 찬 홀스터에는 대형 권총이 그대로 꽂혀 있었다.

"휴우…… 너 뭐야? 내게 두통약을 사게 만들기 위해서 제약회사에서 파견한 스파이야?"

"어지간히 돌려서 비꼬시네요, 나카조 경부님."

"이 일로 비꼬는 말 한마디 못 하면 난 마더 테레사의 환생일 거야."

"뭐, 넌 모두의 엄마역이니까. 그러고 보니 난 엄마 얼굴도 모르니까 반대로 마더 콤플렉스일지도 몰라. 엄마, 용돈 좀 줘."

"누가 엄마야! 그리고 상사를 너라고 부르면 안 되지!"

엘리베이터가 오고 문이 열렸다. 두 사람은 엘리베이터에 올라타 제각기 버튼을 눌렀다.

"……무로마치 씨에게 혼나는 건 나란 말이야. 제발 부탁이야."

"인간이란 생물은 몇 살이 돼도 혼나는 게 싫구나."

"너는 어린아이일 때도 혼을 낸들 소용없었을 것 같아."

시즈카는 한숨을 내쉬었고, 마침 그때 엘리베이터가 멈췄다. 이 잡거빌딩은 5층이 계장의 사무실과 회의실로 구성돼 있다. 6층이 사이가를 비롯한 형사들의 사무실이다.

사이가의 시건방진 태도에 설교할 생각을 접었는지 시즈카는 다시 한번 한숨을 내쉬고 엘리베이터에서 내렸다.

그러나 했더니 바로 멈춰 섰다. 사이가도 문을 닫으려고 버튼으로 뻗었던 손을 멈췄다.

"……어젯밤 범인은 소녀였다며."

사이가에게 등을 돌리고 시즈카는 말했다.

"아사쿠라 씨나 나카가와 군에게는 맡길 수 없었어. 그 두 사람에게는 가혹해."

"……그건 꼬마의 모습을 한 괴물이야."

사이가는 그렇게 중얼거리고 나서 버튼을 눌러 문을 닫았다. 그 직전, 시즈카는 몸을 돌려 슬픈 눈빛을 보냈다.

나카조 시즈카. 매장계의 계장이자 상사. 그리고——사이가와는 경찰이 되기 전부터 알던 사이이기도 했다.

방금의 시즈카는 상사가 아니라 한 사람의 여성으로서 사이가를 생각해준 것이다.

"미안하군."

사이가는 누구에게도 들리지 않는 중얼거림을 작게 내뱉었다. 그녀의 마음에 대해 생각하는 바가 있어도 그것을 입에는 담을 수 없다. 서로 농담이나 설교 이외의 말을 간단히 할 수 없게 된 건 언제부터일까?

사이가가 의문스럽게 생각할 틈도 없이 엘리베이터의 문이 열렸다.

와자지껄 소란스러운 소리가 들려왔다. 6층은 한 층이 통째로 매장계 형사들의 사무실로 편성돼 있다. 형사 스물다섯 명의 책상이 있고 사이가의 자리도 여기 있다.

결코 넓다고는 할 수 없는 이 사무실이 3년 전부터 도쿄 시부야에서 시작된 지옥에 대처하는 전문 부서——.

시인과 싸우는 죽지 못한 자들의 본거지인 것이다.

＊

죽음의 행진——3년 전 시부야에서 일어난 시인의 대규모 발생 사건이다.

이 사건의 빌단이 어디에 있는지는 3년이 경과한 현재도 의견이 분분한 상황이다.

남극 탐험대의 참극이 그것이라고 말하는 사람도 많다.

혹은 일본 정부가 2041년에 예방 접종법을 개정하고 새로운 정기 접종이 의무화된 것을 발단으로 삼는 경우도 있다.

21세기 초반에 연구가 진행돼 실용화 전망도 나왔던 '의료용 나노 머신'의 접종이 그것이다.

머신이라 해도 금속이나 나사로 만들어진 기계가 아니라 주로 단백질이나 지방질 등으로 구성된 분자 로봇이다. 크기는 바이러스와 같은 정도로, 육안으로는 확인할 수 없는 크기다.

실용화된 나노 머신——'블레스(축복)'라고 명명된 그것은, 초극소 크기의 기계적 가공이 가능해진 나노 테크 기술의 급속한 발전으로 인해 많은 기능을 갖추고 있었다.

무통주사로 몸속에 투여돼 혈관 안을 순환한다.

분자는 유기체이기 때문에 DNA가 있고, 거기에 프로그램을 넣어 특정 동작을 가능하게 한다. 예를 들어 몸속에서 암세포를 만났을 때만 항암제를 방출한다. 건강한 세포에는 작용하지 않기 때문에 부작용도 적다.

그렇다 해도 나노 머신이 항암제를 품고 있는 것은 아니다. 몸속에서 지극히 미량의 세포를 채취해 분자 수준으로 재합성하여 치료약을 만든다. 몸속으로 침입한 바이러스를 해석해서 아는 것이면 항체도 구축한다.

이 시대에도 사망률 1위에 서 있는 암에 대한 효과적 대책으로 블레스는 지극히 유효했다. 더욱이 치사율 60퍼센트가 넘는 강력한 변이 인플루엔자 바이러스의 유행도 있었고, 요 몇 년 동안에 위험한 바이러스가 바다를 건너 침공해오는 일도 자주 있었다.

최악의 병마에 대한 인류의 저항 수단으로 블레스의 접종은 급선무라는 말조차 나왔다.

물론 정부의 블레스 접종 의무화에 대해서는 반대 의견도 많았다. 생리적 혐오, 종교적 이유, 특히 야당의 반발은 엄청났다.

하지만 상황은 일변했다. 법률 개정으로부터 몇 개월 뒤에 갑자기 최대 야당의 당수가 직접 블레스를 투여한 것이다. 블레스의 안전성과 유효성에 대해서는 10년 이상의 시간에 걸쳐 검증을 받았고, 당수도 아무런 문제가 없다고 선언했다.

야당 당수의 갑작스러운 심경 변화는 다른 야당 의원들에게도 놀랄만한 일이었지만, 결국은 그 선언이 지지를 받게 되어 블레스의 접종은 비교적 순탄하게 국민들에게 받아들여졌다.

블레스는 일본의 연구소가 개발원이었고, 선진국을 시작으로 전 세계에 보급되는 데도 시간이 그다시 필요하지 않았다.

국민의 대부분이 블레스의 접종을 받아서 암이나 감염증에 의한 사망률은 크게 내려갔고——인류는 또다시 커다란 장애를 극복했다고 누구나 생각했다.

블레스의 접종이 당연한 일이 되고 3년 이상의 시간이 흘러갔다.

수면 아래서 움직이고 있는 가공할 욕망을 누구도 깨닫지 못한 채——.

복지 기구 '크레이돌'.

2043년 복수의 의료 계열 기업이 출자해 설립된 그룹이다.

주로 고아나 학대받은 어린아이를 맡아 의식주를 제공하고 교육을 베풀고 있었다.

요약하자면 보육시설——고아원이다.

게다가 치료비를 낼 수 없는 가정에서 난치병에 걸린 아이를 떠맡고 있었다.

고아원으로서는 차원이 다른 대규모다. 시부야의 일등지에 광대한 부지를 확보해서 어린이나 직원들의 주거는 물론 학교나 병원까지 같이 있었다.

크레이돌은 조직 이름이자 시부야에 지어진 시설의 이름이기도 했다.

발족한 크레이돌은 '투명하게 개방된 교육 시스템'을 주장하고 많은 아이가 구조되어서 세간의 평판도 대체로 양호했다.

그러나 크레이돌은 그 뒤에——너무나도 진한 어둠을 안고 있었다.

아이들을 지키는 선의의 시설. 그것은 어디까지나 표면적인 얼굴에 불과했다.

남극의 나치 독일 병사에게서 발견된 게슈펜스트 바이러스는 은밀하게 크레이돌의 지하에 있는 연구 시설——모르그(시체 안치소)라는 코드로 불리는 장소로 옮겨져 있던 것이다.

사람을 죽음에서 되살리는 바이러스. 그 작용은 2039년 발견된 때부터 2060년대에 이르기까지 해명되지 않았다. 염기 배열은 지구상의 모든 세균과 바이러스 중 어느 것도 유사한 것조차 발견되지 않았고, 인간을 죽음에서 되살리는 시스템도 여전히 수수께끼였다.

크레이돌은 해석을 계속하면서 정체를 파악하지 못했지만 바이러스의 용도를 모색하기 시작했다.

약독화나 백신의 개발을 진행하고, 최종 목표는 인간으로서 의식·성질을 유지하면서 '죽음'이라는 프로세스를 없앤 형태의 불사화——.

크레이돌에 출자해 그룹의 온갖 편의를 봐주고 있는 흑막은 정부 요인과 의료계뿐만 아니라 유명한 기업의 회장도 포함되어 있었다. 돈으로 살 수 있는 것은 모두 손에 넣은 자들이 불사라는 망상에 홀린 것이다.

권력자가 불사를 바란 예로는 중국의 시황제가 가장 유명할 것이다. 하지만 시황제의 경우와 달리 불사의 가능성은 현실로 나타나고 있었다.

흑막들의 목적은 바이러스에 의한 불사를 현실화해서 그것을 한정된 특권 계급만 누리는 것이었다.

그리고 부수적 목적 중 하나로——특권 계급에 속하지 않은 인간들을 '고분고분한 노동력'으로 확보하는 것이 있었다. 불사자가 되어도 그들의 생활을 지탱하는 노동자의 존재는 불가결하기 때문이다.

남극에서 발견된 나치 독일 병사의 튼튼함과 단순한 명령을 이해하는 정도의 사고력을 겸비한 인간의 실용화——.

불사와 노동력의 확보가 실현된다면 특권 계급이 영원한 번영을 탐하는 유토피아가 현실이 된다.

일본뿐만 아니라 전 세계에서 많은 과학자를 모아 광기의 꿈을 추구한 연구 시설—— 그것이 크레이돌의 정체였다.

보육시설은 위장이자 동시에 효율적인 실험체의 공급도 가능하게 했다. 성인에 비해 체력은 떨어지지만 실험의 실패로 인한 손해는 숫자로 커버할 수 있었다. 이 나라에서는 출생률이 지속적으로 떨어지고 있다고는 하나 비극을 만나서 가족을 잃는 어린이가 드물지도 않았기 때문이다.

바이러스 연구는 통상 인가에서 떨어진 장소에서 실시된다. 만약의 유출 사고를 막기 위해서다. 그런 실험을 시부야라는 일본 유수의 번화가에서 실시했던 것이다. 그 점만 봐도 크레이돌의 이상성은 명백했다.

크레이돌의 연구자들은 풍부한 실험체를 유효하게 사용해 마침내 바이러스의 활용 방법을 찾아내게 된다.

게슈펜스트 바이러스와 블레스를 유기 합성해서 나노 머신으로 바이러스의 제어를 시험했다.

합성물은 가칭 '블레스 바이러스'라고 이름 지어졌다. 공식적으로 발표할 것도 아니기 때문에 촌스러운 가명밖에 존재하지 않았다.

실험은 트라이&에러의 반복. 어린아이는 얼마든지 보충되어 실험의 속행이 가능했고, 계속 은폐됐다.

그러나 2070년에 마침내 광기의 실험에도 종말이 찾아오게 된다.

미완성된 블레스 바이러스가 시체 안치소의 실험 시설에서 유출돼 직원이나 실험체가 잇달아 바이러스에 감염되어──괴물로 변했다.

바이러스는 몸속으로 침입하자 뇌 속에서 3센티미터 정도의 종양 같은 것을 형성했다. 거기에서 아주 가느다란 촉수

같은 신경 조직이 뻗어 나와 뇌 속을 침식해 전달 회로의 역할을 가로채 기능을 빼앗는다.

활동을 정지한 뇌 조직을 다시 움직이고 심지어 기능을 확장시켜 신체 능력의 증폭, 자연 치유력의 촉진, 효율적인 에너지 섭취를 가능케 한다.

나노 머신으로 바이러스를 제어하는 데는 아직도 성공하지 못했고, 겨우 일부 실험체의 체질에 의존하는 형태로 불사화 뒤에도 의식이 유지되는 자가 약간 있는 정도였다.

시험 제작 단계의 바이러스 중에는 공기로 감염되는 타입이 제조되었고, 그것이 시설 밖까지 퍼지는 바람에 감염자는 늘어가기만 했다.

그 뒤로 블레스 바이러스의 감염자는 '시인'이라 불렸고——.

특히 의사도 사고도 잃은 시인은 '노 헤드'라고 불리게 된다. 그들은 본능적으로 피를 원할 뿐 사람과는 의사소통도 할 수 없고 말도 할 수 없다. 훈련하면 어느 정도 제어가 가능한 동물과도 달라서 습성은 곤충에 가까울지도 모른다.

감염자의 태반은 노 헤드가 되어 시체 안치소에서 나와 살아 있는 사람을 원했고——크레이돌의 고아나 직원들이 사는 집, 학교, 병원을 유린해갔다.

시인들은 설령 상대가 사랑하는 가족이라도 사정없이 목

숨을 빼앗고 피를 빨아 자신과 같은 괴물로 바꿨다.

순식간에 증식해가는 시인 무리가 크레이돌의 부지를 뛰쳐나오자 피해는 시부야 거리로 확대되어갔고——.

출동한 경찰과 자위대에 의해 시부야가 봉쇄되어 괴물들이 일소될 때까지 만 명이 넘는 사망자가 나오게 된다.

매스컴은 그 후 이 대참사를 '죽음의 행진'이라고 이름 지었다——.

죽음의 행진 직후에 복지 기구 크레이돌에 수사의 손길이 미쳐서 그들이 모은 아이들을 실험에 이용했던 것, 게슈펜스트 바이러스의 연구를 진행하고 있었던 것도 전부 명백하게 드러났다.

조금만 더 잘못됐으면 과장이 아니라 세계가 파멸됐을지도 모른다. 정부는 최우선적으로 사건을 대처해야 했다.

크레이돌의 경영자나 연구자들은 체포됐지만 그래봐야 고작 몇 명에 그쳤다. 그들도 태반이 죽음의 행진에 휘말려 사망했기 때문이다. 사건 당일, 크레이돌에서는 주요 간부들의 회의가 열렸던 것이다.

이 일로 인해 사건의 배후 관계에 대해서 불명확한 점도 다수 남있고——크레이돌의 진정한 흑막들의 정체에노 수사가 미치지 못했다고 회자되고 있다.

죽음의 행진으로부터 3년이 지난 지금도 사건은 아직 끝나지 않았다.

다행히 대기로 확산된 바이러스는 순식간에 변이했고 감염력이 크게 저하되면서 거의 해가 없어질 때까지 그리 시간은 걸리지 않았다.

한층 더 변이해 다시 감염력을 회복한 바이러스가 유행할 가능성은 부정할 수 없지만, 정부는 그 경우에도 백신으로 방어적 의료 처치는 가능하다고 발표했다.

하지만——큰 문제가 아직 남아 있었다.

감염자들 중 '토커'라고 불리는, 의사를 가진 자들이 봉쇄를 뚫고 도망친 것이다.

여기 도쿄에는 적게 잡아도 수백 명 단위의 토커가 있다고 추측된다.

그들은 어둠에 숨어들어 조직화해서 '식량'인 인간을 납치하는 범죄자가 됐다.

바이러스의 공기 감염 가능성은 한없이 낮아져도 시인에게 직접 피를 빨리면 그곳을 경로로 바이러스에 감염된다.

새로 시인이 늘어날 가능성은 여전히 남아 있는 것이다.

죽음의 행진 이후 도망치듯이 도쿄를 떠난 자도 적지 않았지만, 그래도 현재 도내에는 천만 명이 넘는 사람이 살고 있다.

도망쳐 어둠에 숨어든 시인들. 피를 빨아 감염자를 잇달아 늘려가는 괴물들이 지금도 어디엔가 있다.

그것들은 천만 명 이상의 인간이 안심하고 살기에 결코 작은 장애라고는 할 수 없다.

도내 치안 유지의 최전선에 선 경시청은 긴급 대책을 세워야 했다.

그리하여 토커를 비롯해 모든 시인들에게 대항하기 위해서 새로운 부서를 설립했다.

경시청 형사부 수사 제1과, 제8 강행범 수사, 특수변이자 수사계──통칭 매장계가 그것이다.

*

"안녕하세요, 사이 선배."

"여어."

사이가는 적당히 대답했다.

사무실에 들어가자마자 쾌활하게 인사한 것은 후배 형사인 나카가와 카즈키 순사였다.

스물세 살이지만 동안이라 고등학생 정도로 보인다. 긴 갈색머리를 남싱 잡지의 모델처럼 한 올도 빠짐없이 묶고 밝은색 셔츠와 바지만 입은 캐주얼한 차림이다.

"아, 졸려……."

사이가는 자기 책상으로 가지 않고 사무실 창가에 놓인 천 소파에 털썩 누웠다.

"소파로 직행하지 마세요."

"어젯밤에는 초과 근무 했어. 잠깐 쉰다고 벌은 안 받을 거야."

사이가는 너스레를 떨고 머리 뒤로 손을 깍지 꼈다. 이 소파는 그가 아끼는 것이었다. 차가운 가죽 소파보다 눕기 좋아서 여기서 낮잠을 즐기는 경우도 많았다.

나카가와 외에도 형사 몇 명이 있었지만 누구도 뒹굴고 있는 사이가를 신경 쓰지 않았다. 늘 있는 일이라서 익숙한 것이다.

사무실 자체는 그다지 특별한 인상도 없었다. 서른 개 정도 되는 책상이 즐비하게 늘어서고, 거기에는 네모난 PC 본체만이 덩그러니 놓여 있었다. 모니터나 키보드는 투사형이라서 사용 때만 PC에서 입체영상으로 떠오른다.

사무실은 거의 페이퍼리스 환경이 되어서 서류는 모두 전자화됐기 때문에 경찰뿐만 아니라 대부분의 사무실에서는 물건이 아주 적어졌다.

일반 기업과의 차이는 체격 좋은 남성이 많은 것 정도다. 그렇지만 경찰이라면 특별히 드문 일도 아니었다.

하지만 틀림없이 이곳은 경찰의 다른 어떤 부서와도 달

랐다.

3년 전 죽음의 행진 이후로 도쿄에서 암약하는 괴물들과 싸우는 최전선이다.

물론 소파에 누운 싸구려 정장남을 보면 누구도 그렇게는 생각하지 않겠지만 말이다.

"아, 그렇지. 사이 선배, 체이스 수사관이 불렀어요."

"불린 기억은 없는데?"

"단말기로 메시지를 보내도 대답 안 하니까 직접 부르는 거예요, 선배는."

사이가의 성의 없는 대답에 나카가와는 쓴웃음을 지었다.

출근하자마자 받은 호출에 불길한 예감밖에 들지 않았지만, 응하지 않으면 나중에 괜히 귀찮아질지도 모른다.

사이가는 할 수 없이 일어나 비척대며 걷기 시작했다. 문득 사무실 구석으로 눈길을 돌렸다.

비상계단으로 통하는 문이 열려 있고 테라스처럼 꾸며져 있다. 와이셔츠 차림의 남자가 서서 담배 연기를 내뿜고 있었다. 빌딩 안에는 흡연실이 없기 때문에 그곳이 유일한 흡연 구역이었다.

키바 준이치로. 그도 매장계의 형사로, 20대 젊은이가 많은 이 부서에서는 드물게 중년이다. 올해 마흔다섯 살로, 석당히 빗어 넘긴 머리와 작은 체구. 흐릿한 인상이라 경찰다

움은 옅었다.

사실 그는 밑바닥부터 올라온 베테랑 형사라 경시청에서도 모르는 사람은 없을 정도였다.

원래는 수사 제1과 강행범계——살인과 형사였다. 지금은 신설 매장계에서 수사원 지도가 주된 업무다. 하지만 시인 범죄는 종래의 범죄 수사와는 방식도 수법도 전혀 다르기 때문에 나설 일은 그다지 없었다.

사이가는 키바와 순간 눈이 마주쳤지만 인사 없이 목표인 책상으로 향했다.

비상계단의 출입구 반대편, 사무실 구석에 있는 그 자리는 이상했다. 구태의연한 파일과 서류가 산처럼 쌓여 있었다.

이 일각만이 페이퍼리스 환경과 연고가 없었다.

"여, 체이스. 여전히 쓸데없는 종이투성이 책상이로군."

"……사이. 잘도 이런 시간에 당당히 출근하는군."

책상에 앉아 있는 것은 금발 청년이었다.

클로드 A 체이스.

나이는 스물다섯 살. 미국인이지만 일본인의 피가 섞인 혼혈이다.

짧게 깎은 금발에 벽안, 윤곽 뚜렷한 이목구비. 외모는 완전히 백인에 키도 190센티미터에 가까워서 거리를 걸으면 아주 눈에 띈다. 입고 있는 베이지색 정장은 고급스러워 보였고 아주 잘 어울렸다.

그는 정확히는 경시청의 형사가 아니다.

미국의 연방수사국——FBI의 특별 수사관이다. 경시청과
의 인재 교환 프로그램으로 일본에 와 매장계에 배속됐다.

다만 딱히 유배된 건 아니다.

죽음의 행진 이후 블레스 바이러스는 일본 국내에서 봉쇄
작전이 실시됐다. 공항이나 항구에서는 엄격한 수하물 조사
나 수출품 체크가 실시되고, 체온이 없는 시인이 승객 중에
섞여 있지 않은지 열 감지 센서 검사도 실시됐지만——성공
했다고는 말할 수 없었다.

노 헤드를 무슨 수단으로 데리고 나갔는지, 아니면 토커가
검사를 피했는지 수법은 특정할 수 없지만 바이러스가 해외
로 유출된 것이다.

사건 후 시부야에서 도망친 시인을 찾아야 하는 일본에서
는 모든 경찰력을 기울여 조사가 실시됐다. 물론 발견되면
처분, 혹은 확보 후에 연구소에 격리됐다.

복수의 토커들이 경찰의 손에서 벗어나기 위해 해외로 도
망쳤고, 그 도피처에서 감염자를 늘렸다——는 가능성이 가
장 높다고 한다.

그 결과, 죽음의 행진으로부터 몇 주가 지나기 전에 미국
이나 유럽, 아시아 등지에서 감염이 확인됐다.

그 나라들에서는 소규모지만 시인에 의한 사건도 일어났고, 체이스 수사관은 그 수사를 담당한 경험이 있다.

시인 범죄에 대해서는 일본의 경시청이 가장 진보했기 때문에 매장계에서 범죄 수사의 노하우를 배우기 위해 일본에 온 것이다.

그는 어릴 때부터 일본인인 할아버지에게 일본어를 배워서 억양도 이상하지 않고 사투리도 쓰지 않았다.

체이스는 고등학교를 졸업한 뒤 미 육군에 입대해 제75 레인저 대대를 거쳐 제대 뒤에 FBI에 입국. 흉악 범죄 발생률이 높은 뉴욕 지국에서 근무. 거친 사건에는 익숙해서 위험한 임무가 많은 매장계에도 바로 적응했다.

그 체이스 수사관은 "전자 정보는 머리에 들어오지 않는다" "종이로 봐야 비로소 정보를 이해할 수 있다"며 본청의 창고에서 먼지를 뒤집어쓰고 있던 대형 프린터를 빌려와 서류를 일일이 출력하고 있었다.

하지만 전자기기도 당연히 다뤘다. 지금도 책상 위에는 투사형 영상이 떠 있었다.

"출근 안 하는 것보단 낫잖아. 그래서 용건은 뭔데, 파트너?"

"파트너라. 네가 나를 아직도 그렇게 생각하다니 의외로군."

체이스는 사이가를 힐끗 쏘아봤다.

미국 최고의 수사기관에서 온 이 엘리트는 사이가와 콤비를 결성하고 있다.

그가 일본에 온 지 반년. 그동안 둘이서 수많은 사건을 담당해왔다.

"어젯밤 사건 말이야. 내게 말도 안 하고 단독 행동한 건 이제 와서 화내는 것도 귀찮으니까 관두지."

"관두기는. 제대로 비꼬고 있잖아."

사이가는 진저리가 나는 얼굴로 옆 책상의 의자를 끌어당겼다.

"아아, 이 의자 써도 되지?"

"그거 네 의자야. 잊어버렸나본데, 내 옆은 네 자리야. 그 소파는 네 자리가 아니라고."

"……그랬었나."

사이가는 책상을 이용하는 업무도 그 소파에서 처리하고 있었다.

"뭐, 그런 건 됐어. 그보다 사건에 대해 얘기하지."

체이스가 키보드를 조작하자 화상 파일이 펼쳐졌다.

감시 카메라에 촬영된 영상에서 캡처한 정지 영상인 듯했다. 찍힌 것은 갈색 머리를 길게 기른 젊은 남자였다. 복상은 무늬 화려한 티셔즈에 헐렁한 바지 등 양아치 같은 차림이었다.

"사이, 이 녀석을 본 기억은 있어?"

"네 남자친구는 이런 얼굴 아니었지?"

"……이봐, 소송 대국의 사람을 우습게 보면 진짜 험한 꼴 당할 거야."

체이스의 눈이 살의를 띠었다. 순해 보이는 얼굴이지만 전장이나 가혹한 범죄 현장을 경험해온 사람답게 위협적인 느낌도 충분히 갖추고 있었다.

잘생긴 그는 묘하게 남자에게도 인기가 있었지만, 그 점을 놀리면 농담으로 넘어가지 못하는 경우도 있었다.

"……이런 시인은 본 적 없어."

"역시 그런가."

사이가가 착실하게 대답하자 체이스는 만족스럽게 고개를 끄덕였다.

시인이라고 생각한 건 단순히 감이 아니다. 영상에서도 시인 특유의 차가운 눈을 또렷하게 확인할 수 있었다.

"너와 만났다면 이 녀석이 아직도 자유롭게 돌아다닐 리가 없겠지."

"놀리지 마. 이 시인은 어디 있는데?"

사이가는 의자에 깊숙이 앉아 양다리를 책상에 올렸다. 아무래도 자신의 책상 같으니 불평을 들을 일도 없었다.

"이름은 아리마 요헤이. 스물두 살. 직업은 프로복서라는군."

"생전의 직업 따위는 아무래도 좋아."

"중요한 단서잖아. 이 녀석은 말이지, 어제의 소녀——이름은 아무래도 좋나. 그녀의 공범이야."

"공범? 그 꼬맹이는 막 죽었잖아. 왜 동료가 있는 거지?"

시인 중에서도 지능을 유지하는 토커는 집단을 형성해 조직적으로 움직이는 경우도 많다.

상대가 단독이 아닐 가능성이 높기 때문에 매장계에서도 2인 1조 행동이 원칙이었다.

"뭐, 순서대로 설명하지. 나는 오늘 아침 범행 현장에 갔다 왔어."

"수고 많군. 재미있는 건 아무것도 없었을 텐데?"

"깊이 생각할 것까지도 없이 다섯 명은 많다고 생각하지 않아?"

"…………."

비아냥을 무시하고 나온 체이스의 말에 사이가는 순간 말문이 막혔다. 아니, 사이가도 생각하지 않은 건 아니었다. 실제로 그 소녀에게 너무 많다고 했다.

하지만 죽은 지 얼마 안 되고 시인이 된 지 얼마 안 돼서 어찌할 바를 몰랐으리라고 멋대로 결론지었다.

"그리고 그 애는 어째서 그런 지하도에 사리 잡고 있었을까? 지하도는 출입구가 봉쇄되면 독 안에 든 쥐잖아."

"괴물이 돼도 지능이 올라가지는 않아. 범인이 종잡을 수 없는 행동을 하는 건 늘 있는 일이잖아. 그런 건 정규 훈련을 받은 너라면 알고 있을 텐데?"

"그렇다고 부자연스러운 점을 넘어가는 건 실수야. 실제로 이 남자가 발견됐잖아. 이 아리마라는 녀석이 소녀가 틀어박혀 있던 현장으로 향하던 모습을 방범 카메라가 찍었어. 갑자기 되돌아가는 것까지 확실히 찍혔는데, 시간은 네 그레이버가 불을 뿜은 순간과 일치해."

"소음기를 개발해야겠군."

사이가는 또다시 대충 대답했다. 하지만 실제로 그레이버의 폭음이라고도 해야 할 무시무시한 총성은 개선할 필요가 있었다.

요약하자면 아리마라는 남자는 매장관의 총성을 알아차리고 도망친 것이리라.

"다섯 명이라는 부자연스럽게 많은 피해자, 소녀가 틀어박혀 있던 이유. 추측은 할 수 있지만 이 아리마라는 남자에게 묻는 편이 빠르다고 생각하지 않아?"

"……프로복서라고 했지? 강해?"

사이가는 갑자기 물었다. 체이스는 특별히 놀라지도 않고 키보드를 조작해 새로운 데이터를 불러냈다.

"데뷔는 1년 전. 아직 신인…… 이른바 4회전 보이인가 봐.

전적은 3전 1승 2패. 승리는 1라운드 KO승."

"감이 확 안 오는 스코어로군. 이 녀석, 직업은 뭐지?"

"아니, 그러니까 프로복서라고."

"멍청이. 미국은 어떤지 모르지만 일본의 프로복서는 일본 챔피언이 돼야 그런대로 먹고 살 수 있어. 달리 직업을 가지고 있는 게 보통이야. 어때, 눈물 나는 얘기지?"

"아아, 그야 그런가. 뭐, 미국의 복서 역시 젊은 쪽은 돈이 없어."

체이스는 납득하고 키보드를 더 조작했다.

"흐음, 직업 경력 같은 건 없군. 스폰서라도 붙어 있는 건가?"

"아르바이트조차 안 한 건가. 그건 조금 이상하군."

사이가도 복싱을 잘 알지는 못한다. 하지만 유명한 복서도 신인 시절에는 대개 고생한다는 것 정도는 알고 있었다.

"직업 경력도 없고 아르바이트도 안 하고, 부모는…… 둘 다 2년 전에 교통사고로 사망했군. 유산이 있지도 않은 것 같고, 그렇다면……."

"범죄의 그늘에는 돈과 여자. 이 금언을 잊지 말게나, 젊은 이들이여."

"…………."

"…………."

갑자기 들린 목소리에 사이가와 체이스는 뒤를 돌아봤다. 그때 목소리의 주인——키바 형사는 아무 일도 없었다는 듯이 지나가고 있었다.

"……돈과 여자라. 이 경우에는 여자가 돈을 날라준 건가."

"쉽게 말하면 기둥서방인 거로군. 일단 아리마의 예금 계좌를 조사하고 여자관계도 살펴보지. 그건 나카가와한테 맡기자고."

"그러면 우리는 녀석의 자택이라도 보고 올까."

두 사람은 동시에 일어났다.

방침이 정해지면 바로 움직여야 한다. 범죄 수사는 초동이 중요하다. 그것은 경시청이든 FBI든 다르지 않은 철칙이었다.

매장계에서는 주로 SUV를 조사용 차량으로 사용하고 있다.

본래는 서핑이나 스키 등 각종 아웃도어에서 사용하는 것을 목적으로 개발된 차지만 튼튼하고 마력도 있어서 거친 경찰 활동에는 꼭 알맞았기 때문이다.

사이가 형사와 체이스 수사관은 그들 전용으로 배속된 SUV를 타고 목적지로 향했다. 운전하고 있는 건 체이스다. 사이가도 면허는 있지만 운전은 늘 파트너에게 맡기고 조수석에서 빼기듯이 몸을 젖히고 있었다. 체이스는 차를 좋아하는지 특별히 싫어하는 기색은 보이지 않았다.

사이가 콤비의 차가 요요기에서 30분 정도 달려서 네리마구 에코다에 있는 연립주택 앞에 도착했다.

"호, 여기인가. 클래식한 건물이군."

3층짜리 연립주택은 백 년 전에 지어진 건 아닌지 의심하고 싶어질 만큼 노후화가 진행돼 있었다. 수차례의 재해에도 버텼으니까 이래봬도 튼튼하겠지만──정상적인 감성의 소유주라면 돈을 줘도 살고 싶지 않을 듯한 건물이었다.

"잘도 해체 안 되고 남아 있군. 집세가 싸다고 보통 이런 데서 사나? 무너질 때 받을 보험금이라도 기대하고 있는 건가?"

체이스는 감탄한 듯했지만 사이가는 아무런 감흥도 일어나지 않았다.

차에서 내린 두 형사는 연립주택 현관 안으로 들어갔다. 딱히 보안 장치도 없어서 외부인이 아무렇지 않게 들어갈 수 있는 등 믿을 수 없을 만큼 무경계했다.

여기로 오는 동안 나카가와에게 몇 가지 정보가 도착했다. 그 젊은 형사는 PC를 다루는 수사가 특기이고, 정보의 속도와 정확함에는 정평이 나 있었다.

조사에 의하면 아리마 요헤이는 이른바 '주소 부정'이었다. 은행 계좌에도 잔돈이라고 해도 좋을 정도의 금액밖에 들어 있지 않았다. 하지만 고등학교 졸업 후 몇 년 동안 같은 명의

에서 몇 번씩이나 송금이 실시돼 있었다. 송금이 되자마자 거의 전액을 인출했지만 말이다.

그 명의는 코모리 아즈사라는 여성의 것이었다. 더 조사한 결과, 그녀는 아리마의 고등학교 시절의 동급생이자 그 무렵부터 교제를 이어오고 있었다고 한다.

코모리 아즈사는 고등학교를 졸업한 뒤 친척이 경영하는 작은 공장의 사무원으로 취직해 본가를 나와 자취를 하고 있었다.

"월급은 적어도 이런 허름한 주택에 살 정도는 아니겠지."

"뭐, 아리마에게 돈을 대고 있으니까 돈이 없었겠지."

"그 여자는 뭐야. 여신이나 성모 행세를 하는 건가? 아, 냄새가 나."

사이가가 싫어하는 것 중 하나가 위선자다. 자신을 희생해서 타인을 행복하게 하려 하다니, 머리가 이상해졌다는 생각밖에 들지 않았다. 생물로서 잘못됐다는 생각마저 들었다.

사이가 콤비는 계단을 올라가 2층의 한 집 앞에 섰다. 놀랍게도 인터폰조차 없었다. 건축 연수가 백 년 정도가 아니라는 생각마저 들기 시작했다.

"할 수 없군. 코모리 씨, 코모리 씨, 잠시 실례합니다."

체이스가 문을 똑똑 두드리며 불렀다. 사실 오늘은 일요일이다. 경찰은 아쉽게도 연중무휴지만 대부분의 근로자는 휴일이리라.

"……반응이 없군. 부재중인가?"

"아니……."

사이가는 고개를 작게 저었다. 그는 신체 능력뿐만 아니라 오감도 예민해져 있었다. 문 너머에 뭔가가 움직이는 소리와 구운 생선 냄새가 희미하게 감돌았다.

아니, 그것뿐만이 아니다. 아마——.

"곤란하군, 부재중인가. 으음, 아리마의 집이라면 몰라도 관계자 집이니까. 영장을 받을 수 있을까?"

체이스는 휴대 단말기를 꺼내 조작을 시작했다. 수색 영장을 받기 위해서 상사——시즈카에게 제출할 서류를 작성하고 있는 것이리라.

사이가는 몇 초 동안 그 체이스의 손놀림을 바라보고 나서——갑자기 문을 걷어차 부쉈다.

"이봐?!"

"종잇장 같은 문이로군. 백엔숍에서 사온 건가?"

"뭐, 뭐하는 거야 사이! 제정신이야?!"

"문은 걷어차 부수기 위해 존재해."

사이가는 히죽 웃고 쓰러진 문 위를 지나 실내로 들어갔다.

"이것 봐, 또 이래! 그렇게 순서를 생략하려 하는 게 네 나쁜 점이야!"

"나쁜 점? 그 밖에도 여러 가지 있지. 이 정도로 시끄럽게 굴면 일 못 해."

사이가는 웃으면서 체이스의 가슴을 툭 쳤다. 그때——.

"저, 저기, 뭔가요. 당신들은 뭐예요?!"

"보는 것처럼 경찰이야."

"봐, 봐도 모르겠는데요……."

방에서 나온 여성은 지당한 말을 하며 수상한 것을 보는 눈빛을 보냈다.

그녀가 코모리 아즈사이리라. 나카가와가 보내준 사진과 외모가 일치했다. 검은 머리를 보브컷하고 어딘가 작은 동물을 연상시키는 눈을 하고 있었다. 복장은 긴소매 티셔츠에 무릎길이 치마라는 지극히 수수한 실내복을 입고 있었다.

"죄송합니다, 이 녀석은 수단을 가리지 않습니다. 문은 경시청에서 책임지고 수리하겠습니다."

FBI 소속의 체이스가 가볍게 경시청을 팔았다. 코모리 아즈사는 겁먹은 듯한 얼굴을 하면서도 고개를 작게 끄덕였다.

"저는 경시청의 클로드 A 체이스입니다. 이쪽은 사이가 요."

체이스는 정장 주머니에서 휴대 단말기를 꺼내 홀로그램을 비췄다. 거기에는 그의 신분이 표시되어 있었다. 그에게는 일시적으로 경시청 형사의 신분이 부여돼 있었다.

"정말로 형사님……인가요. 무, 무슨 일이시죠?"

"아리마 요헤이에 대해서 묻기 위해 왔습니다. 아시죠?"

"…………웃."

코모리 아즈사는 놀란 듯이 숨을 삼켰다. 그 반응은 연기로 보이지 않는다고 사이가는 생각했다. 집에 없는 척한 것을 보아 켕기는 건 있는 듯하지만.

지금 그녀가 아리마의 유일한 단서다. 사이가는 그 켕기는 것에 흥미가 있었다.

연립주택의 방 배치는 이른바 원룸으로, 상당히 비좁았다. 전자서적이 주류가 된 현재 완전히 적어진 만화 잡지가 몇 권이나 바닥에 놓여 있었다.

"그, 아리마 군은…… 최근 1주일 이상 돌아오지 않았어요……."

아즈사는 테이블에 차가운 보리차를 세 잔 놓고 천천히 그렇게 말했다.

"그는 이 집에 살고 있는 거군요?"

체이스의 질문에 아즈사는 다시 고개를 끄덕였다.

허름한 주택에서 헌신적인 여성과 복서의 가난한 생활. 어느 시대 얘기야, 하고 태클을 걸고 싶어졌지만 흐뭇하기도 했다.

다만 남자 쪽이 인간조차 아니면 얘기는 별개다.

"당신 남자는 이미 죽었어."

"사이!"

체이스가 날카로운 소리를 질렀다. 그는 고지식하고 배려심 넘치는 남자다. 사이가의 섬세함이 결여된 말은 넘어갈 수 없으리라.

하지만 사이가로서는 알 바 아니었다. 일일이 순서를 밟고 있을 수 없었다. 1초라도 빨리 시인을 찾아서 적절하게 처리하는 것이 매장관의 임무다.

"사인은 몰라. 언제 죽었는지도 아무래도 좋아. 당신이라면 알고 있었을지도 모르겠는데? 뭐, 그것도 좋아. 내가 알고 싶은 건 아리마 요헤이가 갈 만한 곳이야. 아니면 당신은 있는 데를 알고 있나?"

"사이! 적당히──."

"……죽었다는 건 무슨 뜻인가요. 어젯밤에도 그에게서 메시지가 왔는데……."

"시인이야. 알고 있었을 텐데."

"…………!"

아즈사가 놀라서 눈을 크게 떴다. 자세히 보니 수수하기는 하지만 이목구비가 단정했다. 동시에 어딘가 박복해 보이기도 했다.

그 얼굴에 슬픔이 한가득 퍼져갔다. 죽음의 행진을 모르는 자는 이 나라에 존재하지 않는다. 어린아이라도 알고 있다.

물론 시인에 대해서도.

"사이, 순서를 건너뛰지 마. 결론을 서두르면 중요한 것을 놓쳐. 사건을 해결하기 위해서 어떤 사소한 게 단서가 될지 몰라. 죄송합니다, 코모리 씨. 하지만 이 녀석의 말대로 아리마 씨는 이미 죽어서 시인화됐을 가능성이 있습니다."

"어째서 아리마 군이⋯⋯."

사이가는 문득 묘한 것을 깨달았다. 아즈사는 동거하며 돈을 바치고 있는 상대를 성으로 부르고 있다. 연인이면서 어딘가 거리를 두고 있는 것일지도 모른다.

"이쪽에서도 조금 조사했습니다. 아리마 씨는 죽음의 행진이 일어났을 때는 에도가와 구의 본가에서 살고 있었더군요. 이것도 알고 계시겠지만, 크레이돌의 시설에서 유출된 바이러스는 도쿄 도와 세 현으로 확산됐습니다. 거리나 풍향에 따라서 감염자가 거의 없는 구역도 있지만, 도내에 거주하는 인간이라면 감염됐을 가능성은 제로가 아닙니다."

체이스가 유창하게 설명했다. 물론 아즈사도 그 정도 사실은 알고 있다 판단하고 이야기하고 있는 것이리라.

이른바 아리사에게 무거운 사실을 알리기 위한 사전 작업이다.

"하, 하지만 검사 키트였나요? 아리마 군도 그걸 제출한
게……."

"네, 하지만 검사에는 오류도 있고, 배포된 키트는 간이 버
전이라서 감염자가 반드시 반응하지 않습니다."

죽음의 행진 후, 간토권뿐만 아니라 전 국민에게 블레스
바이러스의 감염 유무를 확인하기 위한 검사 키트가 배포
됐다. 막대 형태의 검사 키트에 침을 묻혀 바이러스에 감염
되지 않았는지 확인하는 물건이다.

사건이 일어난 후 불안에 떠는 사람은 적지 않았다. 어쩌
면 옆 사람이 시인──혹은 감염자일지도 모른다.

그리고 자신이 죽어서 괴물이 될지도 모른다──그렇게
되면 친한 사람들의 피를 빨아 죽일 가능성마저 있다.

그런 패닉을 피하기 위해서 정부가 내놓은 방법 중 하나가
검사 키트의 배포였다.

국민 태반이 지시서대로 검사를 실시했지만──속이는 사
람도 많았다. 만약 감염자라고 판명되는 것을 상상하자 검사
자체가 심각한 공포가 됐기 때문이다.

검사를 속이는 수단은 얼마든지 있었다. 타인의 침을 이용
하는 지극히 간단한 방법이라도 충분했다.

국내에 있는 대부분의 기업과 학교의 건강 검진에서도 검
사는 실시됐지만, 그것들을 빠져나갔다 시인화가 된 예도 드

물지 않았다.

아즈사의 말대로 기록으로 아리마 요헤이는 감염자가 아니었다. 복서는 라이선스 취득 때나 시합 전 등에 검사를 받는다. 남보다 검사를 많이 받았지만 그래도 그에게서 감염은 확인되지 않았다.

아마 몸속의 바이러스가 변이해 통상적인 검사에서는 반응하지 않았던 것이리라. 죽음의 행진으로부터 3년이 지났지만 완벽한 검사 방법은 아직 확립되지 않았다.

"블레스 바이러스는 숙주가 죽고 나서 비로소 활동을 개시합니다. 그때까지는 무해하고, 현재는 거의 없지만 죽음의 행진 직후에는 공기 감염도 일어났습니다. 그래서 발생할 때까지 본인도 감염을 모르는 예도 있습니다."

"그럴 수가⋯⋯."

아즈사는 작게 중얼거리고 눈을 내리떴다.

"어제 일어난 사건 현장 근처에서 아리마 씨의 모습이 확인됐습니다."

체이스는 설명을 이어나갔다.

"그가 시인화한 것도 포함해 사정을 듣고 싶습니다. 코모리 씨, 짐작 가는 것이 있으면 가르쳐주시겠습니까?"

"⋯⋯형사님, 일본어를 잘하시네요."

아즈사는 전혀 상관없는 말을 꺼냈다. 체이스는 특별히 놀라지 않았다. 인간의 대답은 영화나 소설과는 다르다. 본인에게 아무런 의도도 없이 상관없는 말을 하는 일은 드물지 않다. 잡담을 싫어해서는 형사 일을 감당할 수 없다.

"할아버지가 일본인이라 집에서는 일본어를 썼습니다. 가족 중에서 제가 제일 잘했죠. 학창 시절부터 시바 료타로도 읽었고요."

체이스는 책장에 눈길을 힐끗 줬다. 그곳에는 시바 료타로의 문고본이 즐비하게 꽂혀 있었다.

"아, 저도 시바 선생님은 아주 좋아하고 특히 《타올라라 검》의 히지카타 씨가 멋있어서 가만둘 수 없는 느낌이── 그게 아니네요. 그런 이야기가 아니었죠."

"아하하, 저도 《타올라라 검》은 몇 번이나 다시 읽었습니다. 《열한 번째 지사》도 막부 말 올스타가 모두 모인 느낌이라서 좋아합니다. 시바의 작품은 제목도 좋지요. 《언덕 위의 구름》이나 《나는 듯이》라든가, 제목을 듣기만 해도 두근거립니다."

"이해해요. 데뷔작인 《페르시아의 환술사》도──."

체이스와 아즈사는 흥겹게 잡담을 계속했다. 사이가는 입을 다문 채 보리차를 마셨다.

"──아리마 씨도 소설을 읽으셨습니까?"

"그는──복서이고 눈이 나빠지면 안 되기 때문에 만화를 조금 읽는 정도예요."

갑자기 체이스가 아리마 이야기로 돌아가는 바람에 아즈사는 당황한 듯했다.

"……아즈마 군에 대해서는 정말 몰라요. 제가 알고 싶을 정도예요. 두 달 전부터 집에도 거의 오지 않게 되어서요……."

아즈사의 눈에 눈물이 그렁그렁하게 맺히기 시작했다.

"메시지가 와도 '아직 돌아갈 수 없어' '걱정 마'뿐이었어요……."

"아리마 씨는 원래 프로복서죠? 세 달쯤 전에 망막 박리가 드러나 라이선스가 실효됐습니다. 그가 집에 돌아오지 않게 된 건 그 탓입니까?"

그것도 나카가와가 조사해준 정보다.

"……아리마 군에게는 복싱이 전부였어요. 생활이 조금 힘들어진 건 어쩔 수 없어요. 그에게는 시간이 필요해요…… 그래서 저는 기다리기로 했어요."

"그 녀석이 잘못한 거야, 성모님."

사이가는 컵을 테이블에 탁 놓았다.

"고등학교 시절부터 사귀었다고? 그러면 아리마라는 녀석에 대해서는 잘 알겠군. 응석을 받아주면 끝없이 타락한다는 것도."

사이가는 일어서서 좁은 방을 둘러봤다. 타인의 방에서 보이는 무례한 행동에 아즈사가 순간 깜짝 놀라더니——문득 시선을 피했다.

"거긴가."

사이가는 중얼거리고 침대 옆에 몸을 숙였다. 침대 아래에는 서랍이 들어 있어서 옷이 담긴 그것을 잡아당겨 밖으로 꺼냈다.

"저, 저기요! 뭐 하시는 거예요?!"

"⋯⋯⋯⋯있다."

아즈사의 항의를 무시하고 사이가는 침대 아래로 손을 뻗어 잠시 더듬다가 그것을 발견했다.

침대 아래에 엄지손가락 끝만한 작은 봉지가 테이프에 붙어 있었던 것이다.

"헤로인은 기본적으로 냄새가 없지만 냄새가 나는 것도 있지. 마약은 전문 밖이지만 약에는 약간 인연이 있어서 말이야."

"⋯⋯마약견이 필요 없군. 네 코는 대체 어떻게 되어 먹은 거야."

체이스는 질렸다는 듯이 말하면서도 그 눈이 예리하게 가늘어져 있었다. 사이가는 가볍게 손을 들어 그를 제지했다. 아직 여기서 그녀를 몰아세우면 곤란하기 때문이다.

"방에 들어오기 전부터 희미하게 냄새가 났어. 당신한테

받은 돈으로 그 녀석은 기껏해야 이런 걸 산 거야. 집에 없는 체하고 싶겠지. 하지만 당신은 하지 않았군. 약을 한 눈이 아냐. 아리마란 녀석은 여자에게 시킬 만큼 미치지는 않았던 건가."

"그, 그건……."

"뭐, 당신이 했어도 상관없어. 그보다 사인이 보이는군. 과잉 투여나 약이 필요해서 위험한 돈에 손을 댔다 제거됐거나."

"저는…… 말렸어요. 하지만 그런 것이라도 의지하지 않으면…… 아리마 군은, 복싱을 빼앗긴 그는 살아갈 수 없었어요!"

"살기 위해 약에 손을 대다니 본말전도야. 잘 들어, 당신은 감사해야 돼. 아리마는 조만간 댁을 약에 절이거나 약을 사기 위해 댁한테 어떤 짓이라도 시켰을 거야. 죽어줘서 다행이라고 생각해."

"…………큭!"

짝, 하고 메마른 소리가 울렸다. 아즈사가 몸을 내밀어 사이가의 얼굴을 손바닥으로 후려친 것이다.

아즈사는 놀라 손을 물리고 시선을 이리저리 돌리기 시작했다.

"안심해. 공무집행방해 같은 쩨쩨한 말은 안 해. 오히려 내

가 다른 경찰을 방해하거나 때리는 쪽이거든. 남 같은 말은
못 하지."

"그런 건 자랑이 아니지."

"나는 시인 외에는 흥미 없어. 여기 있는 양키도 댁이 약에
손대지 않았다면 아무 상관 안 해. 알고 싶은 건 아리마 요헤
이가 있는 곳뿐이야."

"······아리마 군을 찾으면 어떻게 할 작정인가요?"

"시인은 '해수(害獸)' 취급을 받아. 포획이 원칙이지만──
그런 건 명분이야. 박살내도 상관없게 돼 있어."

"큭! 아, 아리마 군은 물건이 아니에요!"

"시인은 죽음을 뿌리는 괴물이야!"

사이가는 날카롭게 말하고 손 안의 약물을 꽉 움켜쥐었다.

"인간이 먹이로 보이게 되면 그 녀석은 이미 인간이 아냐.
인간이 아니라고."

"············."

아즈사는 손을 문지르며 눈물이 글썽한 눈으로 사이가를
빤히 응시했다. 적의는 느껴지지 않았다. 다만──뭔가 강
한 의도를 담은 시선이었다.

사이가 역시 말없이 그녀의 눈을 마주 응시했다.

저녁 즈음이 되어 하늘에는 무겁게 엉겨 붙은 구름이 나타

나고 가랑비가 내리기 시작했다. SUV의 조수석에서 사이가는 하늘을 올려다보고 있었다.

여기는 코모리 아즈사의 연립주택에서 500미터도 되지 않는 위치에 있는 주차장이다. 그녀와 이야기를 나눈 지 여섯 시간 정도가 지났다.

차창은 모두 불투명 모드로 바꿔 차 안을 들여다볼 수 없게 했다. 물론 아즈사에게 들키지 않기 위해서다.

지금 아리마 요헤이의 단서는 그녀뿐이다. 감시를 하지 않을 수는 없다.

이 위치에서 아즈사의 연립주택은 보이지 않는다. 하지만 주택 출입구에 소형 드론을 띄웠다. 간단히 사용 허가가 나오는 대신 24시간밖에 쓸 수 없다. 긴급 사태가 아니면 사생활 때문에 경찰에서도 드론을 사용하거나 방범 카메라의 영상을 확인하는 데 큰 제한이 걸리기 때문이다.

앞 유리에 15센티미터 정도의 홀로그램이 떠 있고, 그곳에 드론에서 보내는 영상이 실시간으로 송신되고 있었다.

연립주택 출입구에 변화는 없었다. 요 여섯 시간 동안 출입한 건 문을 수리하러 온 업자뿐이었다. 움직이는 물체 반응이 있으면 알람이 울린다. 이변을 놓쳤을 리도 없었다.

"한가하군……."

일이라고는 하나 성인 남자가 좁은 차 안에서 몇 시간이나 단둘이 있어야 한다. 형사는 정말이지 수지가 안 맞는 장사다.

"이런 오래된 거리에는 볼 만한 여자도 안 다니는군. 재미도 하나도 없어."

"잠복에 재미를 추구해서 어쩌자는 거야. 뭐, 이제 와서 하는 말인데 신기해."

"뭐가?"

사이가는 딱히 흥미는 없지만 되물었다.

"그야 만 명이 죽은 시부야에서 그리 멀지 않잖아? 자위대와 경찰이 내전에 준하는 총격전까지 벌인 장소로, 노력하면 걸어서도 갈 수 있는 거리야. 게다가 아직 3년밖에 안 지났어. 그런데 누구나 평범하게 일상을 보내고 있다니."

"정부의 조사를 보면 죽음의 행진 전후로 도내 인구는 5퍼센트도 안 줄었어."

사이가는 나직하게 중얼거리듯이 말했다.

"도망쳤지만 바로 돌아온 사람들도 많은 모양이야. 미국인의 눈으로 보면 개집 같은 집도 죽을힘을 다해 대출을 갚은 데거든. 쉽게 버릴 수는 없겠지. 정부는 이제 안전하다고 했고. 잠꼬대를 믿는 것도 본인 마음이야."

"신랄하군, 사이. 뭐, 사람은 자신이 믿고 싶은 얘기를 믿는다는 건가. 안전하다는 선언을 사실로 만드는 게 우리의 일이고."

"시시한 결론이야. 미인이 남아 있다면 지켜줄 마음도 생기겠지만."

"코모리 아즈사는 비교적 미인 아닌가? 조금 수수한가?"

"우리 평가가 짠 건지도 모르겠어. 우리 보스처럼 눈에 띄는 미인에 익숙한 탓인가? 뭐, 그쪽은 그쪽대로 귀여움이 부족하지."

사이가는 고개를 갸웃거렸다. 시즈카도 화려하지는 않지만 누구나 돌아볼 만한 미인이다. 다만 지켜주고 싶어지는 듯한 아련함은 전무했다.

"코모리 아즈사도 무서워하는 것치고는 이런 곳에서 평범하게 살고 있군. 겁이 많은 건지 배짱이 두둑한 건지."

"약물중독자와 사는 배짱이 있으면 시부야의 사건은 신경도 안 쓰이겠지. 아아, 이제 그만 나와 주면 좋겠는데 말이야. 귀찮아……."

사이가에게 이 거리의 일상은 아무래도 좋았다. 실제로 평범하게 살다 시인과 조우할 가능성은 상당히 낮다. 아마 교통사고를 당할 가능성 쪽이 훨씬 높으리라.

애초에 체이스가 일하던 뉴욕의 범죄율은 도쿄와는 비교가 되지 않을 만큼 높다. 그가 도쿄 주민을 평화 바보 취급하는 것도 묘한 이야기다.

다만 이런 이야기는 잠복 중 시간 때우기 영역을 넘지 않지만 말이다.

"……그보다 코모리 아즈사를 인질로 삼아 보도하면 되지 않아? 이 여자의 목숨이 아까우면 출두하라고."

"너만 그런 게 아니라 나카조 씨와 무로마치 경시의 목도 날아갈 거야."

"시즈카는 착한 녀석이니까 내 목만은 지켜줄 거야."

"나카조 씨도 큰일이겠어…… 그리고 보니 그녀와는 안 지 오래됐다며?"

"나를 경찰로 스카우트한 게 그 녀석이었을 뿐이야."

사이가는 입술을 희미하게 일그러뜨리며 말했다.

"스카우트라…… 일본 경찰이 언제부터 스카우트제가 됐는지 나는 아는 바가 적어서 모르겠군."

"묘하게 말 돌리지 마. 아니, 귀찮은 얘기는 관둬. 그보다…… 그 녀석 말이야, 코모리 아즈사. 체이스, 그 여자를 어떻게 봤지?"

"고지식하고 기가 약하다. 방은 조금 어질러져 있었는데, 아마 정리되지 않은 건 아리마의 소지품이겠지. 녀석의 물건은 마음대로 움직이지 못하도록 정해져 있어. 시바 료타로의 책은 발행 순서대로 꽂혀 있었거든."

"꼼꼼하다고 치지. 네 책상도 정리해주면 좋겠어."

사이가의 노골적인 화제 돌리기에도 체이스는 아무렇지 않게 대답했다. 딱히 듣고 싶은 이야기도 아니었던 것이리라.

"다만 배짱은 두둑해. 갑자기 문이 차여 부서지고 형사가 두 명이나 오면 보통은 동요해. 하지만 그녀는 겁먹은 듯이 보여도 제대로 대답했어. 말에서 지성도 느꼈고. 이렇게 말하면 그렇지만, 작은 공장의 사무를 보기에는 아까워."

"역시 FBI 수사관. 하지만 넌 중요한 걸 놓쳤어."

"중요한 거?"

사이가의 말에 체이스는 허를 찔린 듯한 얼굴을 했다.

"시인 범죄는 지금까지 있었던 범죄와는 전혀 달라. 인간이 아닌 녀석들이 하는 짓이야. 인간의 범죄와 같은 루틴으로 대처하면 엉뚱한 방향으로 나가지. 프로파일링도 좋지만 녀석들이 상대라면 더 단순한 감과──경험이 도움 돼."

"사이, 하고 싶은 말이 뭐야?"

사이가는 자신의 코를 가볍게 문질렀다.

"그 여자, 엄청난 피 냄새가 났어. 이미 시인에게 홀렸을지도 몰라."

"피…… 냄새?"

"호랑이도 제 말 하면 온다더니. 나왔다."

삐 하고 알람이 울리고 홀로그램에 연립주택에서 나오는 아즈사의 모습이 비쳤다. 그녀는 오후에 만났을 때와 거의 같은 복장에 위에 얇은 재킷을 걸치고 있었다. 해가 지고 비도 내리기 시작해 조금 쌀쌀하기 때문이리라.

아즈사는 주택 앞 길을 빠른 걸음으로 나아갔다.

"얘기는 나중에 하지. 그럼 가볼까."

운전석에 앉은 체이스가 시동을 걸었다. 그도 아즈사의 표정이 긴장돼 있는 것을 알아차렸으리라.

잠시 편의점에 가 물건을 사는 건 아닌 듯했다. 사이가는 입가를 살며시 끌어올렸다.

*

경동맥에서 피가 뿜어져 나오고 남자가 천천히 쓰러져 갔다.

그 피보라 저편에 한 청년이 서 있었다. 남자치고는 길게 자란 흑발에 가죽점퍼와 슬림한 청바지. 양손을 주머니에 찔러 넣고 있었다.

쓰러진 남자는 아마 자신이 무슨 일을 당했는지도 모른 채 죽었을 것이다. 아니, 그 남자뿐만이 아니다. 청년의 앞에는 다섯 구의 시체가 쓰러져 있었다. 전원이 남자로, 나이는 20대에서 40대까지 제각각이었다. 모두 목에서 대량의 피를 흘려 이미 숨이 끊어져 있었다.

이곳은 오차노미즈 역 근처에 있는 교회다. 지금은 사람이 없어서 단단히 잠겨 있지만 청년도 남자들도 당연하다는 듯이 들어왔다.

죽은 남자들은 뉴욕을 본거지로 하는 마피아의 구성원들이다. 모두가 일본인인 것은 그들이 '현지 협력원'이기 때문이다. 심부름꾼이라고도 한다.

그들의 임무는 총기나 마약을 홍콩을 경유해 일본으로 들여오고, 블레스 바이러스를 어떤 조직에서 입수해 뉴욕으로 보내는 것이다.

물론 바이러스의 해외 반출은 중죄다. 이미 해외에 유출됐다고는 하나 재반출은 억제해야 하기 때문이다.

바이러스는 미국에도 상륙했지만 뉴욕의 마피아는 변이된 최신 바이러스를 필요로 하고 있었다. 토커가 만들어질 가능성이 높은 바이러스라고 알려져 있는데, 그 소문은 수상하기 그지없었다. 최고의 인재와 최신 설비를 갖춘 크레이돌조차 바이러스를 제대로 제어하지 못했기 때문이다.

하지만 단순한 바이러스라도 충분한 가치가 있다. 미국에서는 상륙을 막지 못했지만 감염자에게는 경찰이나 FBI, 때로는 군대가 출동해 대처에 나선다. 감염자의 시체를 비롯해 집과 직장의 물품, 넌시 하나에 이르기까지 회수하는 것이다.

법에 구애되지 않는 마피아들에게 인간을 괴물로 바꾸는 바이러스는 얼마든지 이용 가치가 있다. 그들은 자유롭게 취급할 수 있는 바이러스를 필요로 하고 있었다.

다만 마피아들은 욕심이 지나쳤다. 그들의 요구는 한없이 확대되어 갔다. 바이러스뿐만 아니라 토커 자체를 요구해 왔다.

청년은 마피아들이 어리석다고 생각했다.

'그'는 거래 상대의 기세를 살려주는 것은 좋아하지 않는다. 현지 조사원 살해는 그가 청년에게 내린 명령이었다. 상대를 지나치게 자극하지 않고 체면을 지나치게 손상시키지 않는 대처 방법이었다. 아마 이 경고로 마피아는 점점 키워가던 요구의 수위를 낮출 것이다.

청년은 청각으로 모두의 심장 소리가 멈춘 것을 확인하고 몸을 돌렸다. 그와 동시에 단말기의 호출음이 울렸다.

"……일은 끝났어. 시체는 적당히 회수해줘."

『역시 솜씨 좋네. 그런 자잘한 일까지 시켜서 미안해.』

단말기 저편에서 젊은 여자의 즐거운 목소리가 들려왔다. 그녀는 늘 이런 기분이다. 부모의 장례식이라도 놀이기구를 타듯이 즐기리라.

"어떤 일이든지 상관없어. 해야 할 일이라면 바보한테 시켰다 실패하는 것보다 나아."

『너라면 만의 하나라도 실패는 없으니까. 준비에서 실행까지 익숙해졌어.』

"익숙해지면 못할 일은 없어."

청년은 무감정하게 말했다. 인간을 죽이는 것은 어려운 일도 아니었다. 청년은 인간의 몸이 죽이기 쉽게 이루어져 있다는 생각마저 했다.

그에게는 그렇게 생각할 수 있을 만한──경험이 있었다.

『일 잘하는 애에게는 누나가 상을 주고 싶지만, 그 전에 일을 또 하나 해줄래?』

"당신 명령은 듣지 않아."

『물론 평소처럼 내려온 명령이야. 어젯밤 실패한 바보가 있었잖아. 매장관이 그 바보를 주목했어.』

"……어느 쪽을 정리하면 되지?"

『보고 와.』

"알았어."

『……조금은 의문을 가져. 보고 어떻게 하라는 거라든가 그것뿐이냐든가. 젊은데 호기심도 없어?』

나무라듯이 말하면서도 역시 그녀는 즐거운 듯했다.

"평소대로 그의 명령이잖아. 그러면 따를 뿐이야."

청년은 주저 없이 단언했다. 그렇다, 그가 행동하는 이유는 단 하나. 지금까지도 앞으로도 무엇 하나 바뀌지 않는다.

청년은 상대의 대답을 기다리지 않고 통화를 마친 후 단말기를 집어넣고 밖으로 나갔다.

잿빛 하늘에서는 이슬비가 내리고 있었다.

*

겨자색 경차가 가랑비 속을 경쾌하게 달려갔다.

코모리 아즈사가 운전하는 그 차는 그녀의 연립주택 근처 월정액 주차장에 세워져 있었다. 하지만 번호판을 보고 아즈사의 자가용이 아니라 렌터카라는 사실이 바로 판명됐다.

주차장은 아즈사가 사는 연립주택의 주인이 오너로, 빈자리가 있어서 공짜로 쓰게 해준 모양이었다. 아즈사가 예의 바르고 신중한 성격인 만큼 집주인 노인의 마음에 든 모양이다.

이것들도 나카가와가 조사해준 정보다. 더욱이 그의 조사에 따르면 아즈사의 경차는 사흘 전에 빌렸고, 그전에도 요 두 달 동안 그녀는 다른 렌터카 대리점에서 다섯 번이나 차를 빌렸다.

구입과 유지에 거금이 필요한 자가용이 아니라 필요할 때만 렌터카를 빌린다. 요즘에는 드물지도 않은 패턴이지만 빌리는 빈도가 조금 높았다.

아즈사의 경차는 에코다에서 국도 254호선으로 들어가 이케부쿠로 방면으로 향했다. 그리고 이케부쿠로 역 부근에서 좁은 골목으로 들어가 스가모 부근으로 향하고 있는 듯했다.

"사이, 스가모에 뭐가 있었더라?"

"몰라. 아아, 코간지란 절이 있었던가? 그리고 노인이 많아. 별명이 천국에 가장 가까운 동네지."

"그거 지금 생각한 거잖아…… 연장자는 공경하자고."

형사 두 명은 아무래도 좋을 대화를 나누며 경차를 쫓아갔다. 아즈사의 차는 공장 지대로 들어가기 시작했다.

"뭐, 여기는 꽤나 변한 것 같군."

사이가가 중얼거렸다.

이 부근은 최근 몇십 년 사이에 공장이 늘어서게 된 지대다. 20년 전에 잇달아 일어난 재해의 피해가 크고 주민의 유출도 많았기 때문에 공백 지대로 변하고 말았다. 그 후, 정부 주도 부흥 계획의 일환으로 부흥에 쓰이는 자재나 기계의 제조 공장이 많이 지어졌다.

비교적 새롭고 낮은 건물이 이곳저곳에 보였다.

"코모리 아즈사가 일하는 공장도 이 근처였던 건가?"

"이런 시간부터 출근할 일은 없겠지. 기대해도 되지 않겠어?"

사이가가 불쑥 내뱉었다. 자신의 직장에 용의자가 된 남자친구를 숨기고 있다. 있을 법한 이야기다. 넓은 공장이라면 사람 한 명을 숨길 수 있는 공간 정도는 있을지도 모른다.

"응?"

사이가는 순간 자기 눈을 의심했다. 그만큼 아무렇지 않게, 그리고 갑자기 이변이 일어난 것이다.

아즈사의 경차가 서행하나 싶더니 정차해 그녀가 차에서 내렸다.

그러더니 길을 걷고 있던 여중생 같은 소녀에게 달려가 작은 스프레이로 뭔가를 뿌렸고, 비틀거리는 그 소녀를 재빨리 안아 강제로 차 뒷좌석에 넣은 다음——.

그리고 아무 일도 없었던 듯이 다시 차로 달리기 시작했다.

틀림없이 10초도 걸리지 않았으리라. 너무나도 깔끔한 솜씨였다. 대본이 있고 협의를 마친 것처럼 물 흐르는 듯한——유괴였다.

"……흉포하고 말 안 통하는 형사가 남자친구를 쫓고 있다. 자신이 마크되고 있다 해도 지금 당장 그에게 충고해 멀리 도망치게 해야 한다——는 전개를 예상했는데 말이야."

"네 감도 딱 맞지는 않나 보군. 그녀는 아리마 얘기를 듣고 놀란 얼굴을 보였는데, 상당한 연기파였던 모양이야."

경차를 쫓으며 체이스의 눈은 실처럼 날카롭게 가늘어져 있었다. 눈앞에서 벌어진 유괴를 막지 못한 후회와——범죄에 대한 증오가 담겨 있었다.

체이스는 평소에는 온화하고 다정한 남자지만 이렇게 범죄에 대처할 때만은 짐승처럼 살기를 내뿜는다.

　"기다려, 체이스. 코모리 아즈사가 어디로 가는지 확인해야 돼. 제압하는 건 그 다음이야."

　"긴급 사태야, 사이. 지금은 저 여자애를 구하는 게 먼저야. 이로써 코모리 아즈사를 체포할 수 있어. 아리마가 있는 곳은 어떻게든 알아낼 수 있고."

　"저 애가 죽었다면 이미 늦었어. 살아 있다면…… 바로 어떻게 하지는 않을 거야. 조금 더 상황을 지켜보자."

　사이가는 코모리 아즈사가 간단히 입을 열지 않는다고 확신했다.

　그녀가 시인이 된 연인을 숨기고 있다면 다른 데를 들러 그에게 음식을 가지고 가는 일 정도는 있을 수 있다고 생각했다. 하지만 그녀의 행동은 예상 이상이었다.

　사이가도 초조하기는 했다. 체이스와는 동기가 달라도, 틀림없이 상관없는 소녀가 납치된 것에 대한 분노도 있었다.

　하지만——초조해해서는 안 된다. 구할 수 있는 것도 구할 수 없게 된다.

　두 번 다시 실수는 저지를 수 없었다. 잃은 것은 되찾을 수 없으니 말이다. 다른 무엇을 가져도 대신할 수 없는 것도 있는 법이다.

"……멈췄어."

"의외로 가까웠군."

체이스는 이미 냉정함을 회복한 듯했다. 그는 이래뵈도 미국 최고의 수사 기관의 일원이다. 자신을 제어할 수단은 알고 있었다.

코모리 아즈사의 경차는 방향지시등을 켜며 공장 안으로 들어갔다. 그 공장은 콘크리트 담으로 둘러싸여 문만 열려 있었다. 아니, 문이 열려 있는 것이 부자연스러웠다.

어디를 봐도 공장 이름을 나타내는 간판도 없어서 오랫동안 쓰이지 않은 것을 분위기로 바로 알 정도였다.

"폐공장이라, 이제 좀 그럴듯해졌네."

"뭘 기뻐하는 거야, 사이."

체이스가 폐공장에서 지나치게 가깝지 않은 위치에 SUV를 세우고 두 사람은 재빨리 문을 열어 차에서 내렸다.

달려가며 사이가는 소형 인컴을 귀에 꽂았다. 휴대 단말기의 부속장치로 통화가 가능했다. 초기 설정 때 사용자의 음성을 해석해서 거의 알아들을 수 없는 작은 중얼거림을 고감도 마이크로 포착해 음성을 보정하는 기능이 있었다. 요약하자면 이런 잠입 임무 때 '은밀한 이야기'를 하는 게 가능했다.

덧붙여서 소형 투사 표시를 눈앞에 띄워서 정보를 확인할 수도 있었다.

"가자."

사이가는 체이스에게 말을 하고 달려 나갔다. 재빨리 문을 지나 희미한 타이어 자국을 쫓아 부지 안을 나아갔다.

바로 아즈사의 경차가 보였다. 시동은 꺼져 있었고, 사이가가 신중하게 안을 들여다봤지만 아무도 없었다. 아즈사도 납치된 소녀도 이미 차에서 내린 듯했다.

경차가 세워진 옆에 낮은 회색 건물이 있었고, 뒷문 같은 문이 열려 있었다. 어지간히 서둘러 건물에 들어간 걸까.

사이가는 그레이버를 꺼내 탄환이 장전되어 있는 것을 확인했다.

문을 사이에 두고 반대편에 위치를 잡은 체이스도 권총을 꺼내 마찬가지로 탄환을 체크했다. 그의 권총은 Cz75. 체코슬로바키아제 자동 권총이다. 개발된 지 이미 1세기 가까이 지났지만 지금도 현역이다. 손에 달라붙듯이 잘 밀착되어 명총이라고 알려져 있었다.

사이가가 만약을 위해 소리를 내지 않고 수신호로 신호를 보낸 다음 앞장서서 뒷문을 통해 안으로 들어갔다. 건물 안은 캄캄했다. 전등은 켜져 있지 않았고, 이미 해도 져서 거의 아무것도 보이지 않았다.

하지만 사이가의 눈은 곧 어둠에 익숙해졌다. 건물 안은 휑했다. 전에는 공작 기계 등이 놓여 있었겠지만 철거된 듯했다. 벽에 철제 선반 몇 개가 늘어서 있고 이곳저곳에 종이 상자가 아무렇게나 쌓여 있었다.

서두르지 않으면 소녀의 신변이 위험하다. 하지만 경솔하게 아즈사에게 접촉했다가는 그 소녀가 인질로 잡힐지도 모른다. 신중한 대처가 필요한 성가신 현장이었다. 사이가는 거친 일에는 자신 있지만 섬세한 일에는 서투르──다기보다 솔직히 말해서 싫어한다.

공장 안을 둘러보고 있는데 갑자기 인컴이 삑 하고 작은 전자음을 울렸다. 사용자 외에는 거의 파악할 수 없는 소리였다.

체이스는 바로 옆에 있었다. 그는 아닌 듯했다.

『호크 01, 호크 02 들립니까?』

"…………."

범인의 모습은 아직 보이지 않았다. 통화를 온으로 하자 나카가와의 목소리가 울렸다.

현재 사이가와 체이스의 단말기는 '임무중' 스테이터스로 설정되어 있다. 매장관 전용 통화 시스템에서는 자신의 상태를 설정해둘 수 있기 때문이다.

임무 중의 경우에는 본명이 아니라 콜사인을 쓰는 것이 원칙이다. 사이가와 체이스 파티는 단순히 사이가의 이름인 요(鷹)에서 따왔다.

"뭐야, 나카가와. 지금 좀 바빠."

『아아, 사이 선배. 보고가 둘 있어요.』

사이가 쪽이 본명으로 불렀기 때문에 나카가와 쪽도 거기에 따랐다.

『아리마 요헤이 말인데요, 두 달쯤 전에 일어난 유괴 미수 두 건의 범인과 특징이 흡사해요. 일단 녀석이 틀림없는 것 같아요.』

"그런 건 아무래도 좋아. 죽은 지 얼마 안 된 녀석한테는 자주 있는 일이잖아."

시인에게 인간은 식량이다. 잡아서 피를 빨지 않으면 활동이 정지된다. 하지만 시인이 인간을 뛰어넘는 신체능력을 가지고 있어도 솜씨 좋게 사냥감을 붙잡을 수 있느냐는 다른 문제다.

그 소녀처럼 순식간에 다섯 명이나 확보하는 것은 상당한 예외였다.

『그야 그렇죠. 다만 아까 받은 정보. 범인이 마약 중독이었단 얘기. 거 참, 21세기도 후반에 들어왔는데 아직도 마약을 하는 멍청이가 있네요.』

"미국에서도 십 대는 예사로 해. 담배는 멸종 상태인데 묘한 얘기지. 뭐, 금연은 해도 마약에서는 빠져나오지 못하니까 그렇겠지."

체이스는 나카가와의 이야기에 어울리려는 듯했다. 물론 대화하면서도 그의 눈은 약간의 이상도 놓치지 않으리라.

『블레스라도 마약은 분해할 수 없는 게 문제인가요. 뭐, 마약은 마취제이기도 하니까 섣불리 분해할 수 없는──.』

"됐으니까 용건을 말해. 그보다 이제 아리마는 눈앞에 있어."

사이가는 종이상자 옆을 빠져나가며 말했다. 이 상황에 이르러 정보가 도움이 될 리는 없다고 생각하면서.

『아, 그런가요. 아니, 키바 씨가 조대 5과의 지인에게 알아봐다줬는데요.』

"그 아저씨 발 넓네."

조직범죄대책 5과는 주로 마약 관련 범죄를 단속하는 부서다. 보통 매장계와는 거의 접점이 없지만 경시청에 오래 근무해 베테랑 형사가 되면 인맥도 있는 모양이다.

『아리마의 행동 범위를 볼 때 이케부쿠로 부근의 판매원에게 산 게 아닌가 싶어요. 녀석의 주머니 사정이라면 혼합물 투성이인 조악품만 살 수 있을 테니까 그런 걸 취급하는 판매원 몇 명의 이름을 듣고 키바 씨가 바로 접촉하고 왔는데요. 놀랍게도 한 방에 대박이었어요. 정기적으로 아리마에게 약을 팔던 판매원을 추궁하고 온 거예요.』

"우연일 리가 있나……."

키바가 다루던 건 살인 사건이지만 수사 노하우는 다방면에 걸쳐 있다. 아리마에게 약을 팔던 판매원을 미리 좁혀가고 있었던 게 틀림없었다.

『아리마 녀석, 두 달 전부터 전혀 사러오지 않았대요.』

"역시 그쯤에 시인화가 됐군. 신참 아가씨보다는 반응이 있으려나."

사이가는 가볍게 웃으며 더 나아갔다. 건물 안에는 작은 방도 몇 개가 있는 듯했다. 작은 방의 어딘가에 아리마와 아즈사가 숨어 있을지도 모른다.

『다만 그 판매원이 바로 일주일 전에 아리마와 우연히 만났대요. 물론 아리마는 약을 안 샀어요.』

"당연하겠지."

시인은 체내 감각을 거의 잃는다. 고통이 차단되는 한편 마약에서 생기는 쾌락도 당연히 느끼지 못하는 것이다.

『사실 저도 키바 씨와 같이 그 판매원을 만나고 왔어요. 비교적 평범한 형씨더라고요. 아, 마약 판매인이라면 래퍼 같은 차림의 거친 흑인이라고 생각했어요.』

"무슨 편견이야. 슬슬 결론을 말 안 하면 먼저 범인을 부술 거야."

『아아, 그 판매원이 말했어요. 아리마가 서둘러서 볼일 있냐고 물으니까──어, 뭐였더라.』

『여, 사이가. 판매원 자식이 재미있는 말을 했어. 지금 들는 게 나을지도 몰라.』

갑자기 키바의 목소리가 들렸다. 전화를 바꾼 모양이다.

"거들먹거리는 건 노인네의 나쁜 버릇이야, 아저씨."

『그야 거들먹거리게 되지. 알았지, 진정하고 들어.』

전화 저편에서 키바가 가볍게 헛기침을 했다. 신중하게 말을 고르고 있는 듯한 긴장감이 희미하게 전해져왔다.

『존 두가 기다리고 있다――그렇게 말했다더군.』

"…………!"

사이가의 목덜미에 오싹하게 강렬한 오한이 퍼졌다. 전기 같은 충격이 덮쳐서 온몸의 피부에 소름이 돋고 솜털이 모두 곤두섰다.

존 두――!

그것은 사이가에게 결코 잊을 수 없는, 영혼에 새겨진 이름.

사이가는 종이상자의 그늘에서 나와 당당히 모습을 드러내며 걷기 시작했다.

"이, 이봐, 사이……!"

인컴 너머가 아니라 체이스의 육성이 들려왔지만 사이가는 신경 쓰지 않았다.

그때――갑자기 건물 안에서 총성이 울리고 섬광이 어둠

을 갈랐다. 사이가의 어깨와 다리에 총알 몇 발이 명중해 그의 몸이 비틀거렸다.

"이것 봐라, 네놈은 뭐냐……!"

건물 안쪽 작은 방에서 한 남자가 나타났다. 갈색 장발과 무늬 화려한 티셔츠에 헐렁한 바지. 감시 카메라 영상에 나온 남자다. 복장까지 똑같았다.

하지만 한 가지 다른 점이 있었다. 남자의 오른손에는 총이 쥐어져 있었다.

AKS74U. 통칭 '크린코프'.

세계에서 가장 많이 양산된 소총이라는 AK47의 후속작으로 개발된, AK74의 쇼트카빈 모델이다. 한계까지 총신을 줄여서 근접전에서 조작 성능을 향상시켰다.

"아아 그런가. 네놈들——네놈들이 아즈사가 말했던 형사인가. 쳇, 바보가 꼬리를 달고 온 거냐. 하여간에 도움이 안돼요."

"미, 미안해."

나타난 남자——아리마의 뒤에 숨듯이 아즈사의 모습도 있었다. 아즈사는 부들부들 떨면서 총을 쥔 아리마를 응시하고 있었다.

"네가 아리마 요헤이냐."

사이가는 히죽 웃고 그레이버를 들었다. 총알이 명중한 곳에서는 피가 흘러나오고 있지만 그는 전혀 개의치 않았다.

"일단 말해두지. 경찰이다, 양손을 머리 뒤로 깍지 끼고 무릎 꿇어……."

"핫, 이렇게 의욕 없는 경찰은 처음 보네. 그보다 너, 진짜 경찰이냐? 어디 똘마니가 아니고?"

"어엿한 공무원이야. 불경기든 혁명이 일어나든 월급은 확실히 나오고 퇴직금도 듬뿍 나오는 철밥통 공무원이지. 어때, 부러워?"

"이쪽은 죽었어. 까먹은 거냐."

"아아, 그랬지."

"이 대화는 뭐야…… 그보다 둘 다 어린애야……."

체이스가 Cz를 든 채 어이없어했다. 시인과 동급으로 취급받는 건 불쾌하기 짝이 없지만, 사이가도 자신이 어린애와 다를 바가 없다는 건 부정할 수 없었다.

"뭐, 그런 건 아무래도 좋아. 일단 시인 사건은 포획이 원칙이지만 얌전히 수갑을 받은 시인은 거의 없어. 해치우기 전에 묻지. 어젯밤에 사건을 일으킨 꼬맹이 시인——네가 그 녀석을 부추겼나?"

"아아, 그 꼬맹인가. 느닷없이 부모를 죽였을 뿐만 아니라 지나가는 인간까지 죽였거든. 함부로 죽이고 멋대로 날뛰면 순식간에 경찰한테 발견돼. 어쩔 수 없어서 확보하러

간 거야."

아리마는 예상 외로 술술 떠들었다. 이미 활동을 정지한 시인은 아무래도 좋기 때문일까.

"신참 시인은 내버려두면 무슨 짓을 할지 모르거든. 그저 우리의 동료가 되고 싶으면 식량을 확보해 바쳐라――라고 가르쳐줬지."

"⋯⋯그렇군."

식량, 즉 인간을 말한다. 그 소녀가 필요 이상의 인간을 사냥한 건 이 피라미가 부추긴 게 이유였다.

"하지만 그 꼬맹이, 상당히 다급했나 봐. 얘기 도중에 사냥하러 갔거든. 하하, 약속 장소도 안 정했는데, 결국 꼬맹이야."

"그래서 그 애는――그런 지하도에서 어디에도 갈 수 없게 된 건가."

"뭐야, 짭새. 설마 시인한테 동정이라도 하는 거야?"

"농담이지? 뭐 됐어, 얘기는 알았어. 공무원이란 건 진짜 귀찮아. 나는 꼬맹이와 네 관계는 아무래도 좋아. 내가 묻고 싶은 건 단 하나――하지만 그쪽은 순순히 얘기 안 하겠지. 아아, 귀찮아."

"뭔 소리야?"

"하고 싶지 않지만⋯⋯ 놀아주겠다는 거야!"

사이가는 말하자마자 바닥을 차고 달려 나갔다. 오른손에 쥔 그레이버의 총구를 겨누려고도 하지 않은 완전히 무모한 충돌이었다.

"뭐, 뭐야……?!"

아리마는 깜짝 놀라 크린코프를 겨눴다.

그래도 사이가는 기세를 전혀 줄이지 않았다. 아까 맞은 상처의 통증도, 아직도 흘러나오고 있는 피도 전혀 신경 쓰지 않았다.

크린코프가 불을 뿜어 총성을 울렸다. 그러나 한 손으로 대충 쏜 사격이다. 총알을 뿌리는 듯한 사격법으로는 급소를 맞힐 수 없다. 사이가는 아리마의 사격 실력이 형편없다는 것을 이미 간파하고 있었다. 총이라는 것은 어지간히 훈련을 하지 않으면 상당히 가까운 거리에서도 사정없이 빗나가는 무기이기 때문이다.

"전쟁 영화가 아냐! 겨눈 곳에 맞지도 않고, 맞아도 쓰러져 준다는 보장도 없어!"

그 말대로 계속해서 쏘아진 크린코프의 총탄은 사이가의 몸에 한 발도 맞지 않았다. 무엇보다도 사이가는 아리마의 눈 움직임과 총구의 방향으로 탄도를 예측해 약간의 동작으로 총탄을 피하고 있었다.

이어서 총성이 세 번 울렸다. 크린코프가 아니다.

"큭……!"

아리마의 오른손에 총알 세 발이 명중해 크린코프가 바닥에 떨어졌다. 고통은 없어도 근육이나 뼈가 파괴되면 물건을 쥘 수 없게 된다.

쏜 것은 체이스였다. 그는 사격술이라면 매장계에서도 수위일지도 모른다. 그레이버와 같은 조준 조절 기능이 없어도 총알을 집중하는 것은 간단했다.

"쓸데없는 짓을!"

사이가는 순식간에 육박해 왼다리를 채찍처럼 휘둘렀다. 그의 발차기는 제대로 맞으면 일격에 내장을 파열시킬 정도의 위력이 있었다.

"이 자식…… 우습게 보지 마!"

아리마는 무기를 잃었으면서도 겁먹지 않았다. 아슬아슬하게 사이가의 발차기를 피하고 양손을 가슴 앞에서 모아 공기를 가르는 소리를 내면서 날카로운 잽을 몇 방 날렸다.

"그러고 보니 복서였지!"

사이가는 뒤로 물러나 그 잽을 피했다. 전적은 대단치 않았지만 그래도 전 프로복서다. 시인으로 변해서 그 잽은 헤비급 복서의 스트레이트에도 필적하리라. 하지만 맞지 않으면──.

"…………큭?!"

사이가는 뺨에서 희미한 열기를 느꼈다. 확실히 아리마의 잽을 피했을 텐데 뺨에 한 줄기 상처가 난 것이다. 아리마는 이어서 잽을 계속 날렸다. 그의 잽은 맞기 직전에 팔이 늘어난 듯이 가속했다.

"쳇!"

사이가는 혀를 차며 총을 든 오른팔을 들어 잽을 막았다. 예상대로 망치에 맞은 듯한 묵직한 충격이 전해져왔다. 틀림없이 뼈에 금이 갔으리라. 그리고 사이가의 60킬로그램을 넘는 몸이 붕 떴다.

거기에 아리마가 발을 쿵 내디디며 라이트 스트레이트를 꽂아 넣었다. 사이가는 주먹이 거대하게 보일 정도의 압력을 느꼈다.

사이가는——그 다가오는 주먹을 응시한 채 움직이지 않았다. 주먹이 왼쪽 뺨에 명중한 순간조차 눈을 떼지 않았다. 순간 의식이 끊어질 정도의 묵직한 충격이 엄습해 사이가는 그대로 뒤로 몇 미터나 요란하게 날아갔다.

공장 벽에 격돌했고, 그래도——사이가는 비명 하나 지르지 않았다.

"……이봐, 사이. 살아 있어?"

"글쎄……."

벽에 박힌 듯한 상태가 된 사이가가 체이스에게 가볍게 대답하고 비틀대며 한 걸음 앞으로 나왔다. 입안에서 피 맛이

났다. 다행히 이는 부러지지 않은 듯했다. 볼이 찢어지기는 했지만 아드레날린이 분비되고 있기 때문인지 통증을 거의 느낄 수 없었다.

"1승 2패, 였나? 시원찮은 전적치고는 펀치가 좋은데."

"그걸 확인하려고 맞은 거야? 일본인의 생각은 이해할 수가 없어."

체이스가 질렸다는 듯이 말하고 뭔가를 중얼대기 시작했다. 누군가와 인컴으로 이야기를 나누고 있는 모양이다.

"……그렇군. 저기 있는 시인, 2패는 감량 실패로 상태가 엉망이었다는군."

"아아, 그런 거였나."

사이가는 히죽 웃었다. 체이스는 나카가와에게 확인해준 것이리라.

시인화로 신체 능력이 올라가도 전투 기술이 몸에 밸 리는 없다. 단순한 펀치나 발차기라도 올바른 방법을 아느냐 모르느냐에 따라 실력은 천차만별이 된다. 어젯밤 만난 소녀에게는 기술도 지식도 전혀 없었지만——.

"너, 강하구나. 살아 있을 때도 상당했겠어. 그 펀치가 있으면 세계챔피언 역시 꿈은 아니었을 텐데."

"——시끄러워. 그딴 건 상관없어. 감량 중에는 밥은커녕 물도 못 마시고, 필사적으로 해도 눈이 좀 나쁘면 두 번 다시 링에 못 서. 복싱 따위는…… 이제 아무래도 좋다고!"

"진짜 아무래도 좋겠지…… 구할 길이 없겠어, 너희 시인들은."

사이가는 입가에 흐르는 피를 손가락으로 닦았다.

아마 아리마 요헤이라는 남자에게 복싱은 유일하게 자랑할 수 있는 것이었으리라. 프로 라이선스도 간단히 획득할 수 있는 것은 아닐 터다. 그는 그 소중한 것을 잃었다. 그리고 이제 그것을 절대 되찾을 수 없다.

시인은 복싱 링에 오를 자격이 없다. 사람의 피를 빨고 사람을 죽이는 것을 아무렇지 않게 생각하는 시인은 인간 사회에 참여할 수 없다.

현 상황에서 시인은 처리되든가 연구 시설에 격리되든가——어둠에 숨든가, 그 세 가지 선택지밖에 없다.

아리마 요헤이는 다른 많은 시인과 마찬가지로 자신의 존재를 유지하는 것밖에 생각하지 않았다. 과거에 그렸던 꿈은 이미 잊어버린 듯했다.

"이로써 너에 대해서는 이제 충분히 알았어. 그 정도 녀석이었던 거군."

"엉?"

사이가의 중얼거림에 아리마가 미심쩍은 표정을 지었다.

라이트 스트레이트를 제대로 맞은 것은 딱히 그의 복서로서의 역량을 측정하기 위해서가 아니다. 그에 대해서 알아보기에는 펀치를 한 방 맞는 것이 가장 빠르다고 생각했기 때문이다.

사이가는——이제부터 파괴할 시인에 대해서 알아두고 싶었다. 그들이 생전에 어떤 인생을 살고 어떻게 죽었으며 어떤 생각을 품고 사후에도 움직이는 시체가 되어 계속 존재하고 있는 건지.

그 모든 것을 안 뒤에——파괴한다. 그들의 전부를 파괴한다. 철저하게 파괴한다.

그들에게 아무것도 시키지 않고 가차 없이 해치운다. 그것이 최선의 방법이라는 사실을 알고 있어도 사이가는 자신의 나쁜 버릇을 고칠 생각이 없었다.

"……아니, 네놈의 경우에는 처음부터 복싱 역시 진심이 아니었을 거야."

"알 게 뭐야. 이제 살아 있을 때 일은 아무래도 좋다고."

"넌 그저 응석꾸러기야, 아리마. 아무리 강해도 감량을 못하면 링에는 설 수 없어. 오히려 라이선스를 잃어서 안심한 거 아냐? 이제 이로써 괴로운 트레이닝이나 감량을 하지 않아도 된다. 얻어맞고 아픔을 느끼지 않아도 된다."

"아니……! 네놈이 뭘 알아?!"

"비극의 주인공인 척 약으로 도망치고 말이야. 약을 남용하다 죽은 게 맞다면 네 식량도 제대로 조달 못 할 거다."

아리마는 두 번 정도 인간을 납치하는 데 실패했다. 단순히 실력이 나빴으리라. 시인의 힘이 있으면 그렇게 어려운 일도 아닐 텐데.

시인은 자신의 존재를 유지하기 위해서라면 감정에 휩쓸리지 않고 행동한다.

지하도의 소녀가 간단히 다섯 명이나 되는 사람을 죽였듯이. 생전의 상식이나 윤리가 방해를 하는 일은 없다. 존재를 유지하기 위한 그들의 본능은 그렇게나 강하다.

하지만 아리마는 최우선으로 삼아야 할 식량 확보도 자신이 하지 못하고 남에게 맡겼다. 만약 코모리 아즈사가 체포되면 그는 식량을 얻을 수단을 잃는 것이다. 아리마가 취한 수단은 합리적이라고는 말하기 어려웠다.

"네놈은 아무것도 못 해. 뻐기면서 엄마가 밥을 갖다 주길 기다리고 있을 뿐이잖아. 어젯밤 꼬마 쪽이 스스로 식량을 확보했던 만큼 훨씬 나아."

사이가는 아즈사에게 시선을 힐끗 옮겼다. 그녀는 어깨를 움찔 떨었다. 이 얌전해 보이는 여성은 아무것도 못 하는 연인을 위해 유괴마저 저질렀다. 그 능숙한 솜씨를 볼 때 한두 번이 아니었으리라.

아마 아즈사는 '공의존'일 것이다. 자신의 일보다 타인이 필요로 하는 것을, 타인을 돕는 것을 우선한다. 요약하자면——그녀의 존재가 원래부터 변변치 않았던 아리마라는 남자를 더욱 타락시켰다.

"흥, 마음대로 지껄여. 예전의 나라면 이성을 잃었을지도 모르지만. 이 여자는…… 나한테 이용당하고 싶어 해. 나는 이 녀석의 소원을 들어주고 있는 거야."

"그러냐. 그럼 이번에는——내 소원도 들어주시지!"

사이가는 그레이버를 허리에 차고——다시 바닥을 차 달려 나갔다. 시인의 강렬한 일격을 받았는데도 불구하고 아까와 비교해도 움직임이 둔해지지 않았다. 아니——오히려 가속하고 있었다.

"몇 번을 오든 똑같아! 네놈 같은 아마추어를 상대로 내가——아니?!"

아리마가 깜짝 놀라 눈을 부릅떴다. 사이가가 시인에게 다가가다 미끄러지듯이 옆으로 이동한 것이다. 몸이 전혀 흔들리지 않고 옆으로 수십 센티미터를 미끄러졌다. 아리마는 복서라서 더욱 놀랐으리라. 복싱에서는 결코 있을 수 없는 풋워크. 한쪽 발로 지면을 차고 몸을 절반쯤 띄우는 움직임이었다.

"너와 복싱을 할 생각은 없어!"

불가사의한 발놀림으로 아리마의 옆으로 돌아들어가자 사

이가는 왼쪽 무릎을 배에 꽂아 넣었다. 복부가 짓눌리듯이 변형될 만큼 강렬한 무릎차기였다. 그것은 정확히 간장을 노린 일격이었다. 상대가 인간이라면 장기가 파열돼 기절하리라. 그러나 상대는 통증을 느끼지 못하고 장기가 기능하지 않는 시인이다.

타격은 상대의 기세를 누르는 정도의 효과밖에 없었다.

"이야, 오랜만에 하는 타격전이구나! 즐겨주지!"

아리마가 웃으며 라이트 훅을 날렸다. 방금 사이가가 날린 무릎차기에 자세가 살짝 무너졌지만 억지로 팔을 휘둘렀다. 그렇다, 그것으로 충분하다. 사이가의 무릎차기의 목적은 거기에 있었다.

시인의 힘으로 날린 강력한 타격도 약간의 틈이 있으면──.

"얍."

사이가는 가볍게 기합을 내고 훅을 아슬아슬하게 피하며 팔을 서로 얽듯이 해 굳히고, 더 나아가 다리를 걸어 메치려 했다. 무리한 자세로 무리한 공격을 날린 아리마는 순식간에 균형을 잃고 넘어졌다. 사이가도 동시에 넘어졌지만 그는 바로 다음 행동으로 옮겼다.

"아니……!"

사이가는 아리마의 오른다리를 안고 무릎을 받침점으로 해 반대 방향으로 비틀었다. 무릎 십자굳히기──러시아의 격투기인 삼보나 고류 유술에서 볼 수 있는 관절기다. 정확하게 들어가면 순식간에 항복을 받을 수 있는 기술이다.

"복싱도 아니고 격투기도 아냐. 그러니까——주저할 필요는 없다고!"

사이가는 팔에 힘을 실어 가차 없이 아리마의 무릎 관절을 꺾었다. 오른쪽 무릎이 확연하게 있을 수 없는 방향으로 비틀렸다.

"큭!"

아리마는 쓰러져 오른 무릎을 잡힌 익숙하지 않은 전개에 사고가 정지되어 있었으리라. 겨우 정신을 차리고 시인의 근력으로 다리를 크게 흔들어 억지로 사이가를 떼어내려 했다.

그러나 사이가는 그때 다시 그레이버를 꺼내 겨누고 있었다. 아리마에 의해 공중으로 날아가면서도 연속해 두 발을 발포했다.

아리마는 몸을 비틀어 피했지만 그래도 한 발이 그의 배에 명중했다.

"……뭐야, 젠장!"

아리마는 일어나 총알이 명중한 배를 노려봤다.

"그런 풋워크는 본 적이 없어. 네놈은 뭐냐. 요즘 경찰은 그런 영문 모를 격투기를 배우는 거냐?"

"설마, 경찰은 예나 지금이나 유도와 검도가 기본이야. 참

고로 유도에 다리 관절기는 없어. 위험하니까. 너처럼 무릎
이 꺾이면 못 버티잖아?"

"이런 건 아프지도 않아."

그렇게 말하면서도 아리마의 몸은 확연하게 기울어져 있
었다. 오른쪽 무릎의 인대가 기능하지 않을 터다. 지금 그의
오른다리는 체중을 지탱하지 못했다.

총권술. 사이가에게 기술을 가르쳐준 남자는 그렇게 불
렀다. 그렇다 해도 대단한 건 아니었다. 총을 쥔 상태로 펼
치는 접근 격투술. 고류 무술이나 해외의 격투기를 받아들여
타격이나 조르기로 적의 움직임을 멈추고 총탄으로 숨통을
끊는다.

움직임이 빠르고 총탄을 맞히기 어려운 시인을 상대로는
알맞은 격투술이었다.

"항복을 받는 게 목적이 아니거든. 하지만 시인이라도 끊
어진 무릎 인대의 재생에는 시간이 걸리지? 이제 너는 끝이
야. 풋워크를 못 하는 복서는…… 단순한 과녁이야."

사이가는 확실하게 잘라 말했다. 방금 쏜 총탄은 척추 일
부도 부쉈을 터다. 더욱이 무릎을 비트는 김에 발목도 꺾
었다. 허리에 힘이 실리지 않고 파고들지도 못하는 펀치를
두려워할 필요는 없다.

"뭐야…… 대체. 뭐냐고, 네놈은!"

"매장관이다. 너희 시인을 신속하게 무덤에 처박는 게 우리 일이야."

사이가는 히죽 웃고 그레이버의 총구를 아리마에게 향했다. 물론 부상의 회복을 기다려줄 상냥함은 가지고 있지 않았다.

"아까 스트레이트를 먹었는데 왜 이렇게 멀쩡한 거냐! 네 놈도 인간이 아닌 거냐!"

"당연히 인간이지. 다만 뭐──나는 너희가 거쳐온 장소에 도착하기 전에 되돌아온 거다."

"뭐? 무슨 소리지?"

"커스 바이러스. 크레이돌이 벌인 광기 어린 실험의 부산물이야."

"뭐라고······?"

아리마는 놀란 얼굴을 보였다. 시인에게도 크레이돌의 이름은 특별한 것이리라.

"블레스 바이러스의 변이종──또는 열화판이라고도 하지. 죽지 못한 자를 되살려 뇌의 기능을 확장하고 인간의 잠재능력을 끄집어내지."

크레이돌이 연구했던 '죽음을 거치지 않는 불사화'의 해답 중 하나나.

커스 바이러스는 게슈펜스트 바이러스를 약독화시켜 나노

머신으로 조정한 것이다. 가사 상태, 혹은 빈사 상태에 빠진 인간에게 투여함으로써 시인에 지극히 가까운 존재를 만들어낸다.

다만 약독화시켰기 때문에 숙주가 완전히 사망하면 커스도 동시에 활동을 정지하고 만다.

죽음의 수렁에서 되살아난 자는 인간의 영역에서 벗어난 근력과 회복 능력을 지니지만 불사와는 조금 다르다. 온몸의 장기도 기능하고 호흡도 맥박도 있다. 뇌는 물론 다른 중요한 장기가 파괴되면 죽으며, 신경도 살아 있기 때문에 고통도 느낀다. 아직 인간에 가까운 존재인 것이다.

죽음을 피해도 불사가 불완전해서는 의미가 없다. 크레이돌을 움직였던 흑막들은 커스 바이러스에 흥미를 보이지 않았다.

사이가 요라는 남자에게는 그 커스 바이러스가 투여됐다. 아니, 매장관의 대부분이 커스 투여를 받았다.

예외는 관리직인 시즈카, 그리고──.

"잘 안 죽는 정도야. 하지만 그렇다고 너무 무모한 짓을 하는 건 파트너로서 곤란해. 시인과 콤비를 짜고 싶지 않아. 위험하잖아."

체이스가 진심으로 질렸다는 듯이 말했다. 그 역시 커스의 투여를 받지 않았다. 그가 그레이버가 아니라 9밀리미터 권총을 사용하고 있는 것도 반동이 엄청난 대구경 총은 보통 인간이 다룰 수 없기 때문이다.

전투 능력은 떨어지지만, 매장계의 일원이나 본래는 FBI 소속인 그에게는 커스를 투여할 수 없었다. 투여를 피해야 했다. 그럴만한 이유가 있었다.

"이런 피라미를 상대로 위험할 일이 있겠어? 이 녀석은 멍청이야."

사이가는 총구를 아리마에게 향한 채 웃었다.

"기껏 불사신이 됐는데 복싱? 멍청하기는. 안 죽으니까 어떤 무모한 짓이든 할 수 있잖아. 억지로 달라붙어 목을 부러뜨리거나 머리를 깨부수거나. 살아 있을 때의 습관을 계속 가지고 있는 녀석일수록——약한 거야."

어쩌면 어젯밤 소녀 쪽이 강했을지도 모른다. 어려서 머리가 유연한 만큼 고정관념에 얽매이지 않는 싸움법을 취할 수 있었던 것이리라.

사이가는 한 걸음 발을 내딛었다. 지금 블레스 바이러스가 나노 머신의 자기 증식 기능으로 아리마의 손상된 부분을 수복하고 있을 터다. 하지만 뼈나 인대의 재생에는 시간이 걸린다는 것이 확인됐다. 바로는 회복하지 않을 테고——그렇게 된 시점에서 아리마의 한계가 보였다. 사이가의 상대가 아니었다.

"자, 그럼 들어볼까."

"……뭐? 들어? 뭘 말이지?"

"존 두. 녀석에 대해서 아는 것 전부."

"…………!"

아리마가 처음으로 크게 동요를 보였다. 아니, 심지어 겁먹은 것처럼 보이기도 했다.

"어, 어떻게 그 이름을…… 아, 아니, 몰라. 알아도 네놈한테 가르쳐줄 게 있을 리가 없잖아!"

"어딘가 장사꾼한테 입을 놀렸잖아. 시치미를 떼려면 좀 더 잘해봐."

사이가는 그레이버의 방아쇠를 당겼다. 총탄이 아리마의 오른쪽 어깨에 명중했다. 이어서 왼쪽 어깨에, 그리고 심장에.

"큭…… 뭐, 뭐야! 그런 건 아무리 맞는다 해도……!"

"존 두의 정보를 가지고 있으면 포획과 맞바꿔도 좋다."

"모른다고 말했──."

아리마가 그렇게 말하려던 차에 사이가가 또다시 방아쇠를 당겼다. 총탄 세 발이 모두 아리마의 왼쪽 어깨에 명중했고──피를 뿌리며 왼팔이 날아갔다.

심장이 움직이지 않아도 혈관 안에는 혈액이 존재했다.

"모르면 그걸로 됐어. 다음은 왼다리, 다음은 오른팔, 오른다리로 간다. 블레스 바이러스는 절단된 팔다리도 잇지만 새로 나지는 않아. 시인을 파괴하는 방법은 사실 두 가지가 있어. 머리를 부수거나 온몸을 조각내는 거야. 블레스 바이러스의 태반은 혈관 안에 흩어져 있어. 원래 혈관 속에서 활동하도록 만들어진 거니까. 게슈펜스트 바이러스와 섞여도 그건 달라지지 않아. 몸이 조각조각 나뉘어 혈액을 대량으로 잃으면——역시 움직일 수 없게 되지. 알고 있었나?"

"이, 이 자식…… 진짜 형사 맞아?!"

"물론이지. 멋지지 않아? 형사는 멋진 존재야."

사이가는 물 흐르는 듯한 동작으로 그레이버의 탄창을 빼고 새로운 탄창을 끼운 다음 노리쇠를 당겨 초탄을 장전했다.

"너는 존 두를 알고 있어. 녀석의 동료——아니, 녀석이 만든 조직의 일원, 이랄까 거기 말단이지? 자, 알고 있는 걸 모조리 얘기해."

어디까지나 냉정하고 냉혹하게.

사이가는 총구를 들이민 채 말했다. 물론 이야기하지 않으면 팔다리를 날려버린다는 말은 협박이 아니었다.

"…………응?"

"——이 사람은 아무것도 몰라요."

갑자기 아즈사가 사이가와 아리마의 사이에 끼어들었다. 양팔을 펼치고 연인을 뒤로 감싸는 자세다.

총을 두려워하는 기색도 보이지 않고 사이가의 눈을 곧장 노려봤다. 아즈사는 한 걸음 더 앞으로 나왔다——.

"아리마 군은 아무것도 몰라요. 형사님, 당신이 말하는 대로예요. 그는 조직의 심부름을 하고 있는 정도라——."

"아즈사! 넌 입 다물고 있어!"

아리마가 날카로운 목소리를 냈다. 하지만 아즈사는 조금도 동요하지 않았다.

"존 두라는 사람에 대해서도 이름 정도밖에 몰라요. 지금 하고 있는 일은 식량 확보와 신입 뒤치다꺼리뿐이에요. 그 임무로 공을 더 세우면 조직에서 지위도 올라가 존 두라는——보스, 인가요? 그 사람을 만날 수 있다고 했어요."

아즈사는 아리마의 질책을 무시하며 설명을 이어나갔다.

"미안하지만 댁한테는 안 물었어. 내가 볼일이 있는 건 그 녀석뿐이야. 댁은 어디로든 사라지면 돼."

"잠깐 기다려. 그녀도 어엿한 범죄자야. 범인 은닉과 유괴는 확정이야."

체이스의 목소리는 평온하지만 그의 Cz는 아즈사를 겨누고 있었다. 이 FBI 수사관은 범죄자를 결코 놓치지 않는다.

"알 게 뭐야. 나는 시인을 해치울 거야. 너는 범죄자를 체포해. 마음대로 하면 돼. 아니, 체포할 거면 얼른 해줘."

사이가에게는 상대가 범죄자인가 아닌가는 문제되지 않

았다. 시인이라면 파괴하고 인간이라면——.

"놓아——주실 수는 없나요? 그는 아무도 죽이지 않아요. 살기 위해 피를 조금 받을 뿐——."

"여기서는 '저는 어떻게 되든 상관없으니까 그만은 살려주세요'라는 말이 나올 차례 아냐? 그렇겠지, 댁이 없으면 그 멍청이는 아무것도 못 하니까 자기도 잡힐 수는 없는 건가. 대단한 일편단심이로군."

당연하지만 비아냥이다.

"당신이 뭘 아나요. 당신이 나의——뭘!"

"모르지."

"아니……."

"자신을 알아달라는 어리광은 사춘기 때까지만 하시지. 댁한테는 댁의, 나한테는 나의 이유가 있어. 댁은 그 녀석을 지키고 싶으면 지키면 돼. 나는 나의 이유로 그 녀석을—— 심판한다."

"당신의…… 이유……?"

"전자대리점 점원이 아니라서 뭐든지 가르쳐줄 만큼 친절하진 않아. 됐으니까 거기서 비켜."

사이가는 그레이버를 아즈사의 뒤에 있는 아리마 쪽으로 향했다. 아즈사는 그 총구를 뒤쫓듯이 그를 감쌌다.

"비켜."

"⋯⋯나도 같이 쏘려고는 하지 않네요."

"이유가 있다고 했잖아. 댁을 쏘지 않는 이유도 있어. 내가 쏘는 건 시인뿐이야. 인간을 때리거나 차거나 날려버리기도 해. XX 염색체를 가진 인류가 상대라면 조금 특수한 싸움도 할 수 있어. 하지만 죽이지는 않아. 절대로."

"당신은⋯⋯."

아즈사가 멀거니 서 있었다. 사이가가 하는 말을 이해하지는 못해도 뭔가를 느꼈을지도 모른다.

"댁이 거기서 움직이지 않는 것과 마찬가지야. 내게도 양보할 수 없는 게 있어. 그렇지, 댁을 움직이게 하는 건 힘들 것 같아. 방법을 생각하는 동안에 좀 더 가르쳐주지. 커스 바이러스는 열화판이라고 했지. 커스는 말이야⋯⋯."

사이가는 말을 끊고 그레이버의 총구를 내렸다.

"쓰면 쓸수록 시인에 가까워져. 커스 덕분에 터무니없는 힘을 가진 시인과도 맞붙을 수 있어. 하지만 그 신체 능력을 사용해 걷거나 뛰기만 해도 커스는 육체를 침범해. 그레이버를 쓰는 것도 유별난 힘이 있기 때문에 가능해. 터무니없는 대구경 총을 쏠 때마다 내가 쏜 녀석들과 같아져 가는 거야."

"그럼 당신도 언젠가⋯⋯."

"그래, 죽지 못한 자에서 시인으로 다운그레이드되는 거지. 그날은 언젠가 반드시 찾아와. 나는 그날까지 한 마리라도 많은 시인을 매장할 거다……!"

사이가의 몸속에서 커스 바이러스가 활성화해 신체 능력을 증폭시키고 있다. 그 혜택은 동시에 저주이기도 했다. 그렇기 때문에 '커스(저주)'라는 이름이 붙은 것이다.

"……당신도 시인이 되면 죽겠죠……?"

"그래서 이런 게 있어."

사이가는 가볍게 말하고 그레이버를 들어보였다.

"이 녀석은 성능이 상당히 뛰어나서 소유자의 몸속에 있는 커스──나노 머신과 동조해 호흡이나 맥박, 근력까지 측정해 데이터를 수신하고 풍향이나 습도를 센서로 감지해 모든 데이터를 입력해 정확한 사격 위치를 표시해줘. 그 시스템은 손톱만 한 크기의 칩에 탑재돼 있어. 이 투박한 총신은 컴퓨터를 탑재하고 있기 때문에 이런 게 아냐. 총신에──'라스트 블릿'이 장전돼 있기 때문이야."

"라스트 블릿……?"

"글자 그대로 탄환이야. 그건 관리직과 관리 요원만 가진 특수한 공구를 사용하지 않으면 꺼낼 수 없어. 목숨을 거는 도구인데 스스로는 내부를 볼 수도 없다는 거야. 미치겠지?"

사이가는 자기도 모르게 웃었다. 뻔히 아는 사실이지만 설명하는 동안 기분이 이상해지기 시작한 것이다.

"커스가 육체를 완전히 잠식해 소유자가 시인화하면 신호를 발신해. 그걸 그레이버가 수신하면 라스트 블릿이 장전되지. 남은 건──탕, 이야."

사이가는 그레이버를 자신의 관자놀이로 향해 방아쇠를 당기는 시늉을 했다. 그렇다, 만약 가진 탄환을 다 써도 매듭을 지을 수 있다.

"자기가 자신을……? 그런 일을 할 수 있을 리가 없잖아요……?"

"해. 그걸 못 하는 겁쟁이는 매장관이 될 자격이 없어."

사이가 요에게는 각오가 서 있었다. 신념도 있었다. 언젠가 자신의 뇌를 모조리 쏟아내는 날이 온다 해도 그렇게 될 때까지 목적을 달성한다.

존 두──시인의 시체를 쌓아 올려 녀석에게 손을 뻗는다.

"댁을 비키게 하는 건 아마 내 머리를 쏘는 것보다 간단할 거야. 미안하지만 나는 인간은 죽이지는 않지만 때리거나 찰 수는 있어. 이건 말했지?"

"길게 떠든 것치고 결국 강행 수단인가. 머리를 쓰자, 사이."

체이스가 어이없어했지만 사이가는 무시했다.

"그래도 나는 여기에서 움직이지 않──."

"…………."

갑자기 아리마가 움직였다. 오른팔로 아즈사의 소매를 잡고 가볍게 들어올려──내던졌다.

"앗…………!"

아즈사의 작은 비명이 울렸다.

그녀가 호리호리하고 체구가 작다고는 하나 40킬로그램 이상은 될 터다. 그것을 한 손으로 가볍게 던지는 것은 시인이라면 어렵지 않겠지만──설령 아무리 힘이 있다한들 인간은 할 수 없다.

자신을 숨겨주고 유괴까지 해준 여성을 물건처럼 던지는 짓 따위는 제대로 된 인간의 신경으로는 할 수 없으리라.

하지만 사이가는 아리마의 행동을 반쯤 예측하고 있었다. 자기 보존을 최우선으로 여기는 시인은 자신이 살기 위해서라면 누구든 간단히 희생시킨다.

사이가는 당황하지 않고 냉정하게 자세를 갖춘 다음 아즈사의 몸을 부드럽게 안았다. 시인의 파워가 파워인 만큼 사이가는 신발 바닥에서 연기를 내며 버틸 수밖에 없었다.

"젠장……!"

연인을 던져버린 남자는 혀를 차며 크게 도약했다. 어떻게 보이든 상관없이 필사적으로 도망쳤다. 이것 역시 자기 보존을 우선하기 때문에 나온 행동이다. 꼴사나워 보이는 것은 조금도 신경 쓰지 않았다.

그렇기 때문에──사이가는 그 행동도 읽고 있었다.

탄환처럼 날아온 인간의 몸을 받으면서도 표적에서 눈을 떼지 않았다. 공장 안의 구조는 파악이 끝나서 녀석이 도망칠 궁리를 한다면 어디로 갈지——예상은 세워뒀다. 비좁고 선반과 종이상자가 가득해 도주 루트는 한정돼 있었다. 일직선으로 달려 가장 가까운 창문으로 도망치는 것은 간단히 예측할 수 있었다.

　그래서——사이가는 그레이버의 총구를 이미 도주 루트로 향하고 있었다. 아리마가 도약하는 것보다도 빠르게.

　"그만둬……!"

　여자의 비통한 외침이 들렸다. 하지만 사이가의 총구는 흔들리지 않았다. 떨림 하나 일어나는 일 없이 사선에 들어온 아리마의 머리를 겨냥해 재빨리 방아쇠를 당겼다.

　머즐 플래시와 함께 그레이버의 엄청난 폭음이 울리고, 12.7밀리미터 연두확산탄이 정확히 아리마의 머리를——아니, 움직임을 관장하는 뇌간을 꿰뚫었다. 아리마의 몸은 창문으로 뛰어들기 전에 공중에서 튕겨 날아가 벽에 충돌해——조금도 움직이지 않게 됐다.

　"앗, 아아아아아아아아아아아아!"

　아즈사가 비명을 지르고 사이가의 팔에서 빠져나와 달려갔다. 쓰러진 아리마의 몸에 달라붙어 필사적으로 흔들었다. 물론 그레이버의 탄환을 머리에 맞은 남자가 살아날 일은 없었다.

"체이스."

"알고 있어."

체이스는 Cz를 겨눈 채 잰걸음으로 아리마와 아즈사가 나온 방으로 향했다. 바로 방에서 여러 목소리가 들려왔다. 아까 납치된 여중생 외에도 피해자가 있었던 것이리라.

시인은 인간의 피를 식량으로 삼지만, 토커의 경우에는 지하도의 소녀처럼 피를 모두 빠는 경우가 드물다. 그들 대부분은 납치한 인간을 감금해 피를 빨고는 체력의 회복을 기다렸다 다시 빤다——는 사이클로 식사를 실시한다. 인간을 납치하는 데는 리스크도 있기 때문에 한번 확보한 인간을 최대한 이용하는 것이다.

다만 인간은 피를 빨리면 조금씩 쇠약해져서 빠르면 며칠, 길어도 몇 개월 안에 사망한다. 그렇게 되면 또다시 새로운 희생자를 데려오는 과정을 되풀이한다.

"……기껏."

아즈사가 가느다란 목소리로 중얼거렸다. 정신을 차리고 보니 그녀는 아리마의 곁에 털썩 주저앉아 꼼짝도 하지 않고 있었다.

"기껏 되살아나줬는데. 방에 쓰러져 있는데 이미 차가워져서——구급차를 부를 생각도 하지 못할 만큼 완전히 죽었어. 하지만…… 살아나줬는데. 차가운 몸이라도, 사람의 피를 빨아도 뭐든 좋으니까…… 아리마 군이 거기에 있어주기만 하면 됐는데. 어째서? 어째서 당신은 아리마 군을…….”

“댁이 지금 말한 대로야. 저 녀석은 진즉에 차가워졌어. 아리마 요헤이는 이미 인간이 아니었다고.”

“……인간이 식량으로 보이면 인간이 아니라는 건 당신이 멋대로 내린 단정이잖아요…….”

“그렇겠지. 하지만 댁의 확신 역시 내가 알 바는 아니야.”

사이가는 아즈사에게서 몸을 빙글 돌렸다. 어째선지 이 이상 그녀의 모습을 보고 싶지 않았다.

지독하게 이용당하고 아리마가 자신을 미끼로 써서 도망치려 했던 것도 이해하고 있을 텐데, 그래도 아즈사는 아직도 그에 대한 마음을 버리지 않았다. 일편단심이라기보다 애처로웠다.

“……존 두라는 사람은 뭔가요?”

“나도 그걸 알고 싶어.”

사이가는 기묘한 질문이라고 생각하지 않았다. 연인이 만나고 싶어 했던 상대──그것이 누구인지 알고 싶은 건 당연하리라.

“존 두는 크레이돌의 간부야. 아니, 크레이돌은 이제 없으니까 간부였다고 말해야 하나. 그 녀석이야말로──블레스

바이러스를 유출시켜 죽음의 행진을 일으킨 범인이라고
하지."

"죽음의 행진의, 범인……."

아즈사가 그대로 따라했다.

"정체는 불명. 목적도 불명이야. 왜 죽음의 행진 같은 대참
사를 일으켰는지조차 몰라. 크레이돌의 간부면서 녀석은 조
직을 파멸시키고 마침내 시부야까지 파멸시켰어. 이제 10대
애들은 시부야에서 놀지도 못해. 정체는 수수께끼지만 적어
도 애들한테 다정하지는 않은 모양이야."

특별히 숨길 정도의 정보는 아니었다. 죽음의 행진 뒤 경
찰 수사에서 판명된 것이지만, 사건으로부터 3년이 지나자
정보의 일부가 유출돼 인터넷 등에서는 이미 알려진 이야기
가 됐다.

알 수 없는 것은 존 두의 구체적인 정체다. 애초에 그 이름
은 일본어로 번역하면 '아무개'다. 또는——'신원불명의 시
체'라는 의미도 가진다.

정체는커녕 존재했다는 확실한 증거조차 없는 것이다.

하지만 파멸한 크레이돌에 남아 있던 얼마 안 되는 자료에
남아 있던 이름이고 사망은 확인되지 않았다.

지금까지 처리, 혹은 포박한 시인에게서 몇 번이고 그 이
름이 나왔다.

존 두는 시인 조직을 만들어 이 도쿄에서 암약하고 있다——.

"내가 녀석을 잡겠어. 정체를 파악하면 댁한테도 가르쳐 주지."

"……나는 이제 아무것도 필요 없어요."

"웃기지 마!"

사이가는 갑자기 몸을 돌려 아즈사의 멱살을 잡아 끌어당겼다.

"당신은 살아 있잖아! 언제까지나 시인한테——죽은 사람한테 의존하지 마! 잘 들어, 코모리 아즈사. 당신한테는 당신의 인생이 있어."

"무, 무슨 소리를……."

아즈사는 눈물이 고인 눈으로 사이가를 바라봤다. 그러나 그 눈물은 사이가의 마음을 조금도 움직이지 못했다. 그녀는 아리마의 죽음을 슬퍼하고 있는 것이 아니다. 의존할 상대를 잃은 자신을 불쌍히 여기고 있는 것이다.

"죽은 녀석에게 사로잡혀 있으면 자신을 죽이게 돼. 산 채로 죽은 사람이 되는 방법 따위는 없어. 살아 있다면 그럴듯하게 살아봐."

"…………무슨 뜻인지 모르겠어요."

"나는 죽지 못한 자야."

사이가는 아즈사의 멱살을 강하게 끌어당겼다. 목이 졸릴 만큼 강하게.

"댁처럼 시인한테 사로잡힌 인간을 만들지 않도록 우리가 있어. 아아, 그렇겠지. 없어졌다고 생각한 게 돌아오면 기쁘겠지. 하지만——엎지른 커피가 흙탕물이 되어 컵에 돌아와도 기뻐할 수 있겠어?"

"아리마 군은 아리마 군이에요! 약간 바뀌었다 해도……!"

"포기해. 인간은 죽으면 그걸로 끝이야."

사이가는 멱살을 붙들고 있던 손을 확 놓았다. 아즈사는 바닥에 털썩 주저앉았다.

사이가는 다시 몸을 뒤집어 그녀에게 등을 돌렸다. 이 이상 해야 할 말은 없었다.

포기해, 라——사이가는 자신도 모르게 웃을 뻔했다. 내게 그런 말을 할 자격이 있을까. 이 세상에서 나만큼 포기가 느린 남자도 없을 텐데.

포기할 수 없기 때문에 그는 존 두를 쫓고 있다. 아리마 요헤이가 잔챙이라는 사실은 알았는데, 변변한 정보를 가지고 있지 않다는 것도 뻔했는데 필사적으로 움직이고 말았다.

아리마 요헤이와 코모리 아즈사의 스토리에 파고들 필요는 없었다. 담담하게 아리마를 처리하면 될 뿐이었는데.

"나쁜 버릇이야."

사이가는 돌아보지 않고 걷기 시작했다. 사건은 끝났다.

시인을 한 마리 처리하고 불행한 여성이 한 명 생겼다.

그뿐인 일이다. 얻은 것은 아무것도 없었다――.

*

"아아, 끝났어. 죽은 이는 무덤으로 보내졌어."

사이가 콤비가 돌입한 공장에서 수백 미터 떨어진 장소에 있는 좁은 골목.

그곳에 청년이 서 있었다. 긴 흑발에 검은 점퍼, 통 좁은 청바지.

이슬비가 내리는데 우산도 들고 있지 않았다. 머리카락이 젖어서 머리에 달라붙어 있었다. 휴대 단말기를 귀에 대고 전화 중이었다.

"매장관은 두 명. 여자 쪽도 확보됐어. 응, 둘 다 아무것도 몰라――그래, 알았어."

청년은 단말기를 손에 든 채 천천히 걷기 시작했다.

그런 그의 옆을 사이렌을 울리며 경찰차 두 대가 지나 갔다. 사건은 이미 마무리 단계에 들어가 있었다.

명령받은 대로 그는 오로지 방관했다. 공장에는 얼마든지 몸을 숨길 장소가 있었다. 그 예민해 보이는 매장관 두 명을 눈으로 볼 수 있는 거리에서도 들키지 않았다. 그것도 기척을 지우는 기술이 있었기 때문이지만.

아리마 요헤이를 죽게 내버려두기로 한 것은 특별한 일이라고 생각하지 않았다. 아리마는 조직의 일원이었지만 아무것도 모르는 심부름꾼이다. 살든 죽든 조직에 손해도 이익도 끼치지 않는다. 시인을 살아 있다고 표현해야 하느냐 마느냐는 의견이 분분한 부분이겠지만.

명령이 없었던 이상 청년은 아리마를 구할 필요를 인지하지 못했다. 소녀 사건과의 차이는 청년은 아리마에게 상관할 의도가 조금도 없었다는 것이다.

『그래서 그들을 보고 어떻게 생각했어?』

단말기 저편에서 들려오는 것은 여성의 목소리였다.

"평범한 매장관이야. 방해되지만 그 퇴물 복서 같은 바보와 놀게 하면 돼."

『그가 흥미를 가지고 있어.』

"…………."

청년은 입을 다물었다. 원래부터 말수가 적은 남자지만 그 침묵에는 대부분의 경우 의미가 있었다. 그로서는 흘려들을 수 없는 말이었다.

『특히 성격 나쁜 쪽이야. 이름은 사이가 요. 특이한 이름이네.』

"……왜지?"

『우리는 그의 생각을 이해 못 해. 아니, 이해하려고 해서는 안 돼. 네가 제일 잘 알고 있다고 생각하는데?』

"그래, 그랬었지. 아아…… 맞아."

청년은 눈을 가느다랗게 뜨고 중얼거렸다.

그 말대로 그가 그 입 거친 매장관을 어째서 마음에 들어 하는지 의문스럽게 생각해서는 안 된다. 그는 늘 누구의 이해도 미치지 않는 원대한 사고를 가지고 아득한 앞을 내다보며 손을 쓰고 있다.

"——모든 건 존 두의 뜻대로."

청년은 감정 없이 말한 후 발소리도 내지 않고 걸어갔다.

비는 점점 강해지는 듯했다. 청년의 모습은 마치 빗속에 녹아내리듯이 사라져갔다.

*

"하아암……."

분서 현관에서 사이가는 하품을 크게 했다. 비는 아직도 끈질기게 내리고 있었다. 일기예보로는 내일 밤까지 계속 내린다고 했다.

사이가는 우산도 없이 빌딩 밖으로 나가려 했다. 그때——.

"…………윽."

온몸에 마비되는 듯한 격통이 일어났다. 순간 서 있을 수 없어서 사이가는 가까운 벽에 손을 짚었다.

"큭⋯⋯⋯⋯."

사이가는 바지 주머니에서 플라스틱 병을 꺼내 알약을 몇 개 손에 덜어 꿀꺽 삼켰다.

약을 삼켜도 통증은 바로 가라앉지 않았다. 사이가는 주먹을 힘껏 움켜쥐었고, 파고든 손톱이 피부를 찢어 피가 방울져 떨어졌다. 약의 효과보다 상처의 통증 쪽이 온몸의 격통을 완화시켜 주었다.

"사이가 군, 잠시만."

"⋯⋯기분 탓인가, 오늘 아침에도 이런 일이 있었던 것 같은데."

돌아보니 그곳에는 나카조 시즈카의 모습이 있었다. 빠른 걸음으로 다가왔다.

사이가는 손의 상처를 숨기며 그녀에게 돌아섰다.

"뭐야, 이번에는 보고서 냈잖아."

"쓴 건 체이스 수사관이잖아."

"파트너야. 그 녀석의 공적은 내 공적이잖아."

"서류를 쓰는 정도를 공적이라고 말하는 것, 일에 대한 당신의 의식이 살짝 보이네. 그레이버를 쓰는 건 최종 수단이야. 알고 있어?"

"우리가 나가는 시점에서 이미 늦었어. 남은 건 그레이버를 쏴서 시인을 무덤에 묻어주는 것밖에 없지."

"그게 당신의 모순된 점이야. 최종 수단을 쓰는 것을 주저하지 않는 주제에 늘 상처투성이가 되어 돌아와. 그럴 마음만 먹으면 퇴물 복서 시인 정도는 별 탈 없이 처리할 수 있잖아."

"꽤나 높이 사주는군. 상대는 카빈 소총을 들고 있었고, 덤으로 전 복서였어. 그야 부상 정도는 생기지 않겠어?"

"……부상은 어때? 진찰 받았잖아?"

"총알은 전부 적출했어. 커스 바이러스 덕분이야. 나머지는 사흘만 있으면 상처도 전부 아물고 곪을 일도 없어. 이참에 네가 등에 손톱을 세운다 해도 내일 아침이면 나아."

"오늘밤에는 온갖 일을 저지른 부하의 뒤처리를 해야 돼. 못 돌아가."

"그거 아쉽군."

사이가는 싱긋 웃고 어깨를 으쓱거린 후 걷기 시작했다.

"……어라, 방해가 됐나?"

갑자기 검은 우산을 쓴 남자가 현관 앞에 나타났다. 백발 섞인 머리를 깔끔하게 빗고 고급 정장을 걸친 장신 남성이었다. 그 옆에는 검은 정장을 입은 남자가 대기하고 있었다.

"무로마치 경시님. 아니요, 그런 건 아닙니다."

시즈카가 재빨리 자세를 바로 했다. 하지만 남자——무로마치 경시가 손을 들어 그녀를 제지했다.

무로마치 경시는 수사 1과의 관리관이다. 관리관은 여러 계를 총괄하는 것이 보통이지만, 그의 경우에는 매장계라는 지극히 특수한 부서의 담당이기 때문에 이 계를 거의 전문적으로 담당하고 있었다.

"빗발이 굵어졌어. 아아, 사이가. 오늘은 대활약했다면서."

"비가 본격적으로 내리기 전에 사건을 끝내고 싶었습니다. 사건은 바로 처리했지만 보고서를 쓰느라 시간이 걸렸습니다. 서식을 좀 더 간단하게 바꿔주실 수 없겠습니까?"

사이가의 너스레에 무로마치 경시가 웃었다.

"경찰도 공무원이니 말이야. 나 역시 보고서 검토 따위는 하고 싶지 않아. 사수 A가 이 위치에서 몇 발 쏴서 범인의 어디에 맞았──같은 건 지루하기만 해. 액션 소설처럼 써주면 고맙겠는데."

"건 액션은 특기입니다."

"부럽군. 이쪽은 조금 많은 월급과 바꾼 지루한 일뿐이야. 뭐, 오늘은 푹 쉬게."

무로마치 경시는 사이가의 어깨를 두드리고 같이 있던 남자와 함께 엘리베이터에 올라탔다. 그는 보통은 본청에서 근무하지만 이렇게 가끔 분서를 찾는다. 어제부터 잇달아 사건이 일어났기 때문에 상황을 보러 온 것이리라.

"저 아저씨도 고생이군."

사이가는 그렇게 말하고 이번에야말로 밖으로 나가려고 했다. 그러나 그 어깨를 시즈카가 붙잡았다.

"잠깐 기다려. 얘기는 아직 안 끝났어. 사이가 군, 약 먹었지?"

"⋯⋯이부프로펜 정도는 진통제가 안 돼. 더 강한 걸 처방해줄 수 없어?"

사이가는 시즈카를 힐끗 쏘아봤다.

아직도 그의 온몸에 날카로운 통증이 계속 일어나고 있었다. 커스 바이러스의 부작용이다. 인간의 한계를 넘은 신체 능력을 발휘한 반동으로 뼈와 근육이 비명을 지르고 있었다. 총에 맞은 고통을 웃도는 격통이었다.

"강한 진통제는 마약과 똑같아. 경찰을 의존증에 빠뜨릴 수는 없어. 저기, 사이가 군. 몇 번이고 말하게 하지 마."

"뭘?"

"커스 바이러스는──3년 전 빈사 상태였던 당신을 구했어. 그때 당신을 살릴 수단은 달리 없었어. 하지만⋯⋯."

"⋯⋯⋯⋯."

시즈카는 사이가가 어째서 커스의 투여를 받았는지, 그 사정을 잘 알고 있었다.

매장관 대부분 커스를 투여 받았지만 이유는 제각각이다. 빈사 상태나 가사 상태가 되지 않으면 커스는 작용하지 않는다. 우발적이든 의도적이든 상당히 위험한 상태를 거쳐야 하는 것이다.

"당신은 날뛰면 날뛸수록 파멸이 가까워져."

"굳이 내 절망적인 미래를 설명해줘서 고마워."

사이가는 다시 웃고 근처 벽에 등을 기댔다. 물론 시즈카에게 들을 것까지도 없이 커스의 부작용에 대해서는 충분히 알고 있었다. 그 부작용이 자신의 행동에 따라 진행이 달라진다는 것도.

매장관이 싸우면 싸울수록, 그레이버를 쏘면 쏠수록 시인에 가까워진다. 인간과 시인, 그 분수령이 어디에 있는지는 연구로도 아직 확실히 밝혀지지 않았다.

커스의 투여는 크레이돌에서 10년 전에 실시됐다. 빠른 사람은 5년 만에 시인화가 일어났다고 한다.

게다가 모든 실험체는 예외 없이 노 헤드로 변했다. 이것이 커스의 개발이 좌절된 이유 중 하나이기도 했다.

상당히 무모한 짓을 계속하고 있는 사이가가 무사하니까 다른 사람은 더 오랫동안 지금의 자신 그대로 있을 수 있으리라. 하지만 무슨 일이든 예외는 있다. 매장관은 죽음의 행진 이후 커스를 투여 받았지만 내일이라도 시인화가 될 가능성이 없다고는 할 수 없는 것이다.

"사이가 군, 당신은…… 비보야."

"갑질로 고소할 거야, 나카조 경부님. 응? 내가 성희롱으로 고소당하는 게 먼전가?"

"……이제 됐어. 적어도 조금은 몸을 아껴. 집까지 바래다
줄게."

"내 뒤처리는?"

"내 차에서 쓸데없는 말은 금지야. 성희롱도."

시즈카는 사이가의 팔을 잡고 걷기 시작했다. 분서 빌딩
뒤편에 주차장이 있고, 거기에 그녀의 애차가 세워져 있다.

사이가는 일단 거스르지 않기로 했다. 보통은 버스와 도보
로 돌아가지만, 오늘은 비가 오고 있다. 가끔은 편리를 추구
해도 괜찮으리라.

성희롱을 어디까지 하면 차에서 쫓겨나지 않을까, 그것을
확인해보는 것도 나쁘지 않았다.

문을 열고 짧은 복도를 나아가 거실에 들어가자 테이블 위
에 열쇠와 휴대 단말기를 아무렇게나 내던졌다.

사이가는 정장 상의를 벗어던지고 넥타이도 풀었다. 창문
옆에 놓인 애용하는 소파에 앉았다. 앉은 순간 희미하게 상
처가 욱신거렸다.

매장계에는 의사가 상주하고 있다. 위험을 무릅쓰는 데다
언제 본인이 위험한 상태에 빠질지 알 수 없는 매장관을 돌
보기 위해서다. 그 의사는 실력은 좋지만 치료가 참 거칠어

서 몇 번이고 호되게 당했다.

"오늘도 변변치 않은 하루였습니다."

사이가는 혼잣말을 하고 창밖으로 눈길을 돌렸다. 비가 아직도 내리고 있었다.

그의 자택은 작은 단층집이다. 방의 배치는 1LDK. 침실은 있지만 대부분 거실에서 생활하고 있다. 가구는 아주 적어서 타인이 보면 휑한 인상을 받으리라. 타인에게 인테리어를 자랑하는 취미도, 다람쥐처럼 물건을 모으는 습성도 없기 때문에 당연했다.

거실만으로도 충분할 만큼 넓어서 감당이 되지 않았다. 다만 사이가의 자택은 넓고 일등지에 있지만 집세는 지극히 쌌다.

이 창문에서 보이는 경치에 약간의 문제가 있는 탓이다.

"……다들 얌전히 있는데 말이야."

사이가는 창밖으로 미소를 지었다.

그의 집 마당을 둘러싸듯이 낮은 철책이 서 있었다. 그 철책 저편에——.

무수한 묘비가 나란히 서 있었다. 어둠 속에 새하얀 막대 같은 묘비가 일정한 간격으로 세워져 있는 것이다. 정확한 수는 사이가도 모르지만, 만 개 전후는 될 터다. 터무니없는 숫자다.

3년 전 죽음의 행진 뒤──시부야 역을 중심으로 반경 2킬로미터가 봉쇄됐다. 도로는 모두 높은 펜스로 막히고 대로에는 24시간 경계 태세로 경찰이 붙었다. 봉쇄 구역 안에는 늘 소형 드론 몇 기가 날아다니며 어떤 이상도 놓치지 않았다.

물론 시부야는 3년 이상 전부터 도쿄에서도 가장 알려진 번화가 중 하나였다. 신주쿠와 마찬가지로 신구 거리가 뒤섞인 일그러진 거리. 하늘을 뚫을 듯한 고층 빌딩과 20세기부터 남아 있는 낡은 건물이 뒤섞여 있었다.

하지만 지금은 그런 거리들도 먼 곳에서 바라볼 수밖에 없었다.

봉쇄 구역에 들어가는 것은 특별한 허가를 받은 자뿐이다. 사이가는 그 허가를 받은 한 명이었다.

나카조 시즈카와 같은 경시청의 커리어조조차 허가가 없으면 한 걸음도 들어갈 수 없다. 그녀는 사이가를 봉쇄 구역 입구까지 바래다주고 돌아갔다.

그래도 좋다고 사이가는 생각했다. 그녀는 매장계의 보스라는 불리한 제비를 뽑았지만 이런 저주받은 장소에 와서는 안 된다.

"보고자, 사이가 요 2등 경비원. 오늘도 이상 없음."

사이가는 다시 중얼거렸다. 그렇다 해도 그는 경비를 위해 허가를 받은 것이 아니다.

그의 자택과 묘지는──복지 기구 크레이돌의 철거지에
만들어졌다.

크레이돌의 부지는 티끌 하나 놓치지 않을 만큼 철저하게
조사받았고, 그 후에 건물도 땅도 모두 세정받고 철거됐다.

철거지에는 죽음의 행진의 피해자들 묘가 만들어졌다. 시
인으로 변한 자와 시인에게 죽은 자들의 것이다. 모두 뇌를
파괴당하고 매장됐다. 두 번 다시 움직일 우려는 없지만 만
약을 위해 봉쇄 구역에 묻혔다.

사이가는 묘지기인 척할 생각은 없었다. 하지만──그에
게는 이 장소를 지킬 이유가 있었다.

과거 크레이돌에 모인 수많은 아이들.

그들은 게슈펜스트 바이러스와 블레스를 합성한 바이러스
의 실험체로 쓰였다. 그리고 수많은 어린 생명이 사라졌다.

하지만 조금이나마 가혹한 실험을 견디고 살아남은 자들
도 있었다.

그중 한 명은 온갖 실험에 쓰여서 몸속에 수많은 바이러스
를 보유하고 있기 때문에 실험 소재로 적합하지 않아져서 크
레이돌의 경비원이 됐다. 비인도적인 실험을 반복한 조직
이지만 자원을 낭비하지는 않았기 때문이다.

그는 그날도 크레이돌의 부지 안을 경비하고 있었다. 하지
만 그는 붕괴의 발소리를 알아차리지 못했다. 알아차렸을 때

는 이미 모두 늦었다.

지하의 실험 시설에서 뛰쳐나온 시인들의 파도에 눌려 저항하지도 못하고 도망칠 수밖에 없었다.

그날 모든 것을 잃었다.

그가 자란 시설도, 그를 실험에 썼던 과학자들도, 아주 약간이나마 친절한 마음을 보여준 직원들도, 동료인 경비원들도, 그리고——그에게 가장 소중한 사람도.

크레이돌은 사라졌지만 그는 지금도 여기에 있다.

많은 생명이 사라지고 사자들이 잠든 장소를 지키고 있다.

그날의 지옥과 절망을 잊지 않기 위해서.

그날에 맹세한 두 가지 결의를 완수하기 위해서.

사이가 요는 그레이버(묘지)가 된 크레이돌(요람)을 계속 지키고 있다.

스포트라이트에 비쳐진 무대에 네 남자가 있었다.

제각기 보컬 겸 리듬 기타, 리드 기타, 베이스, 드럼이다. 너무나도 정열적인 러브송을 미친 듯이 소란스러운 음악과 함께 부르고 있었다.

2073년 현재, 음악 감상은 결코 메이저한 취미가 아니었다.

음악 재생 전용기기를 소유한 가정은 거의 존재하지 않을 것이다. 음악을 듣는다면 휴대 단말기에 곡을 다운로드하는 것이 보통이었다.

일부 호사가용으로 CD 판매도 어찌어찌 이어지고 있지 만, 대부분이 클래식이나 재즈, 아니면 비틀즈 등 세계적으 로 대히트한 괴물 밴드의 앨범 정도였다.

로큰롤이라는 장르의 음악도 이 세상에서 거의 사라진 지 오래다. 하지만 어디까지나 거의다. 지금도 세계의 지극히 일부에서는 록이 계속 울리고 있다.

그곳은 서른 명이 들어가면 만석이 될 듯한 작은 라이브 하우스였다. 1990년대에 지어진 어둑하고 초라한 시설이다. 장소는 시모키타자와.

관객들은 흥분이 최고조에 달해서 날뛰며 소리를 지르고 있었다. 바닥이 진동하고 보컬의 노랫소리와 환성이 찌릿찌릿하게 울려서 건물 자체가 흔들리고 있는 듯했다.

"아아아아아아아악, 시끄러워어어어어어!"

관객 중에서 한층 큰 소리를 지르고 있는 남자가 있었다. 와이셔츠 깃을 평소 이상으로 느슨하게 하고 푸른 넥타이를 바지 주머니에 쑤셔 넣고 있었다.

경시청 수사 1과, 매장계의 매장관──사이가 요다.

주위의 관객은 태반이 10대이리라. 올해 스물일곱 살이 되는 사이가는 붕 떠 있었다. 하지만 주위는 사이가의 절규도 나이도 알 바 아닌 듯했다. 노래에 빠져 있는 관객들에게 사이가는 이단자 취급조차 받지 못했다.

"이런 건 단순한 소음이잖아. 머리가 아파. 가사도 뭔 소리를 하는지 알아들을 수가 없고. 알아들으면 괜히 더 머리가 아플 것 같지만!"

"요 선배, 불만이 너무 많잖아. 분위기 좀 맞춰, 분위기 좀!"

사이가의 옆에──한 소녀가 있었다. 그녀는 다른 관객과 마찬가지로 뛰어오르며 사이가의 어깨를 탁탁 두드렸다.

긴 흑발을 포니테일 스타일로 하고 세일러복 차림이다. 깔끔한 흰색 세일러복 하복. 뛰어오를 때마다 미니스커트 자락이 흔들렸다.

라이브 하우스는 학생을 거절하지 않지만 교복 차림의 손님은 달리 보이지 않았다. 여기서는 어깨나 배, 허벅지를 드러내는 요란한 차림이 정장이기 때문이다.

라이브 하우스의 접수원은 그녀의 복장에 족히 3초 놀랐지만, 결국 아무 말 없이 티켓을 팔았다.

세일러복 소녀의 이름은 아사쿠라 마야.

그녀는 사이가의 동료로──매장계의 견습 매장관이다.

『그래, 마야의 말대로야, 사이. 분위기를 못 맞추면 눈에 띌 거야.』

사이가의 귀에 꽂힌 인컴에서 파트너의 목소리가 들려왔다.

"클로 선배 말 대로야, 이것도 일!"

"젠장, 이런 일은 체이스가 하면 되잖아. 록의 본고장 출신이잖아."

『나는 애니메이션 송 전문이야. 일본의.』

체이스는 맑은 목소리로 말했다. 소음에 괴로워하는 사이가를 명백하게 재미있어하고 있었다.

어쩌다 이렇게 된 걸까──사이가는 몇 시간 전 일을 떠올렸다.

라이브 하우스 킨더가튼.

화이트보드에 색다른 달필로 그렇게 적혀 있었다. 먹 자국이 선명하다고 표현하고 싶어지는 웅대한 글씨였다.

쓴 것은 체이스 수사관이다. 그는 일본인 할아버지에게 서도를 배웠다고 한다.

이곳은 매장계의 사무실 안의 회의실이다. 파티션으로 둘러싸이고 화이트보드와 긴 테이블이 하나 놓여 있을 뿐이라 협의 공간이라고도 불리고 있었다.

"그런고로 여기가 냄새나."

"냄새나? 요즘 일본인 형사라도 그런 말은 안 써. 아저씨한테 너무 물든 거 아냐?"

체이스에게 태클을 건 것은 버릇없이 긴 테이블에 앉아 있는 사이가였다.

"누구도 키바 씨의 전통을 잇지 않는 건 아쉽잖아. 아무튼 키바 씨와 나카가와, 두 사람이 조사해줬어. 예의 아리마 요헤이, 그가 썼던 크린코프. 그리고 코모리 아즈사가 납치할 때 썼던 마취약. 정확히는 진정제지. 물론 웬만한 약국에는 안 팔아. 어느 거나 입수하기 힘들어."

"아리마는 떼쓰기만큼은 특기였을 거야. 조직이 실재한다면 루트는 그쪽이겠지. 블레스 바이러스의 수출이 순조로운 대가로 위험한 게 수입되게 됐어. 최근에는 FBI 수사관까지 세관을 돌아다니더군."

"나는 요코타 기지를 경유해서 왔어. 권총도 가지고 들어왔고. 하지만 크린코프는 무리야. 애초에 AK 계열은 악당이 쓰는 총이야."

"칼라시니코프 씨도 저세상에서 울고 있을 거야. 아무튼……."

사이가는 테이블 위에 놓인 상자에서 초콜릿 도넛을 손에 쥐었다. 형사가 도넛이라니 마치 미국 경찰 같은 느낌이었지만, 실제로도 체이스가 사온 것이었다.

"왜 라이브 하우스지? 설마 거기가 조직의 아지트라는 거야?"

"킨더가튼. 독일어로 유치원이라는 뜻이야. 뭐, 라이브 하우스는 유치원 같은 곳이라는 비유겠지. 유치원생에게는 반론이 있겠지만. 아리마 요헤이는 두 달 동안 여섯 번이나 여기를 찾았어."

"라이브 하우스에서 파는 건 기껏해야 CD나 티셔츠잖아? 옛날 밴드는 이런 장사로 돈 벌지 않았나?"

사이가는 도넛을 전부 입에 던져 넣고 아이스 카페오레로 목을 축였다.

"그래, 이 라이브 하우스 자체가 수상한 곳은 아니야. 정확히는 라이브 하우스로서 허용되는 정도의 수상함밖에 없다고 해야 하나. 아무튼 카빈 소총이나 마취약의 판매는 물론 거래도 되고 있지 않아. 키바 씨가 주인과 담당자를 철저하게 추궁했다니까 틀림없겠지."

"그거 안 됐군. 그 아저씨, 얼굴은 사람 좋아 보여도 질이 나쁘니까."

키바 준이치로는 제일선에서 20년 이상이나 범죄 수사를 계속해온 남자다. 사람을 추궁하는 실력이 뛰어났다. 사이가도 그에게 추궁당하면 비밀을 끝까지 감출 자신은 없었다.

"라이브 하우스에서 하는 거래라야 기껏해야 마약 정도겠지. 하지만 아리마는 길거리 상인에게 샀어. 그럼 어떤 밴드의 팬이었던 거 아냐?"

"코모리 아즈사는 취조에 순순히 응하고 있어. 그녀는 아리마를 숨긴 것도 납치도 자발적으로 했다고 주장하고 있지만 무슨 영문인지 어딘가의 형사가 '명백하게 아리마의 협박을 받고 있었'고 증언했다는 모양이야. 시인은 인류의 위협이야. 협박을 받았다면 코모리의 아즈사는 최악이라도 집행유예로 그치겠지."

"호오, 상냥한 형사님도 다 있군."

물론 코모리 아즈사의 행동을 변호한 것은 사이가다.

딱히 그녀에게 의리 같은 걸 지킬 필요는 없지만 시인의 피해자인 것은 변하지 않는다. 사이가는 파트너와는 다르다. 인간의 범죄 따위는 아무래도 좋았다. 구할 이유도 없지만, 사이가가 자신의 행동을 이해하지 못하는 건 자주 있는 일이었다.

"뭐, 됐어. 더 거물이 걸린다면 말이지. 고분고분한 코모리 아즈사에 따르면 아리마에게 음악 감상 취미는 전무했어. 그뿐 아니라 시끄러운 장소는 질색했다고 해. 세계챔피언에 도전할 때는 어떻게 할 셈이었을까? 이제 그럴 걱정을 할 필요는 없지만 행동이 너무 부자연스러워. 한두 번이라면 변덕일 가능성도 있어. 하지만 여섯 번이야, 여섯 번."

"서론이 길어. 그 라이브 하우스를 조사하면 되는 거잖아? 아리마가 거기서 무슨 짓을 했는지 가보면 알겠지."

"위험해."

체이스는 프렌치 크롤러를 손에 들더니 순식간에 먹어치웠다.

"크린코프는 해체하면 손가방에 들어가고 마취약은 말할 것도 없어. 라이브 하우스에서 조직에서 물건을 공급받고 있었다면——."

"거기에 조직의 멤버가——시인이 오는 건가."

사이가는 두 개째 초콜릿 도넛을 집어 한 입 베어 물었다.

"바라는 바잖아. 오히려 왔으면 싶네."

"그렇지. 뭐, 아리마 건으로 조사가 미친다는 것도 예상할 수 있으니 이제 와서 조사한들 뭔가를 낚을지는 미묘하지만."

"어이, 또 그러는 거야? 인간을 상대로 하는 수사를 아직 못 버렸어? 미국에서는 범죄자한테 뇌물을 받을 수 있으니까 짭짤했나? 이봐, 상대는 시인이야. 토커라고. 저쪽도 머리를 굴리고 있어. 저쪽도 이렇게 생각하겠지. '경찰도 아리마가 드나들던 곳 정도는 냄새를 맡았을 거야. 매장관이 온다면 반격해주지'——라고."

"……터무니없는 놈들이야."

체이스는 어이없다는 듯이 말하고 어깨를 으쓱거렸다.

"그거, 나도 포함된 거야? 뭐, 됐어. 잠입 수사하는 것도 재미있겠어."

"다만 그 라이브 하우스는 10대 소년 소녀투성이라고 해. 나나 사이는 눈에 띄지 않을까?"

"시인들한테는 눈에 띄어주는 편이 고맙겠지. 하지만, 그렇군……."

사이가는 생각에 잠겼다. 그는 자타공인 무모한 성격이지만 자진해서 실패하려 들지는 않았다. 라이브 하우스라는 환경에서는 관객이 방해돼 모처럼 찾은 사냥감을 놓칠 가능성도 있다. 이쪽이 먼저 시인을 발견하는 것보다 좋은 일은 없었다.

"나카가와는 어린애로도 보여. 그 녀석을 미끼로 삼아서, 당하는 틈에 시인에게 그레이버를 처박는 건──."

"네, 아사쿠라 마이, 미끼에 지원합니다!"

갑자기 파티션 저편에서 포니테일 소녀가 뛰어들었다. 교복 차림에 죽도집을 어깨에 메고 있었다.

아무래도 엿듣고 있었던 모양이다. 사이가도 체이스도 눈치채지 못할 만큼 상당히 뛰어난 기척 죽이기다.

위험한 이야기를 전부 들었을 텐데도 마야는 싱글싱글 웃고 있었다.

"그럼 언제 가? 나는 언제든지 OK야!"

마야는 웃는 얼굴 그대로 도넛을 하나 집어 작은 입으로 덥석 물었다.

경시청은 만성적인 인력 부족에 고민하고 있다.

과거 일본에서는 일반인이 총을 입수하는 것이 불가능에 가까웠지만 지금은 그렇게까지 드문 일이 아니다. 크린코프와 같은 카빈총은 어려워도 9밀리미터 권총 정도라면 인터넷에서 정보를 모아 적당한 곳에 가면 입수하지 못하는 것도 아니기 때문이다.

중동이나 중앙아시아에서 흘러온 난민의 수용이나 야쿠자의 철저한 국제화를 따라 무기의 유입이 시작되었고, 특히 수도권에는 상당한 수의 총이 유통되고 있다고 한다.

범죄는 흉악화·조직화하고 경찰은 그 대처에 쫓기게 됐다.

하지만——경찰도 인력이 부족하다고 해서 아르바이트 경찰은 모집하지 않는다.

아사쿠라 마야는 패밀리 레스토랑이나 햄버거 가게에서 아르바이트하는 것이 어울릴 나이이지만, 그녀 자신의 특수성 때문에 경찰에서 일하는 허가를 공식적으로 얻었다.

정식 경찰관도 아니고 직원도 아닌——'견습'이라는 기묘한 신분을 받은 것이다. 무장하고 수사에 참가하는 자격을 가지고 있었다. 어디까지나 정규 경찰관의 관리하에 해야 한다는 조건은 붙지만.

마야 역시 팀 호크——즉 사이가 팀의 멤버다. 2인 1조의 사이가와 체이스, 그리고 마야가 백업 요원을 맡고 있다. 다만 그녀는 견습이라 출동 가능한 일수나 시간에 제한이 있기 때문에 임무에 참가하지 않는 경우도 있었다.

"라이브 하우스는 처음이지만 즐거워! 이거 습관이 될 거 같아!"

"나는 싫어질 것 같아."

천진난만한 웃음을 띠며 뛰어오르고 있는 마야에게 사이가는 넌더리나는 표정을 지어 보였다. 이미 소음에 대한 인내심은 한계를 넘어서고 있었다.

아사쿠라 마야는 올해 열일곱 살. 동글동글한 큰 눈이 인상적인 예쁜 소녀다. 단순히 귀여울 뿐만 아니라 온몸에서 생명력이 넘쳤다. 피부는 새하얗고 스타일도 좋으며 미니스커트에서 뻗어 나온 다리는 늘씬하게 길었다. 많은 사람의 시선을 끌어당기는 존재다.

이건 실수였던 게 아닐까──사이가는 문득 깨달았다. 눈에 띈다는 점에서 그녀는 사이가나 체이스 이상이다. 몇몇 남자들은 무대를 볼까 마야를 볼까 망설이고 있는 듯했다.

"나카가와라면 미끼로 삼아도 전혀 상관없을 텐데 말이야……."

사이가는 중얼거렸다. 마야 왈, "나라면 요 선배와 남매로 보일 거야!"라고 해서 동행을 허가했다.

살짝 까치발을 들고 라이브를 즐기고 싶어 하는 동생과 과보호하는 오빠라는 설정이다. 나쁘지 않은 아이디어라고 생각했지만 성급했을지도 모른다.

견습이 부상이라도 당했다가는 시즈카가 가만히 있지 않을 것이다. 혹은 무로마치가 나설지도 모른다. 사이가는 시즈카 이외의 상사는 낙하산을 기대하며 의자를 데우는 존재로밖에 생각하지 않지만 귀찮아지기는 싫었다.

"아이, 그렇지. 요 선배."

"뭐야?"

"무대 위 네 사람, 모두 시인이야. 그리고 저기 푸른 옷 금발과 아슬아슬한 탱크톱 언니도. 더 있을 것 같지만 잘 안 보이네."

"…………."

마야는 깡충깡충 뛰면서 주위를 보고 있었다. 마치 일기예보라도 하는 듯한 아무렇지 않은 말투였다.

그녀의 키는 150센티미터를 조금 넘는다. 관객 전원을 확인하는 건 무리이리라.

하지만 몸집 작은 어린아이라도 마야의 안목은 확실하다. 사이가도 예리한 편이지만 마야는 그 이상이다. 그녀의 큰 눈은 시인과 인간을 쉽게 분별한다.

무데 위에 있는 밴드는 '쿨버즈'라는 이름이다. 입구에 포스터가 붙어 있었다. 아무래도 인기 상승 중인 인디 밴드인 모양이다.

"느닷없이 당첨이냐……."

출연 밴드에 시인이 있을 가능성도 생각하지 않은 건 아니었지만, 처음 본 무대에 시인이 있을 줄은 몰랐다.

더욱이 그 멤버 전원이 시인이라는 사실은 상당히 의외였다. 시인은 어디에나 있지 않다. 게다가 토커가 되면 상당히 희소하다. 그들은 악기를 연주하고 있는 이상 노 헤드일리는 없었다.

"그런데 쉽게 알아봤군. 가끔은 판별하기 어려운 시인도 있겠지?"

"요 선배가 늘 말했잖아, 시인은 죽었다고. 살았는지 죽었는지는 보면 알아. 이 눈으로 빤히 보면 말이야."

마야는 까치발을 들고 사이가에게 얼굴을 들이댄 다음 메롱이라도 하듯이 눈 아래를 잡아 내렸다.

"……부럽군. 나한테 그 눈이 있으면 닥치는 대로 시인을 쏴 죽여줄 텐데."

"요 선배는 위험하네. 하지만 그럴 마음이 들면 내가 선배의 눈이 되어줄게."

"그거 고맙군."

『이봐, 사이를 부추기지 말아줘. 진짜 할 수도 있으니까.』

체이스가 인컴 너머로 말했다. 참고로 그는 라이브 하우스 근처에서 대기하고 있었다.

"그보다 체이스. 들었지, 아가씨는 이렇게 말씀하셨어. 쏴도 되나?"

『될 리가 없잖아. 최저라도 여섯 마리인가. 생각했던 것보다 훨씬 많아. 여기서 움직이면 다른 손님이 휘말리게 돼. 작전 변경이야. 라이브가 끝나기를 기다리지.』

"……쳇, 또 답답한 짓을 할 작정이군."

사이가는 혀를 찼다. 그래도 시인이 있다——있을 것

같다는 건 확인할 수 있었다. 하지만 아무리 그래도 마야의 눈으로 내리는 판단만으로 처리할 수는 없었다.

멀리 돌아가서 번거롭지만——일단 이 시끄러운 장소에서는 벗어날 수 있을 것 같았다.

평온한 시간은 30분도 이어지지 않았다.

"뭐야 이건, 라이브 때보다 시끄럽잖아……."

사이가는 눈살을 찌푸리며 표독스럽게 중얼거렸다.

쿨버즈의 연주가 끝나고 한 시간 후. 사이가와 마야는 라이브 하우스 뒷문으로 목표인 밴드 멤버들이 나오기를 기다리고 있었는데, 그곳으로 팬들이 잇달아 모이기 시작한 것이다. '퇴근길 기다리기'라는 관습이다.

모여 있는 것은 사이가를 제외하면 모두 여성이었다. 대부분이 십 대이리라. 꺅꺅 소란을 떨며 뒷문이 열리기를 기다리고 있었다.

"보컬이 인기가 엄청나대. 팬은 노래보다 얼굴이 목적 같아."

마야가 문을 빤히 바라보며 말했다. 그녀는 팬인 아이들과 사이가 좋아져서 정보를 모아왔다.

사이가도 보컬은 똑똑히 기억하고 있었다. 은발에 미형이라고 할 정도는 아니지만 웃음이 산뜻한 청년이었다. 사이가가 싫어하는 타입이다.

"아, 왔어."

마야가 미끄러져 들어오는 승합차를 알아보고 가리켰다. 승합차는 천천히 다가와 둘러싼 팬들을 가르고 뒷문 바로 옆에 정차했다. 밴드를 마중 온 차다.

동시에 뒷문이 열리고 밴드 멤버들이 모습을 드러냈다. 까악 하고 팬들이 비명 같은 소리를 질렀다. 사이가는 저도 모르게 귀를 막을 뻔했다.

"처음 뵙겠습니다! 보컬인 타쿠토 군이죠?! 오늘 노래를 처음 들었는데 최고였어요! 다음 라이브도 꼭 올게요!"

마야가 팬들 사이를 요리조리 빠져나가 밴드 멤버 앞에 서서 보컬 남자의 손을 잡았다. 팬들이 이번에는 확연하게 비명을 질렀지만 마야는 상관하지 않았다. 그녀는 분위기를 신경 쓰지 않는 타입이었다.

"우리 관객치고 새로운 애가 있다고 생각했어. 마음에 들었다니 기쁘네."

"우와, 저를 보셨던 거군요! 앗, 연주하면서 데리고 갈 여자아이를 품평하는 건가요?"

"하하하, 예나 지금이나 남자가 음악을 시작하는 동기는 다르지 않아."

마야의 지나치게 아슬아슬한 농담에 보컬리스트——타쿠토는 동요하지 않고 웃었다. 이 정도 이야기는 익숙할지도 모른다.

"하지만 인기 많은 타쿠토 군에게 저 정도는 평범하겠죠?"

"나는 밴드를 시작하기 전에는 스스로 도서위원을 맡아서 하는 수수한 소년이었어. 예쁜 검은머리 여자애를 동경하기도 했고. 그립네. 네게는 남자의 향수를 불러일으키는 뭔가가 있어."

타쿠토는 수상쩍은 웃음을 띠며 주절주절 떠들었다. 주위의 팬들이 마야에게 야유를 보내고 있었다. 타쿠토도 마야도 완벽한 마이페이스라서 전혀 신경 쓰지 않았지만 말이다.

"당신은——조금 위험한 냄새가 나네요."

"최고의 칭찬이야. 위험하지 않은 남자는 아무런 매력도 없어."

타쿠토는 한쪽 눈을 찡긋거리고 사이가에게 시선을 슬쩍 옮겼다. 사이가는 마야의 뒤에서 보호자를 가장한 채 멍하니 서 있었다. 무해한 남자로밖에 보이지 않을 테지만 타쿠토의 시선에는 기묘한 끈적거림이 있었다.

"헤헤, 타쿠토는 늘 제일 좋은 여자를 데리고 가. 즉, 여기서 네가 제일 예쁘다는 소리야."

히죽대며 멤버 중 한 사람——드러머 남자가 앞으로 나와 마야에게 다가왔다. 민소매 셔츠에 왼쪽 팔에 기하학 모양의 문신을 새긴 장신 남자다. 드러머는 손을 마야의 엉덩이로 천천히 뻗었고——.

"………!"

순식간에 190센티미터 가까운 거구가 일회전했다. 마야가
남자의 손을 잡아 손목과 팔꿈치를 힘껏 내던진 것이다. 남
자의 체중은 마야의 두 배는 나가리라.

마야는 관절을 꺾어 상대의 자세를 무너뜨리고 몸 비틀기
와 체중 이동만으로 내던졌다. 유도에서 말하는 '모로 떨어
뜨리기'에 가까운 기술이다.

"이, 이 계집이……!"

"어머, 실례. 성장 환경이 좋아서 호신술을 훈련받았거
든요."

노려보는 드러머에게 마야는 극상의 미소를 지어 보였다.

"아하하하! 이거 재미있네! 잠깐 기다려 봐."

타쿠토는 크게 웃고 드러머를 제지한 후 뒷문을 통해 실내
로 돌아갔다——바로 나왔다. 그 손에는 CD 한 장이 있
었다. 재킷에는 남극의 사진이 실려 있었다.

"자, 이거. 이참에 사인도 해줄게. 받아주겠어? 저기——."

"사야예요. 감사합니다!"

마야는 통통 튀는 목소리로 가명을 대고 타쿠토가 사인한
CD를 받았다. 이세 주위 팬들의 눈빛은 살의를 띠기 시작
했다.

마야뿐만 아니라 사이가도 팬들에 대해서 신경도 쓰지 않았다. 다만 네 명의 밴드맨들을——특히 보컬인 타쿠토를 쏘아보고 있었다.

이 남자가 시인이라면 지금 당장 그레이버를 쏘면 된다. 체이스는 고함치고 시즈카나 무로마치에게 설교를 듣게 되리라. 뇌가 터진 타쿠토를 본 어린 팬들은 비명을 지르고 졸도할 테다. 그래서——뭐? 그게 어쨌다고? 시인을 처리하면 알지도 못하는 여성들에게 트라우마를 주겠지만 사이가가 알 바 아니었다.

문득 타쿠토가 다시 사이가에게 시선을 향했다. 그는 싱긋 미소 짓고——손가락으로 총 모양을 만들어 빵 하고 쏘는 시늉을 했다.

*

하늘은 구름 한 점 없이 활짝 개어 있었다. 일기예보에 의하면 최고 기온은 32까지 오른다고 한다.

정오 전, 메이지 거리를 미니 바이크 한 대가 경쾌하게 달려 나갔다. 타고 있는 것은 핑크색 헬멧을 쓴 소녀다.

미니 바이크는 지극히 일반적인 수소 전지 사양으로, 가벼운 엔진 소리를 울리고 있었다.

소녀는 시부야의 봉쇄 구역 앞까지 오자 경비 경찰에게 허가증을 보이고 안으로 들어갔다. 그대로 인적 없는 길을 법정 속도를 무시하고 나아갔다.

역 주변에는 고층 빌딩이 늘어서 있었다. 지금으로서는 봉쇄가 해제될 기미가 보이지 않지만, 이 근처 빌딩은 건축 연도가 아직 얼마 되지 않았으니 이용 재개는 충분히 가능하리라.

문제가 있다고 한다면——건물 이곳저곳에 대량의 탄흔이 새겨진 점이다. 말할 필요도 없이 자위대와 경찰의 발포로 생긴 것이다. 이렇게 부서진 부분은 봉쇄가 해제되지 않는 한 수리될 일은 없으리라.

벽이나 지면이 크게 기울어 있는 건물도 보인다. 시인 무리를 단숨에 제압하느라 폭발물이나 대전차 로켓탄류도 쓰였다고 하는데, 그 흔적이리라.

고층 빌딩 무리를 빠져나가자 갑자기 풍경아 바뀌었다.

이곳저곳에 빈터가 있었다. 무너질 위험이 있는 노후화된 건축물은 이미 철거됐기 때문이다.

도로의 아스팔트를 뚫고 잡초가 무성하게 자라 있었다. 불과 3년 전까지 국내에서도 유수의 번화가였던 장소는 유령도시로 변해 있었다.

소녀는 갑자기 미니 바이크를 세우고 주위를 빙글 둘러봤다. 그리고 아무 일도 없었다는 듯이 다시 달리기 시작했다.

미니 바이크는 높은 담에 둘러싸인 시설의 부지 안으로 들어갔다. 속도를 줄이고 보도를 달리자 작은 단층집이 보이기 시작했다. 거기서 소녀는 미니 바이크를 세우고 훌쩍 내렸다. 안장 속에서 비닐봉지를 꺼냈다.

집 앞에는 잔디밭과 화단이 있고, 그곳에는 연보라색 도라지꽃이 만발해 있었다. 관리를 받고 있는 화단이었다.

"진짜 캐릭터에 안 맞는 일을 하네."

소녀——아사쿠라 마야는 벗은 헬멧을 안장 안에 넣으며 쓴웃음을 지었다. 그리고 집 문 앞에 서서 세차게 노크했다.

"안녕, 요 선배. 일어났어?"

1분을 기다렸지만 아무런 반응도 없었다. 마야는 입술을 살짝 삐죽이고 부리나케 집 옆으로 돌아갔다. 창문에 손을 대고 드르륵 열었다. 창문은 잠겨 있지 않았다. 신발을 벗어 손에 들고 당연하다는 듯이 가볍게 뛰어올라 실내로 들어갔다.

그곳은 거실이었다. 물건이 거의 없어 썰렁했다. 모델하우스처럼 살풍경한 방이었다. 집주인의 성격을 반영하고 있는 듯했다. 그리고 그 주인은 게으른 고양이처럼 소파에 누워 있었다.

"요 선배, 창문도 안 잠그면 위험해."

"……어쩌다 강도가 들어오면 그 사람에게 불운인 거지."

"그렇겠네."

마야는 씩 미소 지었다. 그녀는 사정을 알면서 물었다. 전에 그녀가 창문을 깨고 들어온 이후로 사이가는 창문을 잠그지 않게 됐다.

사이가가 귀찮다는 듯이 몸을 일으켰다. 상반신은 벌거벗은 채 어깨에 수건을 둘렀고, 아래에는 땀복을 입고 있었다. 아마 훈련을 마친 참이리라. 늘 빈둥대고 있는 것처럼 보이지만 그는 매일 단련을 빼놓지 않는다.

"선배, 점심은?"

"먹을 예정이야."

"잘됐다. 햄버거랑 감자튀김, 그리고 셰이크를 사왔으니까──."

"버려."

"넹?"

"버리라고. 휴일 정도는 제대로 된 걸 먹어. 그리고──.

사이가는 마야가 안고 있던 비닐봉지를 잡아채듯이 빼앗고 그녀의 모습을 유심히 바라봤다.

마야는 머리 스타일은 평소의 포니테일. 어깨를 드러낸 핑크색 캐미솔에 허벅지도 드러나는 핫팬츠. 더욱이 니삭스라는 차림이었다.

얇은 천에 둘러싸인 가슴은 크게 부풀어 올라 있었다. 최근 1년 동안 급성장한 가슴은 마야에게 은밀한 자랑거리였다.

"⋯⋯귀엽지?"

"귀여우면 주위에서 엉뚱한 오해를 불러일으켜. 적어도 어깨든 다리든 어느 쪽만이라도 가려."

"지겨워."

마야는 고개를 갸웃거리며 귀엽게 말했다. 설령 신이라도 여자의 멋내기에 불만을 부리는 것은 용서받을 수 없기 때문이다.

사이가는 한숨을 내쉰 후 비닐봉지를 안고 부엌 쪽으로 걸어갔다.

"아, 맛있다. 역시 요 선배야."

"그거 다행이군."

마야와 사이가는 거실 테이블을 사이에 두고 카펫 위에 앉아 있었다. 테이블에는 바지락이 듬뿍 든 봉골레와 소고기를 얇게 썬 탈리아타. 실력을 발휘한 건 사이가다.

"그런데 요 선배, 사무실에서는 햄버거나 도넛 같은 정크 푸드만 먹는데 어째서 사생활에서는 수준 높은 요리를 먹는 거야?"

"비번 날에는 할 일이 없으니까. 밥은 먹어야 하니까 요리를 취미로 삼으면 일거양득이잖아?"

"부엌에는 사용법도 수수께끼인 도구가 있네. 선배는 정체를 도무지 모르겠어."

마야는 키득키득 웃었다. 오랜만에 느긋해서 그런지 꽤나 즐겁다.

쿨버즈 멤버 감시는 계속하고 있지만 그들에게 큰 변화는 없었다. 멤버들은 평소에는 아르바이트를 하고 스튜디오에서 연습하고 가끔 연인이나 친구를 만나고 있다. 지극히 평범하고 수상한 점 없는 일상이다.

사이가는 체이스에게 "이제 쏴버리자"고 말했지만 물론 그럴 수는 없다. 매장계에 있으면 감각이 점점 마비되지만 사실 일본은 법치국가다.

법을 일탈하는 점이라면 경시청에서 첫째가는 사이가 팀은 오늘 비번이다. 다른 팀이 밴드 멤버 감시를 계속하고 있다.

"죽은 사람은 자고 있을 뿐이지만 살아 있는 인간은 복잡해. 총밖에 장점 없는 인간이 이성을 잃고 이탈리아 요리 학원에 다니기도 해. 강사는 영국인이었지만. 고향의 요리가 너무 맛없어서 이탈리아로 망명했다더라."

"기짓말만 하네. 나는 영국에서 홍차랑 스콘을 즐겨보고 싶어. 그리고 대영박물관과 버킹검 궁전의 위병을 보고 싶고."

"위병 교대식 말이야? 그거 구경꾼이 뒤섞여서 엄청 힘들다더군. 자위대의 화력 연습이라면 연줄이 있으니까 데려가줄 수 있지만."

"왜 그런 위험한 이벤트에 가야 하는 건데…… 안 그래도 평소에 위험한 사건뿐인데. 오늘은 우사기(일본어로 토끼를 말한다) 씌었던가?"

"우사미를 말하는 건가. 전 기동대 대원답게 바위처럼 참을성이 강하지만 총에는 서툴러. 경솔하게 그 시끄러운 밴드 멤버들한테 손대지 않으면 좋겠는데."

오늘 쿨버즈를 감시하고 있는 것은 팀 래빗이다. 사이가가 기분 나빠 보이는 건 사냥감을 빼앗기고 싶지 않기 때문이리라.

"선배는 그 사람들이 시인이라고 생각해?"

"네 예상은? 감 외의 이유를 대봐."

"내가 내던진 드러머, 그렇게 요란하게 등을 부딪혔는데 노려보기만 했어. 전혀 아파 보이지 않더라."

마야는 전부터 생각했던 것을 막힘없이 이야기했다. 그보다 이 정도는 사이가도 눈치채고 있었을 테고, 그렇기 때문에 지금까지 질문하지 않았던 것이리라.

드러머는 낙법도 하지 못하고 아스팔트에 내동댕이쳐졌다. 보통 인간이라면 순간 숨이 막힐 정도의 충격을 받았을 터다. 시인은 숨을 쉬지 않고 통증도 느끼지 않지만.

"하지만 던졌을 때도 보컬의 손을 쥐었을 때도——따듯했어."

"'의태'로군."

사이가는 즉답했다. 마야도 동감이었다.

의태라는 것은 시인——토커만이 가진 능력이다. 시인에게는 체온도 없다. 적외선 분석 장치로 조사하면 쉽게 구별이 간다.

하지만 시인들의 몸속을 돌아다니는 블레스 바이러스는 거기에 대처할 방법을 고안해냈다. 표피에 가까운 세포를 육안으로는 확인할 수 없을 만큼 미세하게 진동시켜 열을 발생시키는 것이다. 물론 의학적인 검사를 받으면 바로 체온과 유사한 것이라는 사실이 드러나지만, 열 감지 장치나 직접 만지는 정도라면 속임수가 통한다.

일부 시인이 공항의 체크를 통과해 국외 탈출에 성공한 것으로 보이는데, 그들도 의태를 이용했으리라.

"뭐, 틀림없겠지. 도망가지도 않는 이유는 알 수 없지만."

"어지간히 자신이 있는 걸까?"

마야는 그다지 많은 사건을 경험하지 않았다. 범인의 생각을 읽는 것은 아직 어려웠다.

"뭐, 됐어. 그렇지, 디저트는 있어?"

마야가 화제를 휙 바꿨다. 모처럼 맞이한 휴일인데 가끔 즐겨도 벌은 받지 않으리라.

"단 건 전문 분야가 아냐. 쿠키 굽는 법도 몰라."

"극단적이네, 선배는. 아아, 보스가 특기라고 했어. 불러서 쿠키라도 구워달라고 할까."

"재미있을 것 같지만 그 녀석은 오늘도 출근했어. 부르면 내가 구워질 거야."

사이가는 물이 든 잔을 손에 들고 한 모금 마셨다. 마야도 똑같은 행동을 했다.

"그러고 보니 클로 선배는 놀러 안 와?"

"왜 올 거라 생각하지? 그 녀석은 일과 사생활은 구분하는 타입이야. 내 생일 역시 모를 거야. 나도 모르지만."

"내 생일은 9월 18일이야."

"알아."

"아, 그, 그랬구나. 헤에, 아하하하……."

사이가의 즉각적인 반응에 마야는 얼굴이 붉어지는 것을 느꼈다. 그렇게 뜻밖의 일도 아니지만 생일을 알고 있었다는 것이——묘하게 기뻤다.

"어, 저기, 무슨 얘기 하고 있었더라. 그렇지, 디저트. 어쩔 수 없네. 그럼 사탕 먹자."

마야는 핫팬츠 주머니를 뒤져 봉지에 든 작은 캔디를 몇 개 꺼내 테이블에 놓았다.

"……그건 그 녀석들한테 줄 선물이잖아. 남의 걸 가로채는 취미는 없어. 디저트는 포기해. 다 먹었으면 가자고."

"응."

마야는 고개를 끄덕이고 서둘러 남은 파스타와 소고기를 입에 털어 넣었다. 그렇다, 그녀는 사이가의 집에 놀러오기만 한 것이 아니었다. 아니, 주 목적은 그거지만——.

노는 게 목적이어서는 봉쇄 지구의 통행 허가를 받을 수 없다. 마야에게는 여기에 오는 것을 공적 기관에서 허가해줄 만한 이유가 있었다.

마야는 사이가와 함께 집 밖으로 나섰다. 몇 미터를 걸으면 키 낮은 철책 저편이 묘지로 만들어져 있다.

무수하다는 생각이 드는 흰 묘비가 즐비하게 늘어서 있는 광경은 몇 번을 봐도 압도된다. 다만 마야는 무섭다는 생각은 조금도 하지 않았다. 묘비는 장식이 아니고 이 지면 아래에는 실제로 유체가 묻혀 있는데도.

"……요 선배는 여기에 사는 거 안 무서워?"

"창밖에 서성거리는 긴 검은머리 여자도, 둥실둥실 떠다니는 가구도 못 봤어. 내 딕분에 유령도 폴더가이스트도 존재하지 않는다는 건 증명됐지. 오컬트 잡지는 다 엉터리야."

사이가는 아무 일도 아닌 양 말했다. 하긴 그러면 눈앞에 유령이 있어도 느긋하게 차를 마실 것 같다. 마야가 아는 한 사이가가 어려워하는 건 나카조 시즈카뿐이다.

"낭만 없는 세계네. 저기, 어디였지? 전부 같은 묘에 표시도 없어서 모르겠어."

"대량생산하면 비용이 싸지니까. 여기 묘는 전부 세금으로 만든 거야. 적은 비용으로 끝내는 건 좋은 일이잖아."

사이가는 신소리를 하며 망설이는 기색도 없이 앞을 걸어갔다. 그는 딱히 묘지기가 아니지만 이 묘지의 관리인처럼 되어서 이곳을 숙지하고 있었다.

"⋯⋯⋯⋯응."

사이가가 버릇없게 묘 하나를 발로 가리켰다. 마야는 고개를 끄덕이고 그 묘 앞에 섰다.

"자, 안녕하세요. 여러분의 아이돌, 귀엽고 상냥하고 거기다 가슴까지 커지기 시작한 마야가 왔어요."

"죽은 사람이 말을 못 한다고 막 떠드는군."

"살아 있는 사람의 특권이야. 먼저 죽으니까 가만히 듣는 처지가 되는 거라고."

마야는 웅크리고 사탕을 묘 앞에 놓았다. 딸기맛. 여기 잠들어 있는 소년, 쇼이치는 딸기를 가장 좋아했다.

"자자, 서둘지 마. 사쿠라는 파인애플, 유아는 사과, 유다이 군은…… 과일도 단 것도 싫어했지. 그럼 내 웃는 얼굴이면 충분한가."

네 명——아니, 세 명의 묘에 사탕을 공양하고 마야는 한 걸음 뒤로 물러났다. 손을 모으고 눈을 감았다.

"여러분, 나는 지금도 잘 지내요. 일도 열심히 하고 통신 교육이지만 학교도 다니고——다니고 있다고 해야 하나? 아무튼 성적도 꽤 좋아요. 미인에 머리도 좋지만 귀염성이 떨어지는 게 유일한 걱정이에요."

"죽은 사람도 어이가 없겠어."

"휴일에는 상냥하——지는 않지만 말 많고 한가한 오빠가 놀아줘요. 여러분도 알고 있는 '사신'이라는 별명이 붙은 그 무뚝뚝한 오빠예요. 이미 나는 오빠의 동료이자 후배에 수제자예요."

사이가는 이번에는 아무 말도 하지 않았다. 몇 번이고 들은 말이기 때문이리라. 마야는 여기에 올 때마다 같은 보고를 하고 있다. 그녀에게 중요한 일인 것이다.

성묘는 특별히 기일에 상관없이 하고 있다. 시간이 허락하면 묘 앞에 서서 지금 자신의 상황을 그들에게 이야기한다. 혹은 의식 같은 것일지도 모른다.

마야가 이렇게 여기에 있다. 그것은 기적이 거듭된 결과로, 모든 것의 시작을 항상 확인하기 위해 묘에 오고 있는 것이다.

아사쿠라 마야는——크레이돌 출신이다.

다만 게슈펜스트 바이러스나 블레스의 실험체로 쓰이던 사이가와는 다르다. 크레이돌의 표면적인 얼굴——복지 조직의 구원의 손길을 받았다는 과거를 가졌다.

마야는 태어날 때부터 심장에 질환을 가지고 있었다. 구조적인 기형이 있고 수술은 아주 어려운 데다 심장 이식은 본질적으로 불가능했다. 의료용 나노 머신으로 고칠 수 있는 종류가 아니었다. 인공 장기는 실용화된 지 이미 오래지만 그녀의 육체는 기계 장기로 치환하는 데도 적합하지 않았다.

크레이돌은 난치병으로 고생하는 아이들을 받아들여 선진 의료로 치료를 베풀고 있었다. 마야의 집은 유복하고 부모는 사랑하는 딸을 위해서 돈도 인맥도 아끼지 않았다. 크레이돌은 비인도적인 실험을 실시하고는 있었지만 아이들을 구한 것도 사실이었다. 다만 살아난 것은 재력이나 권위를 가진 집에서 태어난 아이들로 한정됐지만——.

마야는 아직 어릴 때 크레이돌의 병원에 들어가 열네 살까지 병원 안에서 자란 존재였다. 침대에서 거의 움직이지 못했지만 같은 처지의 아이들이 있었다. 모두 친구였다. 무사히 퇴원하는 사람은 적었고, 병원을 나간다는 것은 짧은 인생을 마감한다는 말과 같은 뜻이었다.

마야는──스무 살까지 살지 못할 것이라는 말을 들었다. 장기 이식이나 사이보그화 외의 길을 찾는 것은 거의 불가능에 가까워서 대증요법으로 조금이라도 오래 사는 것이 목적이었다. 유리 세공 인형처럼 소중히, 깨지지 않도록, 부모조차 손대지 못하는 나날──.

시설의 뜰로 나오는 일조차 드물었지만 나름대로 재미가 없지는 않았다. 병실의 창문으로는 바깥이 보였고 복도를 걷는 일도 있었다. 만나는 사람의 대부분이 백의 차림의 의사나 간호사였지만 그들은 대개 친절했다.

하지만 마야에게는 위로의 웃음을 띠는 의사들보다 무뚝뚝한 얼굴로 경계하는 경비원들 쪽이 재미있었다. 특히 아직 젊은 경비원 한 사람──사이라고 불렸던 남자에게는 신기하게도 끌리는 것이 있었다.

그는 경비원 중에서도 압도적으로 붙임성이 없어서 다른 아이들도 신경 쓰고 있는 듯했다. 그 무뚝뚝한 얼굴 때문에 '사신'이라고 별명을 붙인 건 누구였더라.

어느 때 마야가 복도를 걷다가 사이가를 발견했다. 마야는 문득 장난기가 생겨 그의 앞에서 일부러 넘어졌다. 이 경비원이 어떤 얼굴을 할까 생각한 것이다.

앞으로 고꾸라진 마야가 사이가 쪽을 힐끗 보니──어째선지 그도 넘어져 있었다. 그것도 완벽하게. 게다가 쓰러진 채 몸을 움찔거리며 경련하고 있었다. 눈을 뒤집고 입에서 거품을 물며 온몸을 새우처럼 구부리고 있었다.

당황하는 마야에게 사이가는 갑자기 고개를 들고──혀를 내밀었다.

그리고 "놀라게 하려면 이 정도는 해야지"라고 말하고 아무 일도 없었던 듯이 일어나 걸어갔다. 마야는 멍하니 있을 수밖에 없었다.

무뚝뚝한 건지 장난기가 많은 건지──전혀 알 수 없다.

그리고 사이가와 만날 기회는 한동안 없었다. 3년 전의 그날까지──.

"그날, 나를 데리고 나온 간호사는 시인을 보고 깜짝 놀라 나를 버리고 도망쳤어. 뭐, 어쩔 수 없지. 누구든지 자기 목숨이 아깝고, 그런 괴물이 잔뜩 있다면 짐을 얼른 버리고 싶을 거야."

마야는 묘를 향해 미소를 지었다. 3년 전 이 땅에서 일어난 죽음의 행진.

입원했던 아이들도 피난하게 됐지만 대부분은 도망치지 못했다. 시인 무리에게 둘러싸여 피를 빨려 그들 역시 시인으로 변했다.

마야의 몇 안 되는 친구였던 사쿠라, 유아, 쇼이치, 유다이──다들 시인으로 변해서 대처에 나섰던 경찰과 자위대에 의해 처리됐다. 그들의 상세한 최후에 대해서는 듣지 못했지만, 적어도 시설의 부지 밖에서 죽었다면 좋겠다——고 마야는 바랐다.

시설에 갇힌 채 죽는 것보다는 그나마 나을 것이기 때문이다.

사이가의 집까지 가는 도중에 바이크를 한 번 멈추는 것이 습관이 됐다. 이 길의 어딘가에서 그들이 최후를 맞이했을지도 모른다. 마야는 그들에게 잠시나마 기도를 드리고 있었다.

단순한 감상이기는 하지만 그것도 살아남은 자의 특권이라고 마야는 생각한다.

"간호사들은 원망 안 해. 놓고 가준 덕분에 요 선배랑 만났으니까."

"그런 일도 있었나."

사이가는 시치미를 뗐다.

죽음의 행진이 일어난 날, 마야는 간호사에게 버림받아——심장 발작을 일으켰다. 가슴을 바이스로 조이는 듯한 고통이 엄습해 의식을 잃을 뻔했다.

어째서 이런 때——라며 마야는 자신의 몸을 저주했다. 아니, 이런 때이기 때문에 발작이 일어났을지도 모른다. 과도한 스트레스, 혹은 도망치기 위해 달린 것이 원인이었으리라.

불행 중 다행으로 발작은 가벼워서 바로 잠잠해졌지만, 마야는 걷지도 못하게 됐다. 시인 무리가 다가와서 그녀의 목숨은 바람 앞에 놓인 등불 상태였다.

그 마야를 구해준 것이 정체를 알 수 없는 그 경비원이었다.

사이가는 그래도 의료 시설에서 자라 거기서 경비원을 하고 있었던 사람답게 약간이나마 의료 지식을 가지고 있었다. 그는 마야에게 응급처치를 하고 그녀를 짊어진 후 달리기 시작했다.

그 자신은 소동 중에 부상을 입었는지 가슴 부위에서 대량의 피를 흘리고 있었다. 그런데도 불구하고 아무리 가볍다고는 하나 인간 한 사람을 데리고 도망쳤다.

마야와 사이가는 시부야에서 탈출에 성공해 커스 바이러스의 투여를 받게 됐다.

죽음의 행진으로부터 3년. 짧았던 머리는 길게 자랐고——.

마야는 병원에서 나오지도 못했던 중환자에서 인간을 아득히 뛰어넘는 신체 능력의 소유주가 됐다.

전 경비원은 경찰에 들어갔고, 근무 중 짬을 내 마야의 병문안을 와줬다. 그는 갑자기 생긴 힘을 주체 못 하던 마야에게 '시간 때우기'라며 호신술을 가르쳤다. 요전에 드러머를 내던진 기술도 사이가에게 배운 것이다.

사이가 요의 수제자──그것이 마야가 가장 마음에 들어 하는 신분이었다. 하지만 어디까지나 백엽 요원이기 때문에 스승에게 배운 기술을 선보일 기회가 좀처럼 없었다.

"──마야."

"응?"

마야가 옆을 돌아보자 사이가가 무덤 앞에서 사탕 포장지를 들어 내용물을 입에 던져 넣고 있었다.

"……남의 건 가로채지 말아야 하는 거 아니었어?"

"공물은 감사히 먹는 거야. 빨리 안 먹으면 이 더위에 금방 녹아."

"그것도 그러네. 그래서…… 뭔데?"

마야도 사탕을 입에 넣어 빨아먹기 시작했다.

"나는 시인이 무슨 생각을 하는지 몰라. 하지만 이렇게 자주 성묘하러 오지 않아도 네 친구들이 변해서 나올 일은 없을 거야."

"유령은 없잖아? 오히려 변해서 나와주기를 바랄 정도야. 여기에 오는 건 용돈을 받을 수 있다고 생각해서야. 그런 기적은 한 번도 일어나지 않았지만."

"왜 그렇게 쓸데없는 말과 신소리가 많지?"

"선배의 수제자니까. 그리고 나도 똑같아. 선배가 할 일이 없어서 요리를 하듯이 나는 여기에 오는 거야."

"……슬슬 경비하는 녀석들한테 음란한 짓 의혹을 받을 것 같은데."

"요즘은 여고생이라 해도 어른이니까 롤리타 콤플렉스는 아냐. 괜찮아요, 괜찮아."

"잘 알았다. 네가 아무것도 모른다는 걸 알았어."

"그러니까 내가 악영향을 받아 신소리가 느는 거야."

"……그런 건가."

사이가는 드물게 자신이 없는 듯했다. 자신이 교육상 좋지 않은 사람이라는 자각은 있는 모양이다. 하지만 마야도 어른에게 착한 아이라고는 할 수 없으므로 피차일반이다.

"여기는 내 본가야. 상당히 바뀌었지만. 요 선배한테도 그렇지?"

"그런 말을 하면 미묘한데. 한창 나이인데 본가에 얹혀사는 건가. 집세도 생활비도 스스로 내고 있는데."

사이가는 히죽 웃었다.

그렇다, 이 장소는 마야와 사이가에게 자란 집이다. 하지만 너무 큰 사건이 일어난 탓에 어떻게 마주해야 좋을지 알 수 없었다.

사이가는 역사에 남을 대사건이 일어난 장소에서 살고 있고, 주위에서는 미쳤다고 생각하고 있다. 마야처럼 묘지로 빈번하게 발걸음하는 것도 과거에 지나치게 얽매여 있다며 불쌍히 여긴다.

"존 두──."

마야가 불쑥 중얼거렸다.

"선배는 그 사람이 미워?"

"……너는 아냐?"

사이가의 얼굴은 무표정했다. 마야는 그 얼굴을 보고 픽 웃었다.

"모두를 죽인 건 용서 못 해요 결국 다들 시설에서 못 나온 채, 여자아이들은 가슴도 충분히 크지 못한 채 죽었어. 뭐, 원래 작은 애도 있었을지도 모르지만."

또다시 사이가에게 물려받은 신소리를 하며 마야는 말했다.

"아마 그 사람이 눈앞에 나타나면 갈기갈기 찢어버릴 거야. 하지만 요 선배처럼 그 사람을 쫓는 것만 생각하며 살기는…… 무리야."

"인생 같은 대단한 게 아냐. 취미 문제야."

"또 거짓말만 하기는."

마야는 고개를 내저었고, 그에 맞춰 포니테일 꼬리가 흔들렸다.

사이가의 존 두에 대한 집착은 매장계의 누구나 알고 있다.

매장관 중에는 죽음의 행진에 관련된 자도 많다. 직접 사건 진압에 입회한 자도 있다. 전원이 공통적으로 가지고 있는 것은 크레이들에 대한 증오다.

하지만 존 두에 대한 인식이 되면 이야기는 다르다. 죽음의 행진을 일으킨 장본인으로 지목되고 있지만 실태가 너무나도 불투명하기 때문이다. 얼마 없는 기록에 이름이 실려 있을 뿐이고 그를 만났다는 사람조차 없다. 실제로 있는지조차 수상한 흑막보다 게슈펜스트 바이러스와 블레스의 합성 실험을 진행했던 크레이돌에 대한 증오가 앞섰다.

다만 마야는 그 어느 쪽도 아니었다. 불로불사라는 터무니없는 꿈에 사로잡힌 크레이돌도, 시인을 세상에 풀어놓은 존 두도 증오하지 않는다고 말한다면 거짓말이다.

하지만 세상 끝까지 쫓아가 무덤에 파묻고 싶으냐고 묻는다면——답은 아니다. 마야의 마음속에 그만한 집착은 없었다.

그녀에게 중요한 것은 그 밖에도 얼마든지 있기 때문이다. 예를 들어 자유로워진 이 몸으로 하얀 벽과 리놀륨 바닥과 소독약 냄새에서 해방되어 푸른 하늘 아래서 운동화를 신고 뛰어다니며 여름의 냄새를 가슴 가득 맡는 것.

그리고——.

"왓."

갑자기 마야의 주머니에서 단말기가 진동했다. 꺼내서 표시를 확인하니——.

"······왔어, 선배."

"뭐가?"

"그 쿨버즈의 보컬한테서. 재미있어 보이는 권유야. 세일러복 미소녀에게는 인기 인디 밴드의 라이브를 공짜로 즐길 권리가 있대."

"······너, 연락처는 언제 교환했어?"

"요전에 CD 받았잖아? 사인 첨부해서. 사인과 같이 branch 주소도 적혀 있어서 이쪽 연락처도 알려줬어."

branch는 단문 메시지를 주고받는 앱이다.

마야는 속마음을 남김없이 드러내는 권유가 바로 오리라고 생각했지만 예상은 빗나갔다. 타쿠토는 동성애자나 혹은 상당히 특수한 성벽을 가진 게 아닐까 진심으로 의심하기 시작했다.

"그 보컬도 손이 빠르지만 너도 빈틈이 없군······."

"요 선배의 가르침을 받았으니까. 묘를 청소할까 했는데 다들 좀 기다려야겠네. 아까부터 생각했는데, 모처럼 휴일에 날씨도 좋으니까 나가고 싶지 않아?"

"기름 값 정도라면 내줄게. 하지만 저녁밥 값까지 내면 응석을 너무 받아주게 돼. 안 그래도 매장계 녀석들이 여고생이라고 오냐오냐하고 있는데. 아아, 시즈카도 오늘은 저녁

까지 있으니까 저녁 먹자고 하는 건 어때? 상사는 밥을 얻어
먹는 정도밖에 이용 가치가 없어."

"……으응? 잠깐만, 요 선배. 나 못 가는 거야?!"

마야는 깜짝 놀라 사이가에게 따졌다.

"될 리가 없잖아. 상대는 시인 네 마리, 게다가 팬에도 동
류가 있어. 요전에도 그만큼 대량의 시인이 있는 걸 알았으
면 넌 안 데려갔어. 호모 커플이라고 의심받겠지만 체이스와
둘이 라이브를 즐길 거야."

"나 역시 매장관이야!"

"견습이잖아! 열일곱 살이잖아! 꼬맹이잖아! 목숨을 거는
건 어른의 특권이야! 같이 놀고 싶으면 세금 내고 선거를 할
수 있게 된 다음부터 해!"

마야가 저도 모르게 목소리를 높였고, 사이가도 거기에 반
응해 큰 소리를 냈다.

"……요 선배, 투표해?"

"당연히 그냥 하는 말이지. 아아, 그렇지. 넌 견습이라도
매장관이야. 커스를 맞은 인간을 한꺼번에 감시하는 편이 효
율이 좋으니까. 이참에 말하자면, 10대 피험자는 너 하나야.
얌전히 학교생활을 하는 것보다 여러 환경에서 움직여주면
데이터가 모여서 연구도 진행되거든. 알았어?"

사이가는 목소리를 살짝 낮추며 말했다.

마야는 그가 자신의 몸을 걱정하는 것을 알고 있다. 사이가라는 남자는 시인에게는 인정도 용서도 없지만 인간에게는 아주 다정하다. 저번에 일어난 전 복서 사건 때는 유괴를 여러 번 저질렀던 여성을 감쌌다고 한다.

아무런 상관도 없는 여성에게도 자신이 처분을 받을 가능성조차 신경 쓰지 않고 상냥함을 보일 정도다. 사이가에게 친한 상대라면 필사적으로 지킬 대상이 된다.

마야는 그의 다정함을 받아들여야 할 것이다. 자신이 어린아이라는 것도 알고 있다. 최소한이라도 시인 네 마리가 있는 현장은 확실히 위험하다. 하지만——.

"갈 거야. 윗사람들이 날 어떻게 이용하든 상관없어. 나는 내가 하고 싶은 대로 하고 있어. 그게 착각이나 아집이라 해도 병원 침대에서 가만히 있는 것보다 훨씬 나으니까."

"…………."

사이가는 휴우, 하고 한숨을 내쉬었다.

그는 마야가 자유롭게 움직일 수 있는 현 상황을 얼마나 기뻐하고 있는지 알고 있다. 움직이지 못했던 시절의 울적함도 매장관 중에서는 가장 이해하고 있으리라.

그래서——그는 알아줬다.

"……오늘은 비번이야. 그레이버도 네 그것도 못 가지고 나와."

"하지만 갈 거잖아?"

"네게 온 메시지를 분서에 보고하면 오늘 붙어 있는 팀이 대처하겠지. 하지만 그 밴드 녀석들은…… 내 사냥감이야."

사이가는 사나운 웃음을 띠었다. 그가 경비원을 하던 때는 본 적이 없는 표정이었다.

"그래, 요 선배. 우리…… 사냥감이야."

마야 역시 같은 웃음을 띠었다. 위험한 건 물론 알고 있다. 죽음의 행진 전의 마야가 아는 위기란 침대 위에서 맞이하는 것이었다.

그리고 자신으로서는 아무것도 대처할 수 없었다. 귀에 거슬리는 알람이 울리고 의사나 간호사가 병실에 달려와서 호흡기를 달고 주사를 맞는 등 멋대로 당할 뿐이었다.

지금은 위기에 맞서서 자력으로 불똥을 털어낼 수 있다. 스스로 운명을 개척한다——그것이야말로 3년 전 다시 태어난 아사쿠라 마야에게 진정으로 중요한 것이었다.

*

그곳은 과거에 수많은 고명한 음악가들이 관객을 신음하게 만든 명연주를 선보인 콘서트홀이었다.

이외에도 호텔이나 결혼식장, 스포츠 시설 등도 포함된 21

층짜리 빌딩이다.

거대한 홀은 3층까지 뚫려 있고 객석 수는 2222개.

건물은 완성된 지 한 세기가 지나 몇 번이고 보수 공사가 실시됐지만 10년 전부터 이미 시설로는 사용되지 않고 있다. 철거 이야기가 여러 번 나왔지만 눈부신 역사를 가진 건물이라며 온갖 단체에서 반대의 목소리를 높여서 지금도 그 위용을 자랑하고 있었다.

"왜 여기로 한 거야. 쥐가 달리기만 해도 무너질 것 같은 건물이잖아 여기는."

"요 선배, 어지간히 흥미를 보였으면서 갑자기 웬 불평?"

빌딩은 주위 수십 미터를 포함해 출입금지 상태가 되어서 사이가와 마야는 바리케이트를 넘어 열린 정면 입구를 통해 빌딩 안으로 들어갔다.

사이가는 늘 입는 싸구려 정장. 마야는 여기에 오는 도중에 쇼핑을 해 캐미솔 위에 얇은 상의를 걸치고 미니 플리츠 스커트도 입고 있었다. 너무나도 시원해 보이는 차림이었기 때문에 사이가가 사준 것이다.

시각은 오후 7시. 여름이라고는 하나 해는 이미 졌다. 빌딩 안은 어둑하지만 두 사람을 유도하듯이 일부 전등이 켜져 있었다.

"초대한다는 건가. 달리 관객은 안 보이는군."

"표가 안 팔렸나 봐. 스태프도 없는 것 같고, 자기들끼리 회장도 준비한 건가? 메이저가 되면 무용담으로 얘기할 것 같아."

"그러고 보니 토끼한테서는 잘 도망친 것 같군. 노래보다 잔꾀 쪽이 특기인 것 같아. 그 밴드맨들도 거물이란 느낌은 전혀 없는데. 인기 없는 거 아냐?"

사이가와 마야는 농담을 주고받으며 경계도 없이 통로를 나아갔다. 함정이 있을지 없을지는 신경 쓰지 않았다. 함정은 당연히 있기 때문이다.

이렇게까지 적극적으로 매장계에 도전해오는 시인은 아주 드물다. 정말로 마야가 마음에 들었을지도 모른다. 식량으로서 손에 넣고 싶다는 생각도 있을 법하다. 하지만 시인은 식량의 질은 고집하지 않는다고 한다. 흡혈귀처럼 처녀의 피가 취향이지도 않다.

사이가는 마야가 처녀인지 아닌지는 모르지만 말이다.

다만 무슨 일이든 예외는 있다. 어차피 식량으로 삼는다면 어리고 예쁜 여자아이가 좋다는 취향 까다로운 시인이 있을지도 모른다.

사이가는 옆을 걷는 마야에게 들키지 않도록 시선을 보냈다. 그녀는 귀엽다고 생각한다. 스타일도 좋고 밝은 성격도 호감이 간다. 키스 투여를 받은 다음부터 바뀐 게 아니라 원래부터 이 성격이었다. 어릴 때부터 거의 병실에 갇혀 있었는데도 불구하고 이 밝은 성격을 유지할 수 있었던 것은 기적 같은 일이다.

마야도 커스 투여를 받은 이상 힘을 쓰면 시인에 가까워진다. 그것은 피할 수 없는 운명이다. 그러나 시간을 벌면 해결책은 있을지도 모른다.

"커스의 개발은 계속 멈춰져 있었어. 불사와는 먼 반편이니까."

"뭐야, 갑자기?"

마야는 어리둥절해했다.

"지금은 '시미파'의 생존자가 개발을 재개했어. 매장관이라는 이름의 피험자가 수십 명 있고 데이터도 대량으로 제공되고 있어. 게다가 이번에는 국가의 보증을 받아 당당하게 연구하고 있지. 커스를 무효화시키는 백신 정도는 만들 수 있을지도 몰라."

"……진짜 갑자기 이상한 얘기 하네. 그 얘기는 알고 있는데……."

마야가 큰 눈을 더 크게 뜨고 사이가의 얼굴을 물끄러미 쳐다봤다.

크레이돌의 연구자에게는 몇 가지 파벌이 있었다. 주로 출신 대학에 따른 것인데, 가장 큰 파벌이 블레스 바이러스의 개발을 진행했다. 한편 소수파 중 어떤 파벌이 개발한 것이 커스 바이러스였다.

그 파벌의 보스는 자신이 이끄는 파벌을 '시미파'라고 이름 지었다. 그의 출신지인 오키나와에서는 '시미'라고 부르는 이벤트가 있다. 무덤에 친족을 모아서는 연회를 여는 것이다. 요컨대 성묘인데, 남국답게 밝은 이벤트다.

어째서 보스가 자신의 파벌에 그런 이름을 붙였는지는 아무도 모른다. 그는 죽음의 행진에서 사망했기 때문에 영원히 수수께끼로 남고 말았다.

시미파의 일부는 죽음의 행진에서 살아남았다. 그보다 그들은 죽음의 행진의 정보를 약간이나마 파악하고 있었다. 최대 파벌이자 최대의 적인 주류파를 늘 살피고 있었고, 그 과정에서 얻은 정보를 경찰에 흘렸던 것이다.

그것은 시미파에도 위험한 행위였다. 그들 역시 위법한 실험을 반복하고 있었기 때문이다.

하지만 시미파의 보스는 정보를 경찰에 건네는 쪽을 선택했다. 정의감에서 나온 행동인지, 앞뒤를 못 가릴 만큼 주류파가 미웠는지, 그것 역시 여전히 수수께끼다.

아무튼 시부야라는 번화가의 한가운데에서 흉악한 바이러스가 유출돼 시인이 흘러나왔는데도 불구하고 피해자가 만명에 그친 것은 시미파가 정보를 제공해서 경찰이 경계 태세에 들어가 있었기 때문이다.

시미파는 죽음의 행진 직전 자작극으로 폭파 테러까지 일으켜 그들이 흘린 정보에 신빙성을 높였다. 사전 테러에서 희생자는 나오지 않았지만 정부는 사태를 엄중하게 보고 경찰뿐만 아니라 자위대까지 대기시켰다.

그래도 정보에 애매한 부분이 많고 시미파 사람들도 태반은 죽음의 행진 당일 크레이돌에 있었기 때문에 대부분이 휘말렸다.

그 몇 안 되는 생존자가 사이가나 마야, 죽음의 행진에서 빈사 상태가 된 자들에게 커스 바이러스를 제공했다. 그들도 크레이돌의 일원으로서 심판을 받을 몸이었지만 경찰의 관리하에 들어가 지금도 연구를 진행하고 있다.

참고로 매장관들을 진찰하고 있는 의사도 시미파 출신이다.

"얌전히 있으면 시미파의 돌팔이 의사를 비롯한 사람들이 네 몸속의 커스를 어떻게든 해줄 거야. 쓸데없이 날뛰지 말라는 얘기야."

"날뛴다는 말은 요 선배한테만은 안 듣고 싶은데……."

"그것도 내 특권이야. 시즈카한테 두통약을 먹게 하는 것도, 무로마치의 위에 구멍을 내는 것도 내 사소한 즐거움이야. 방해하지 마."

"커스를 맞지 않은 두 사람이 제일 먼저 죽을 것 같아……."

마야가 가엽다는 듯한 얼굴을 했다. 그녀는 환자에게는 동정적이다. 자신을 포함해 환자를 계속 봐와서 병이 얼마나 고통스러운지 알고 있기 때문이다.

"뒷얘기는 다음에 해. 여기 같아."

마야가 홀로 통하는 문 하나를 가리켰다. 금속 문에 'Welcome'이라고 빨간 펜으로 휘갈겨져 있었다.

"호오, 그 밴드맨 영어도 쓸 수 있는 건가. 이건 의외로군. 생각보다 지능이 높을지도 모르겠어."

"좋은 곡이었지만 악보도 못 읽고 감으로 친다고 생각했어. 그것도 틀렸을지도 몰라…… 미안한 짓을 했네."

사이가와 마야는 독설을 내뱉으며 문 앞에 섰다. 당연하다는 듯이 사이가가 발로 문을 걷어찼다. 철문이 순식간에 튕겨나가 쓰러졌다.

"……선배, 문은 손으로 열어야지. 버릇없어 보이잖아."

"네가 무슨 양갓집 아가씨냐. 어라, 양갓집 아가씨였던가?"

"아빠는 부자였지. 할아버지가 가난해서 열심히 일해 성공했어. 여기에는 듣는 이도 눈물 나고 말하는 이도 눈물 나는 이야기가──."

"눈물이 앞을 가리면 곤란하니까 나중에 해줘. 말은 그렇게 했는데──이래서는 아무것도 안 보이는군."

사이가는 아무렇게나 안으로 들어갔다. 그곳은 넓은 홀로 이루어져 있을 테지만 캄캄해서 아무것도 보이지 않았다. 계단형 좌석이 즐비하게 늘어서 있을 터라서 섣불리 움직이면 굴러 떨어질 것 같았다.

"쿨버즈의 라이브에 오신 걸 환영합니다!"

"줄여서 쓰레기로군(쿨버즈의 일본어는 クルーバズ이며 쓰레기의 일본어는 クズ다)."

갑작스러운 목소리와 함께 홀 안쪽 무대에 스포트라이트가 들어왔다. 사이가는 조금도 동요하지 않고 신소리로 응수했다.

스포트라이트 아래에는——당연하지만 쿨버즈의 네 멤버가 있었다. 다만 전에 본 무대와 달리 보컬인 타쿠토라는 남자는 기타를 들지 않고 그랜드피아노 앞에 앉아 있었다.

"이건 어제 막 만든 신곡. 꽤 애를 먹었거든. 사야——아니, 아사쿠라 마야 씨."

"어라?"

마야는 고개를 갸웃거렸다. 저번에 댄 가명은 가뿐하게 들통난 모양이다.

"너 같은 예쁜 애한테 바치려고 분발했던 걸지도 몰라. 그래서 겨우 완성했어."

타쿠토는 도취된 얼굴로 건반을 치기 시작했다. 기타, 베이스, 드럼의 세 명도 연주를 개시했다. 저번의 소란스러운 음악과 전혀 다른 느리고 차분한 발라드다.

긴 전주가 끝나고 타쿠토의 목에서 부드러운 목소리가 흘러나왔다. 더러워진 인생에 지친 남자가 거짓말처럼 투명한 아름다움을 가진 소녀에게 끌린다는 노래다. 아무리 그래도 지나치게 로맨틱하지만 요즘 없는 섬세한 가사는 반대로 신선하기도 했다.

"흐음⋯⋯."

마야는 작게 신음하며 연주하는 그들을 바라보고 있었다. 순수 배양된 소녀에게는 이 온몸이 오그라드는 선물도 의외로 나쁘지는 않을지도 모른다.

조용한 곡은 파도가 넘실거리듯이 높아져갔고, 최고점에 달한 곳에서──갑자기 끝났다. 마지막에 타쿠토가 친 건반의 음색이 홀에 울리고 있었다.

"눈물의 홍수. 아사쿠라 마야 씨, 네 덕분에 최고의 곡을 만들 수 있었어."

"오, 확실히 좋네요. 이걸로 일약 메이저 데뷔를 노리는 거예요? 평소와 달리 발라드로 가는 것도 흥미로웠어요."

마야는 박수를 치고 말했다.

"아니, 메이저 데뷔를 노리는 건 또 다른 곡이야. 이건 어디까지나 네게 개인적으로 주는 선물이야."

"내가 꽤나 마음에 들었나 보네요. 골수 롤리타 콤플렉스야."

마야는 키득키득 웃었다. 여고생을 좋아해도 롤리타 콤플렉스가 아니라고 말했던 것은 그녀 아니었던가.

"네가 귀엽기만 한 여자아이라면 곡을 선물하지 않아. 하지만──아사쿠라 마야, 너는 매장관이잖아. 그쪽 남자는 사이가 요. 매장계의 에이스고."

"그렇게 칭찬하지 마. 시인이 그렇게 말해도 역시 부끄럽잖아."

사이가는 담담하게 말하며 시인 네 마리를 관찰했다. 저번에 싸운 소녀처럼 죽은 지 얼마 안 되거나 전 복서처럼 생전의 바보 같은 짓을 계속하던 잔챙이 같지도 않았다.

하지만 기껏해야 시인──인간을 능가하는 파워와 재생 능력을 가진 괴물일 뿐이다.

"그런데 나도 유명해졌나 보군. 너희 조직에서 매장관 인기투표까지 하고 있는 건가?"

"죽이고 싶은 매장관이라면 네가 넘버원이야, 사이가 요."

타쿠토는 피아노 앞에서 떠나 무대 중앙에 섰다.

"너희가 정찰하러 온 이유는 알고 있어. 그 이유대로 그 라이브 하우스를 이용해 우리 쪽 녀석들이 거래를 하고 있었지. 손님은 모두 우리 라이브에 빠져서 총이나 약의 거래를 해도 아무도 몰라."

"진짜 시인이란 녀석들은 수다쟁이라니까. 논리도 상식도 신경 쓰지 않는 김에 이런저런 굴레가 벗겨진 거냐? 뭐, 물어볼 수고가 줄어서 고맙기는 하군."

"우리 구역에서 거래한 총 덕분에 꼬리가 잡힌 거니, 우리 손으로 매장관을 처리하지 않으면 조직에서 있을 곳이 없어져."

타쿠토가 고개를 휙 들자 다른 멤버 세 명이 악기를 놓고 그 대신——기재 뒤에 숨겨뒀던 소총을 꺼냈다.

"마야!"

"알았다!"

사이가가 날카롭게 경고하자 마야는 기묘한 대답을 하고 도약했다. 동시에 사이가도 마찬가지로 뛰어올랐다. 두 사람이 가까운 좌석 아래로 몸을 숨기자마자 경쾌한 총성과 함께 총알이 그들의 머리 위를 날아갔다.

"……요즘 라이브는 장치도 요란하군. 총을 써서 연주하다니 상당히 전위적이잖아. AK47이었어."

"에이케이?"

"너도 경찰이라면 총의 종류 정도는 공부해둬. AK47, 세계에서 가장 대량 생산된 돌격 소총이야. 개발자의 이름을 붙여서 칼라시니코프라고도 해. 구경은 7.62밀리미터, 장탄수는 30. 개발한 지 너끈히 한 세기는 지났고 후계 총도 산더미처럼 있지만 아직도 원형인 이게 생산되고 있어. 최근에는 일본의 동네 공장에서도 만들고 있다더군."

"남자애는 총을 좋아하는구나. 유다이 군도 생일 때 에어건을 받고 엄청 좋아했어."

사이가와 마야는 긴장감이라고는 눈곱만큼도 없이 대화를 나눴다. 그사이에도 총탄이 때때로 좌석을 관통해 두 사람 옆을 스쳐 지나갔다. 물론 머리에 맞으면 매장관이라 해도 살 수 없다.

"그래서 어떻게 할 건데? 그레이버 없이 돌격 소총과 맞서 싸울 거야?"

"보통, 있다 해도 권총으로 돌격 소총과 못 맞서겠지. 그런데 크린코프니 칼라시니코프니가 잇달아 나오는군. 여기가 무슨 모가디슈냐."

"모가?"

"명작 전쟁 영화는 대충 봐둬. 지금도 안 촌스러우니까. 모가디슈라면 슬슬 대전차 로켓이——."

"꺄아아아악!"

마야가 비명을 질렀고, 사이가는 바로 그녀의 머리를 누르며 위에서 덮었다. 피융 하고 쏘아 올리는 불꽃같은 소리와 함께 무시무시한 폭발이 일어났다.

"쳇, 진짜 RPG냐! 화력이 꽤 되잖아. 마야!"

"아, 깜짝이야…… 바주카포?"

"괜찮은 것 같군. 자, 여기서 계속 떠들어도 상관없지만 이 이상 시인들이 멋대로 하게 두는 것도 그렇군······!"

사이가는 무릎을 구부려 추진력을 모아 화살처럼 뛰어나갔다. 금세 소총 세 정이 불을 뿜었다. 탄환이 사이가의 주위를 어지럽게 날아갔다. AK47은 정확도가 낮은 총이다. 밴드맨들이 언제 시인으로 변했는 지 알 수 없지만, 총을 소지하기 시작한 것은 적어도 죽음의 행진 이후——기껏해야 3년 전. 혹독한 훈련을 받았다고도 생각할 수 없었다. 주체 못 하는 힘으로 총의 반동을 누르는 것은 간단하겠지만——.

"총은 마구 쏴봐야 잘 안 맞는다고!"

사이가는 수십 발의 총알이 날아오는 것도 개의치 않고 계속 달렸다. 수십 미터를 단숨에 달려 나가 무대로 뛰어올랐다.

사이가에게 가장 가까이 있었던 것은 베이시스트였다. 그의 발밑에는 RPG가 놓여 있었다. 베이시스트는 놀라며 사이가에게 총구를 돌렸다. 그러나——.

"늦었어."

사이가는 베이시스트의 오른팔을 비틀어 팔꿈치 관절을 반대로 꺾었다. AK를 놓쳐서 총이 바닥에 떨어졌다. 팔꿈치를 꺾으며 다리를 걸어 내던져——베이시스트의 몸을 일회전시켜 머리를 바닥에 내리꽂고 다리후리기를 건 다리를 빼 신발 밑창으로 머리를 박살내듯이 걷어찼다.

베이시스트의 머리가 퍽 하고 부서지는 소리가 울리고, 그는 실이 끊어진 꼭두각시처럼 쓰러졌다.

총권술은 총을 페인트로도 쓰지만 기본적으로는 결정타를 가하기 위해 쏜다. 하지만 커스를 맞은 인간이라면 맨손으로 간단히 치명상을 입힐 수 있다. 사이가는 비무장으로 싸울 수 있는 매장관인 것이다.

"뭐야? 시인이라도 동료를 쏘는 게 무서운 거냐? 내가 느긋하게 내던지는 동안에 쐈으면 되는데."

"……믿을 수 없는 짓을 하는군. 커스, 였나? 딱히 불사가 되는 것도 아니잖아? 맞으면 아프고 급소를 파괴당하면 죽어. 그런데…… 잘도 돌격 따위를 하네."

"좌석 아래서 가만히 떨고 있으면 안 죽나? 죽음 속에 활로가 있다는 말 몰라? 죽으려면 다 같이 죽자는 말 따위는 하지 마시지."

"우리랑 죽을 작정이야? 아아, 나는 이미 죽었지, 아하하."

즐거운 듯이 웃고 있는 타쿠토는 맨손이었다.

기타리스트와 드러머는 아직 AK를 사이가에게 겨누고 있었다. 발포를 멈춘 것은 사이가가 무슨 짓을 할지 읽을 수 없기 때문이리라.

"느긋하군. 이로써 메이저 데뷔도 물거품으로 사라졌어. 아니면 이 베이스는 사실 기피 대상이었어?"

"멤버 교체는 밴드에서 늘 있는 일이야. 비틀즈 역시 두 명이 빠졌어."

"……그렇다는군. 너희 두 명이 없어져도 이 보컬님은 신경도 쓰지 않을 거야."

사이가의 신소리에 기타리스트와 드러머는 조금도 반응하지 않았다. 그런가, 하고 사이가는 납득했다. 그들은 멤버가 아니다. 보컬리스트 타쿠토의 부하인 것이다.

시인은 조직을 형성하고 있다. 조직이라는 것은 상하 관계 없이는 성립하지 않는다. 계급이 존재하지 않으면 단순한 우정 놀이에 불과하다. 경찰도 조잡한 조직을 발견 못 할 만큼 무능하지는 않다.

생각했던 것 이상으로 튼튼한 조직일지도 모른다──사이가는 인식의 오류를 인정할 수밖에 없었다. 라이브 하우스에서 비합법적인 거래를 하는 것은 지나치게 엉성하지만, 한편으로는 특정 존재가 높은 위치에 서서 지시를 내리고 있다.

그것은 존 두의 조직이 미성숙하지만 성장하면서 완성에 가까워지고 있다는 것을 의미했다──.

"일단 묻지. 존 두에 대해서 아나?"

"나는 밴드가 최우선이야. 조직의 위에 누가 있는지는 아무래도 좋아. 그들이 우리 메이저 데뷔에 협력해준다면."

"실력으로 올라간다는 자존심은 없는 거야?"

"자존심은 있어. 하지만 옛날과는 달라. 아는지 모르겠는데, 20세기 말에는 CD 밀리언셀러가 팍팍 나왔다고 해. 지금은 만 장 팔면 대히트라며 파티가 열려. 이자카야이기는 하지만. 다운로드 역시 10만도 안 돼. 이런 시대에 메이저 데뷔를 하려면 연줄이 없으면 무리야."

"……이상하군."

사이가는 문득 위화감을 느꼈다.

어째서 이 타쿠토라는 남자는 밴드에 그렇게까지 집착하는 걸까. 자기의 존재 유지를 최우선으로 여기는 시인이 진심으로 음악 활동을 이어나갈 작정인 걸까.

"그러고 보니 이런 설이 있어."

"어라, 뭐지? 매장관에게 유머를 기대해도 되려나?"

"시인에는 노 헤드와 토커가 있어. 블레스 바이러스에 감염되어 죽으면 대개가 노 헤드가 돼. 확실한 데이터는 없지만 토커가 되는 건 3퍼센트도 못 된다더군.

사이가는 매장관이라는 입장이기는 하지만 블레스 바이러스의 모든 것을 알지는 못했다. 시미파의 연구자들도 전부 파악하지는 못했을 것이다. 이해할 수 없는 점이 너무나도 많았다.

하지만 과학적으로 해명되지 않아도 통계적인 데이터라면 몇 가지 있었다.

"토커가 되는 녀석들의 대부분은 강한 미련이 있다더군.
연구자들은 살아 있던 시절의 자취──잔향이라고 부르는
모양이야. 말도 안 되는 얘기야. 미련이래. 정신적 요인이
블레스 바이러스의 작용에 그렇게까지 크게 영향을 끼친다
고는 생각할 수 없어."

　"어려운 건 몰라. 고등학교 중퇴거든."

　"자랑은 아니지만 나는 변변한 학력도 없어. 고등학교에
들어간 것도 부러울 정도야."

　사이가는 가볍게 웃어 넘겼다. 크레이들의 실험체에서 경
비원이 되느라 학교에도 변변히 다니지 못했다. 그러나 서당
개 삼 년이면 풍월을 읊는다고 하던가, 의료 연구 시설에서
자랐기 때문에 약간의 지식이 있었다.

　"딱히 어려운 얘기는 아냐. 네게 들려주고 있는 것도 아니고."

　강한 미련──요전의 소녀는 자신을 학대했던 부모에 대
한 복수. 아리마 요헤이는 코모리 아즈사에 대한 의존일까.
이 밴드맨과 멤버들은 수많은 사람에게 음악을 들려주기를
바라고 있다.

　시인은 사람을 식량으로 삼기 위해서 불필요한 상식이나
논리를 없앤다. 그와 동시에 최대 목적을 유일한 목적으로
바꾸는 것은 아닐까.

　생각해 보면 부모를 죽인 소녀는 완전히 빈 껍질 같았다.

목적을 달성한 뒤에는 사람을 식량으로 구하기만 하는 존재가 된다. 어쩌면 목적을 달성하면 시인은 위험성이 올라가는 것 아닐까.

"……시시한 얘기였군. 존 두를 모른다면 너희를 파괴해야겠어."

"못 해. 네가 할 수 있는 건, 너희가 인생의 마지막에 할 수 있는 건 비명을 지르며 필사적으로 죽음에 저항하는 것──그 공포를, 압도적인 감정의 분출을 내가 음악으로 바꿀 거야. 과연 어떤 곡이 될까!"

타쿠토가 일어선 채 건반을 강하게 두드렸다. 귀에 거슬리는 소리가 홀 안에 울려 퍼졌다.

"선배!"

마야가 날카로운 소리를 질렀다. 홀 바깥을 따라 몇 개나 나 있던 문이 일제히 열려 있었다.

그 모든 곳에서 엎치락뒤치락하며 사람들이 들어왔다. 아니──.

"시인인가──."

사이가는 동요하지 않고 중얼거렸다.

공허한 눈을 한 온갖 나이대의 남녀가 무리를 이루고 있었다. 양팔을 축 내리고 놈을 흔드는 듯한 부자연스러운 걸음걸이로 다가왔다.

아마 모두가 노 헤드. 의사를 가진 자는 한 마리도 없었다.

숫자는 열이나 스물이 아니었다. 보기만 해도 백 마리 이상. 무리로 출입구가 완전히 막혔기 때문에 그 안에 두 배, 세 배의 수가 있어도 이상하지 않았다.

사이가가 3년 전에 시부야에서 본 광경과 똑같이——시인이 파도처럼 밀어닥쳤다.

사이가는 어금니를 강하게 악물었다.

"마야, 도망쳐!"

"어디로?!"

마야의 말이 옳았다. 도망칠 수 있을 리가 없었다. 모든 문으로 시인들이 쇄도하고 있었다. 무리에 삼켜지면 끝이다.

"큭……!"

"이런, 안 되지!"

총성이 다다다 울리고 총알 몇 발이 달려 나가려고 한 사이가의 발치에 구멍을 뚫었다.

"네가 구해주면 마야의 공포를 볼 수 없잖아. 너를 꽤나 의지하고 있는 것 같고. 마야가 안심하면 곤란해. 이 정도 수의 시인을 모으느라 꽤 힘들었거든."

타쿠토는 히죽대며 심술궂은 웃음을 띠었다.

"네 고생은 알 바 아냐. 설마 단지 우리를 환영하기 위해서 이만한 사람을 시인으로 바꾼 거냐……!"

사이가는 타쿠토를 날카롭게 노려봤다. 피를 빨아 블레스 바이러스를 감염시켰겠지만, 백 명 이상의 인간을 시인으로 바꾸다니 믿기 힘든 폭거다.

"조직이 데리고 있는 군대야. 뭐, 마음대로 빌려온 거지만. 자, 매장관들. 요란하게 날뛰어줘! 음악은 이쪽에 맡기라고!"

타쿠토는 옆에 세워뒀던 기타를 들어 소란스러운 음악을 켜기 시작했다.

시인들은 빨려들 듯이 사이가와 마야에게 다가왔다. 노 헤드에게는 의사도 이성도 없지만 인간에 대한 욕망은 무한하다. 토커 이상으로 인간을 식량으로 잡아먹어 자신을 유지하기 위해서만 존재한다.

사이가의 등에 식은땀이 흘렀다. 시인 몇 마리라면 혼자 힘으로도 어떻게든 된다고 생각했는데 어설펐던 모양이다. 죽음의 행진 이후로 대규모 시인의 출현은 확인되지 않았다. 하지만 두 번 다시 일어나지 않는다는 보장도 없었다.

"큭……!"

사이가는 몸을 날렸다. 기타리스트와 드러머가 다시 총격을 개시했기 때문이다. 구르듯이 무대 아래로 내려가 그대로 가장 앞자리에 몸을 숨겼다.

지금은 소총보다 대량의 시인 쪽이 훨씬 위험하다. 마야 쪽이 출입구에 가깝다. 이미 그녀의 주위에는 수십 마리의 시인이 쇄도하고 있는 중이었다.

"마야!"

"괘, 괜찮아!"

마야는 고개를 한 번 끄덕이고 미니스커트의 자락을 확 젖혔다. 흰 허벅지가 드러났다. 그곳에는 레그 홀스터가 장착되어 있었고――총이 아니라 나이프가 꽂혀 있었다.

마야는 재빨리 나이프를 뽑아 손을 뻗어온 시인의 머리에 힘차게 꽂았다. 푸욱 하고 둔탁한 소리가 나며 나이프의 칼날이 날밑까지 꽂혔다. 다시 재빨리 뽑아 다음 시인의 머리에 똑같이 꽂았다. 이번에는 더 깊이 박혀서 그녀는 발로 시인의 몸통을 차며 나이프를 뽑았다.

"이야아아압! 진짜, 연약한 여자아이한테 여럿이 달려들기는!"

시인 무리는 동료 두 마리가 당해도 신경 쓰는 기색도 없이 마야에게 손을 뻗었다. 마야는 머리를 찔러 쓰러뜨린 시인의 몸을 발로 날려 무리의 기세를 막으며 뒤로 물러났다.

그리고 세 마리째의 머리에 나이프를 꽂으려 하다――그 칼끝이 미끄러졌다. 관자놀이를 스쳤을 뿐이라서 마야는 찌르려던 기세 때문에 자세가 흐트러졌다. 다른 시인들이 비틀거리는 그녀에게 손을 뻗었다.

"우와앗……!"

마야는 간신히 한 마리의 손목을 잡아 내던졌다. 시인 무리와 부딪히도록 의도적으로 내던진 것이다.

그러나 시인들의 기세는 멈추지 않았다――.

"위험해!"

사이가는 좌석에서 뛰쳐나왔다. 시인에게 둘러싸이면 그 손끝에 피를 빨린다. 매장관이라도 단숨에 피를 잃으면 움직일 수 없어진다. 이성이 없는 노 헤드는 적당한 때 그만두지 않고 피를 모조리 빨기 때문이다.

이 이상 숨어 있을 수는 없었다――.

"이봐이봐, 마야가 메인이라고! 방해하면 곤란하지!"

"…………큭!"

AK의 총구가 불을 뿜었고 좌석에서 뛰쳐나온 사이가의 옆구리와 오른쪽 허벅지에 총알이 명중했다. 그래도 그는 멈추지 않고 계속 달렸다. 총에 맞은 것도 몰랐다는 듯이.

물론 격통이 퍼지고 있었다. 어느 총알도 장기나 동맥은 손상시키지 않은 듯하지만 AK의 7.62밀리미터 탄은 급소에서 빗나가도 충분한 대미지를 준다.

역시 마야를 데리고 오지 말아야 했다――사이가는 이제와서 후회했다.

그녀도 견습이라고는 하나 매장관. 시인과 싸우는 방법은 체득하고 있다.

하지만 마야는 아직 열일곱 살의 소녀다. 죽어서는 안 된다. 하물며 시인에게 죽는 일이 있어서는 안 된다. 인간의 광기가 낳은 괴물이 소녀를 해하는 일 따위——.

"요 선배, 오면 안 돼——."

"⋯⋯⋯⋯큭!"

3년 전 광경이 사이가의 머릿속을 스쳤다. 종말이 시작된 밤, 시인 무리를 헤치며 마야를 데리고 크레이돌을 탈출하기 전——.

『당신은 오면 안 돼요——.』

그녀는 그렇게 말했다. 지독하게 차갑고 투명한 눈을 하고 있었다. 그 목소리에는 약간의 동요도 없었고, 상냥함도 없었으며, 그럼에도 불구하고 천사 같기도 하고 악마 같기도 했다.

와서는 안 된다. 사이가는 그런 말에는 따르지 않았다. 시인이 흘러나온 시설은 이미 지옥으로 변해 있었다. 여기서 떨어지면 이제 두 번 다시 만날 수 없다——그것은 예감이 아니라 확신이었다. 하지만——.

사이가는 그녀에게 손을 뻗지 못했다. 3년이 지나도 같은 짓을 반복하는 건가——.

"사이! 마야!"

"……체이스?!"

갑자기 2층에 낯익은 금발 청년의 모습이 나타났다. Cz75를 들고 재빨리 연사했다. 지금 마야의 몸을 움켜쥐려고 손을 뻗던 시인 두 마리의 머리를 탄환 네 발이 날려버렸다.

"엎드려, 마야!"

체이스는 평소 입는 고급 정장의 품에서 타원형의 공 같은 것을 꺼냈다. 마야는 시키는 대로 재빨리 바닥에 엎드렸다.

체이스는 그 공 두 개——수류탄을 시인 무리에게 던졌다. 무리의 중심에서 쾅 하는 둔탁한 소리와 함께 폭발이 두 번 일어났고, 시인들이 한꺼번에 몇 마리가 날아갔다.

"사이, 마야, 선물이야!"

이어서 칠흑의 대형 권총——그레이버와 죽도집이 날아왔다. 사이가는 가볍게 도약해 그레이버를 받아 안전장치를 풀어 재빨리 겨냥했다.

마야에게 달려들려 하는 시인들이 아니라 기타리스트와 드러머를 향해 한 발씩 발포했다. 50구경 연두확산탄이 두 마리의 머리에 명중해 내부에서 부서져 퍼졌다. 두 마리는 AK47을 떨어뜨리며 털썩 쓰러져 움직이지 않았다.

"어라라, 너무 차갑잖아 요 선배! 마야가 위험한데 일이 우선이냐!"

"……그래, 우선 일이다. 이로써——일을 할 수 있어. 의지가 되는 파트너 덕분이야. 역시 오락의 본고장에서 태어나서 등장할 타이밍을 잘 알고 있군."

사이가는 싱긋 미소 지었다. 이미 식은땀은 들어가 있었다.

"태평하네, 사이가 요. 시인 무리를 수류탄 한두 발로 쓸어버릴 수 있다고 생각하기라도 한 거야?"

"알고 있어. 죽음의 행진 진압으로 수류탄의 유효성을 확인했는데 말이야. 매장관은 한 사람당 수류탄을 두 개밖에 못 들고 다니는 데다 사용하려면 사전에 상사의 허가가 필요해. 어이없다니까. 현장은 유동적인데 사전에 수류탄이 필요한지 안 필요한지 어떻게 아냐고."

"태평한 건 네가 아니라 경찰인가. 이봐, 이번에야말로 마야가——."

타쿠토는 히죽거리고 있었다. 그 시선 끝에서 또다시 마야가 시인에게 둘러싸이려 하고 있었다. 수류탄에 날아간 것은 채 열 마리도 되지 않는다. 체이스는 계속 총을 쏘고 있지만 그녀에게 쇄도하는 시인은 너무 많았다.

마야의 위기는 사라지지 않았다. 하지만——사이가는 여전히 미소 짓고 있었다.

"마야는 견습이야. 총을 쥐어주면 옆 표적을 쏠 만큼 형편없는 데다 나이프를 들고 겨우 노 헤드와 맞붙는 정도지.

하지만 말이야———."

사이가는 웃음을 머금은 채 한쪽 눈을 감았다.

"검을 든 아사쿠라 마야는 최강의 매장관이야."

"뭐라고……?!"

타쿠토가 얼굴을 일그러뜨리는 것과 동시에 이변이 일어났다.

마야가 죽도 주머니에서 꺼낸 것은 일본도 한 자루였다. 칼날의 길이는 70센티미터 정도. 날카로운 금속음을 울리며 칼집에서 칼을 뽑자 은색 섬광이 몇 번이고 휘날렸다.

순식간에 시인 몇 마리가 조각조각 나뉘었다. 더욱이 마야는 멈추지 않고 발을 내딛었다. 엉터리로 보이는 움직임으로 검을 계속 휘둘렀고, 공기를 날카롭게 가르는 소리가 울렸다. 하지만 그것은 결코 엉터리가 아니었다. 일본도의 무게는 1킬로그램이 넘는다. 대단해 보이지 않지만 소녀의 가는 팔로는 들기만 해도 휘청거릴 무게다.

마야는 그 무거운 일본도를 가볍게, 그리고 정확히 휘두르고 있었다. 커스로 인한 초인적인 근력 덕분이기는 하지만, 검을 정확히 휘두르려면 훈련을 받아야 한다.

이 소녀는 단기간이기는 하지만 훈련을 쌓았다. 검도를 배우고 강인한 육체를 이용한 독자적인 검술을 고안한 것이다. 엉성하게 보이는 검놀림은 정확히 시인의 팔다리를 잘라 움직임을 멈추게 했고 그런 다음 목이나 몸통 등의 급소를 갈랐다.

"시인을 처리하는 방법은 두 가지. 머리를 파괴하든가 조각을 내든가야. 후자를 할 수 있는 건 매장관 중에서도 마야뿐이지."

마야는 그레이버를 가지고 있지 않다. 견습이기 때문이기도 하지만 검을 들면 그레이버 이상의 공격력을 가지기 때문이다.

"굉장하군……."

타쿠토가 멍하니 중얼거렸다.

5초도 지나지 않아서 마야는 열 마리 이상의 시인을 조각냈다. 시인들은 마야를 움켜쥐기는커녕 칼날이 닿는 범위에 들어가는 것과 동시에 순식간에 조각나고 있었다.

"당연하지. 마야는——진정한 '검사'야. 시대착오적이지만."

마야의 할아버지는 검도의 고단자다. 경시청에서 오랫동안 지도를 맡았고, 키바 형사도 젊을 때 배운 적이 있다고 한다.

마야는 커스의 투여를 받은 뒤 재활을 겸해 사이가에게 총권술의 기초를 배웠다. 그리고 나서——할아버지의 도장에 다니며 직접 검술을 배웠다. 그 도장은 가혹한 연습으로 유명하고 실전적인 검을 가르치고 있었다. 마야는 할아버지 직전의 검을 더욱 연마해 2년도 되지 않아 복수의 시인을 가볍게 해체할 수 있는 수준에 이르렀다.

"검사라. 소드 댄서라고 말하는 게 어울릴 것 같네."

시인의 말에 동의 따위는 하고 싶지 않았지만 사이가도 그야말로 그렇게 느꼈다.

춤추듯이 발을 놀려 경쾌하게 검을 휘두른다. 포니테일 꼬리가 흔들리고 치맛자락이 나부낀다. 그야말로 춤을 추고 있는 듯했다.

하지만 그 움직임의 아름다움에 어울리지 않게——.

마야의 얼굴에서는 표정이 완전히 사라져 있었다. 평소의 밝은 웃음은 어디에도 보이지 않았다. 그녀는 검을 휘두르기 시작하면 베는 것밖에 생각할 수 없게 되어서 감정이 사라지기 때문이다. 무표정하게 잇달아 다섯 마리를 절단해가는 그녀는 무섭기도 했다.

"사이!"

그때 체이스가 2층에서 뛰어내려 시인 두 마리를 연사로 쓰러뜨리고는 사이에게 달려왔다.

"귀여운 여고생보다 서른 전 아저씨한테 먼저 오는 건가. 슬슬 네 취향을 의심하는 게 나으려나?"

"호오, 사이도 마야를 귀엽다고 생각하고 있구나. 취향을 의심해야 하는 거 저만큼 따르는데 손도 안 내미는 너 아냐?"

"…………."

사이가는 입을 다물었다. 찍소리도 하지 못했다. 말은 달변인 편이지만 이 파트너에게는 가끔 진다. 그렇기 때문에 사이가의 파트너 자리를 감당하고 있는 것일지도 모른다.

"그런데 말이야 사이. 휴일에까지 소동을 일으키지 말아주겠어? 안 그래도 일본 경찰은 휴일이 적어서 데이트할 시간도 없단 말이야."

"그거 안 됐군. 나는 마야와 놀았어. 그보다 FBI가 주5일 근무에 장기 휴가가 있다는 얘기는 못 들어봤는데."

팀 호크의 콤비는 신소리를 주고받으며 나란히 총구를 타쿠토에게 향했다.

"일부러 와줬는데 엄청난 입담이군, 사이."

"일이니까 온 거잖아? 시인 퇴치 외에——네 또 한 가지 중요한 임무 말이야."

"……그렇지."

체이스는 총구를 사이가의 머리로 향했다.

사이가도 체이스도 입을 다문 채——5초의 시간이 지났다. 공기가 딱딱해진 듯이 무거운 침묵이었다.

"……그냥 한번 해봤어. 아직 일러."

문득 체이스는 총구를 타쿠토에게 다시 돌렸다.

"1초만 더 이쪽을 겨눴으면 내가 쐈을 거야. 너희 나라 시골에서는 총을 겨누는 정도야 인사 대신이겠지만 일본은 비교적 실례거든."

"호오, 이문화 교류는 어느 시대든 어렵군."

사이가와 체이스는 마주 웃었다.

그렇다, 파트너에게는 사이가의 서포트 외에 또 한 가지 임무가 있다.

사이가의 감시다. 매장관은 커스의 작용으로 언젠가 시인으로 변한다.

경찰로서는 치명적일 만큼 위험을 품고 있는 것이다. 2인 1조로 행동하는 것은 한 사람이 시인화했을 때 합당한 처치를 하기 위해서다.

그레이버가 항상 매장관의 손에 있다고는 할 수 없다. 매장관에게 파트너는 라스트 블릿을 쏠 수 없는 경우를 대비한 백업이기도 한 것이다.

체이스는 사이가와 마야를 구하는 히어로가 되기 위해 나타난 것이 아니다. 아니, 그것도 있겠지만 그는 자신의 임무에 충실했다.

체이스는 늘 사이가의 행동을 파악하고 있었다. 사이가가 가지고 있는 단말기는 늘 파트너의 그것과 연결되어 있기 때문에 있는 곳을 파악하기도 쉬웠다.

사이가는 감시당하고 있는 상태도 딱히 신경 쓰지 않았다. 만약 오늘 밤 체이스의 Cz가 자신에게 향한다 해도 지금은 무기를 건네준 그가 천사로 보일 정도였다.

"체이스, 나는 됐어. 마야를 서포트해줘."

"상냥하시군. 굳이 따지자면 마야가 우리를 서포트하는 역할이었다고 생각하는데."

"…………."

사이가는 또다시 침묵했다. 그러나 체이스의 말은 아무래도 좋았다. 마야는 마치 무를 자르듯이 시인을 잇달아 베어갔다. 그녀는 단지 강하기만 할 뿐만 아니라 싸우는 법을 숙지하고 있었다. 전진하며 베면서도 적이 뒤로 돌아가지 못하도록 세심하게 주의를 기울였다. 벽에 등을 대면 간단하지만 몰리게 되기도 한다. 압도적 다수를 앞에 두고 한 걸음도 물러나지 않는 훌륭한 싸움이었다.

하지만——아무리 그래도 수가 너무 많았다. 홀의 출입구에서는 아직도 시인이 넘쳐나고 있었다.

마야의 얼굴에서는 표정이 완전히 사라져서 한마디도 하지 않고 담담하게 계속 베고 있지만, 그 싸움은 엄청난 집중력이 만든 것이었다. 하지만 집중력이라는 것은 오래 지속되지 않는다. 그것은 커스를 맞은 매장관이라 해도 마찬가지였다. 집중이 끊기면 칼끝은 무뎌지고 발놀림은 어지러워진다.

"체이스, 그레이버의 예비 탄창은 몇 개 가져왔지?"

"제2종 집행 실탄, 타입 소프트 셸——연두확산탄이 두 개. Cz도 예비 탄창은 남은 게 두 개뿐이야. 9밀리미터라면 최소한이라도 두 발 이상 맞히지 못하면 해치울 수 없으니까. 나와 너, 두 사람분의 잔탄을 합쳐도 모자라지 않을까?"

"호오, 계산이 빠르군. 미국인은 거스름돈 계산도 못 한다고 들었는데, 그건 거짓말인가?"

"나는 할 수 있어. Cz의 잔탄은 정확히 40발. 시인을 열아홉 마리 해치울 수 있다는 계산이 나와.

"……아아, 완전 부족하군."

사이가는 계산이 틀렸다고는 말하지 않았다. 시인에게 탄환을 전부 쓰지 않고 두 발을 남긴다. 그것은 그레이버를 들고 다니지 않는 매장관에게 정해진 규칙이었다.

"유감이지만 나는 특공 정신은 가지고 있지 않아. 시인 무리에 돌격할 생각은 없어. 마야는 앞으로 2분인가……."

"……내가 이 꾀꼬리 꼬마를 막을게. 너는 마야를 멈춰 세우고 도망쳐. 저 녀석이라면 2층석까지 뛸 수 있어. 네가 온 출입구는 아직 시인 전용이 안 됐을 거 아냐."

"그건 상관없는데, 나는? 2층석까지 뛰려면 장대높이뛰기용 장대가 필요해."

"마야를 붙잡을 때 혼잡한 틈을 타 이상한 데 만지지 마."

"아니, 그런 게 아니라……."

사이가에게는 체이스의 안전보다 수제자의 신변 쪽이 우

선이었다.

"이봐, 무슨 의논하지? 미안하지만 너희도 마야도 못 도망가."

타쿠토가 한 손으로 피아노를 대충 치며 말했다.

"뭐? 네놈은 대체 무슨 말을 지껄이는 거지? 도망쳐? 내가? 농담이지? 내가 왜 시인을 앞에 두고 도망쳐야 하지?"

"아아, 또 시작했어⋯⋯."

체이스가 어처구니없다는 목소리를 냈다.

"내가 생각하는 건 네놈을 놓치지 않겠다는 것뿐이야. 존 두에 대해서 모른다면——너는 이제 그만 사라져!"

사이가는 그레이버의 총구를 타쿠토의 머리에 겨눴다. 하지만 그때 타쿠토는 마치 원숭이처럼 도약해 있었다. 사이가와 체이스의 머리 위를 뛰어넘어 계단을 뛰어 올라갔다. 그 앞에는 아직 검을 휘두르고 있는 마야가——.

"마야, 젠장!"

사야는 방아쇠를 당기려다 망설였다. 그 사선 끝에 마야의 모습이 있기 때문이다. 연두확산탄은 관통하지 않고 몸속에 들러붙듯이 멈추지만, 반드시 관통하지 않는다고는 할 수 없었다. 만약 마야에게 맞는다면——.

그 순간, 또다시 이변이 일어났다.

"⋯⋯⋯⋯큭!"

사이가는 숨을 삼켰다. 무시무시한 폭음과 함께 시인 무리가 다시금 날아갔다. 아까 터진 수류탄보다 훨씬 강력한 폭발이라서 시야가 새하얗게 물들 정도였다.

홀의 출입구 중 하나가 붉은 불덩어리에 둘러싸이고 두꺼운 금속제 방음문이 요란하게 부서져 있었다.

그 출입구에서 검은 헬멧과 검은 프로텍터를 장착하고 거대한 총을 든 자들이 돌입해왔다. 수는 30명 정도.

정보 표시 디스플레이와 편광 필터를 갖춘 바이저와 대형 방독면을 장착하고 있어서 표정은 보이지 않았다.

그들이 겨누고 있는 것은 M240이라는 기관총이다. 전장 1245밀리미터, 무게 12.5킬로그램. 구경은 7.62밀리미터. 원래는 양각대를 세우고 거치하지만, 차량에 고정하거나 헬기의 도어건으로도 쓰인다.

얼핏 봐도 프로 군인들이라는 것을 누구든지 알 수 있었다. 기민하게 움직여서 대형 기관총을 가볍게 조작해——고속으로 연사된 탄환이 시인들의 머리를 잇달아 꿰뚫어갔다.

그들은 팔이나 허리, 다리에 금속 갑옷 같은 것을 차고 있었고, 그것들은 관으로 이어져서 움직일 때마다 기계음이 울렸다.

사이가는 그것을 알고 있었다. 69시 강화 장갑 슈트——이른바 파워 슈트다. 전동식 작동 장치에 의해 팔다리의 힘이 대폭 강화된다.

"사이! 저건 뭐야!"

"적인지 아군인지 묻는 거야? 그건 미묘하네. 저 녀석들은——'Z'다."

사이가는 체이스 쪽을 보지 않고 대답했다. 그렇다, 그는 알고 있었다. 돌입해온 병사들의 정체를.

"Z? 그거 혹시……."

"그래——자위대의 대시인 기동부대야."

사이가는 냉담하게 체이스에게 대답하고 나서——자위관들의 선두에 서서 한층 가벼운 움직임을 보이며 시인들을 컨베이어 시스템처럼 해치워가는 한 남자에게 시선을 돌렸다.

스페셜리스트 중에서 더욱 뛰어난 스페셜리스트——그 사람이 누구인지도 사이가는 잘 알고 있었다.

*

"어라? 응? 뭐, 뭐지?"

마야는 문득 제정신으로 돌아왔다.

총성이 울리고 시인들이 픽픽 쓰러져갔다.

쥐고 있는 일본도의 칼날에는 희미한 피가 묻어 있었다. 평소보다 검이 무거웠다. 시인은 거의 피를 흘리지 않지만 육체 조직은 대부분 그대로 남아 있기 때문에 지방이 대량으로 묻은 듯했다.

마야의 일본도는 할아버지가 수집했던 것 중 한 자루로, 이름이 새겨져 있지는 않지만 잘 들었다. 30마리 이상의 시인을 처리한 듯하지만 칼날은 이 하나 빠지지 않았다. 할아버지는 손녀가 위험한 매장관 임무에 어울리는 것에 좋은 얼굴을 하지는 않았지만, 그래도 취직 축하 선물로 이 검을 줬다.

일본도를 쥐고 있을 때 마야는 모든 것을 잊어버린다. 자동 프로그램이라도 구동되듯이 눈앞에 나타난 적을 거의 무의식적으로 베고, 검을 휘둘렀을 때는 이미 다음 사냥감을 찾고 있었다.

그래서 지금까지 흐른 몇 분을 거의 기억하지 못했다. 사이가에게 몇 번이고 이름을 불린 것 같기도 한데.

"마야!"

그렇다, 이런 식으로——아니, 이것은 정말로 사이가의 목소리다.

"야, 마야! 아직 안 돌아왔어?! 쳇, 미성년자만 아니면 이 틈에 이런저런 걸 할 수 있을 텐데!"

"······이런저런 건 뭔데? 소녀가 입에 담으면 안 되는 거?"

마야가 고개를 휙 돌리니 숨결이 닿을 만큼 가까이 사이가의 얼굴이 있었다. 사이가는 마야의 어깨를 잡고 그녀의 얼굴을 들여다보고 있었다.

"들렸으면 됐어. 못 들은 걸로 치고 이쪽으로 와."

사이가는 마야의 어깨를 감싸고 무대 쪽으로 달리기 시작했다. 그녀는 사이가의 힘찬 손길에 조금 부끄러워하면서도 얌전히 따라갔다.

그때가 되어 마야는 겨우 깨달았다. 서른 명 정도의 병사들이 기관총으로 잇달아 시인들을 쓰러뜨리고 있었다.

시인은 무섭다. 지능이 없고 도구도 쓰지 못하는 노 헤드라도 그렇다. 아니, 토커는 인간에 가깝기 때문에 그렇게까지 무섭지 않다. 공허한 눈으로 자신을 '식량'으로 삼으러 다가오는 노 헤드를 앞에 두고 냉정하게 사격하는 것은 쉽사리 할 수 있는 일이 아니었다.

그러나 검은 장비의 병사들은 전혀 동요하지 않고 냉정하게 시인 무리에게서 거리를 두며 사격을 계속했다. 정신도 포함해 고도의 훈련을 받은 병사들이리라.

매장계에서는 최소한의 무기, 최소한의 발포로 끝내기 위해서 그레이버처럼 상궤에서 벗어난 대구경 권총을 사용하고 있다.

하지만 그들은 경찰과는 전술 사상이 전혀 달랐다. 최대한의 화력, 반격할 틈도 없을 정도의 탄막을 펼쳐서 단숨에 목표를 제압했다. 탄환이 모두 명중하는 것은 아니었다. 어깨나 가슴에 맞거나 아니면 완전히 빗나간 탄환도 많았다. 그들은 이렇게 생각하고 있었다──열 발 쏴서 여덟 발이 빗나가도 나머지 두 발이 머리에 맞으면 된다. 한 사람이 빗나가도 다른 한 사람이 맞히면 된다고 말이다. 오로지 총알을 쏟아부어서 수많은 시인에게도 멋지게 대처하고 있었다.

"저 탄환은 전부 세금으로 샀겠지. 신 나게 쏘네."

"역시 그렇게 어린 나이에 일하는 탓인지 경제관념이 있군. 하지만 저건 자위대가 죽음의 행진에서 얻은 교훈을 바탕으로 고안한 전술이야. 옛날처럼 쏜 다음 탄피를 전부 주워야 한다면 저렇게나 생각 없이 못 쏘지."

"아아, 저 군대는 자위대구나."

"당연하지. 아무리 그래도 주일미군이 저렇게나 요란하게 쏠 리가 없어. 정확히 말하자면 군대가 아니라 자위관이라 해야 하지만. 뭐, 마찬가지기는 하지. 그보다 너도 Z 얘기 정도는 들은 적 있지?"

"그랬었나……."

마야는 솔직히 경찰에 들어오기 전의 교육 과정은 강의를 제대로 듣지 않았다. 이론에 다소 문제가 있다 한들 경찰은 커스를 맞은 마야를 채용할 수밖에 없었기 때문이다.

"……그런데 어라? 그 잘난 체하던 재수 없는 보컬은?"

"그런 식으로 생각했던 거냐. 완전 동감이기는 해. 저기 있는 바보들이 기운차게 그레네이드를 몇 발이나 먹인 탓에 순식간에 아무것도 안 보이게 됐어. 그 틈에 사라졌어. 쳇, 우리를 놓치지 않겠다고 말한 주제에 도망치는 데는 잽싸단 말이지!"

"…………."

마야는 사이가의 얼굴을 빤히 응시했다.

"……뭐야?"

"시인을 놓쳤는데 그쪽을 안 쫓고 날 구하러 온 거야?"

"그런 것도 있지."

사이가는 고개를 돌렸다. 그는 어른이지만 때때로 이렇게 어린아이 같은 행동을 한다. 옛날에 마야의 앞에서 발작을 일으킨 척을 했던 때도 그랬다. 마야가 아는 한 사이가 요는 이 세상에서 가장 이해하기가 힘든 사람이다.

사이가는 시인을 쓰러뜨리는 것을 인생의 최우선 사항으로 생각하고 있다. 죽음의 행진에 휘말려 모든 것을 잃었으니 그것은 당연하다. 필사적으로 존 두라는 흑막을 쫓는 것도 이해할 수 있다.

그러나 그는 결코 복수귀가 아니다. 이렇게 마야를 구하러 와준다. 그의 눈은 시인만을 보고 있는 것이 아니다.

상냥함——그것도 있다고 생각한다. 마야는 그에게 따뜻함을 느끼고 있다.

하지만 그 상냥함이 어디에서 오는 건지 쭉 궁금해서 견딜수가 없었다. 원래부터 상냥한 성격이기는 하리라. 다만 그렇기만 하다고도 생각하기 어려웠다.

사이가 요에게는 죽음의 행진에 휘말리게 한 그 주모자를쫓는 남자──그것 외에 뭔가 다른 행동 원리가 있는 것이아닐까.

복수에만 사로잡히지 않고 그를 인간답게 만드는 무언가가──.

"뭐, 당황할 필요는 없어."

"어? 뭐, 뭐가?"

사이가의 갑작스러운 말에 마야는 다시 제정신으로 돌아왔다.

"이만큼 요란하게 저질렀어. 누군가가 무심코 이 빌딩에들어오지 않도록 자위대가 주위를 둘러싸고 있을 게 틀림없어. 시인이 상대라 해도 무슨 일이든 제한투성이인 자위대가총을 마구 쏘아대는 게 매스컴에라도 알려지면 큰 소동이 일어날 테니까. 그리고 잔당을 놓치고 싶지도 않을 테고."

"……자위대는 의지가 돼?"

"솔직한 질문이네. 자위대의 전력은 나 역시 몰라. 다만…… 저 녀석이라면 완벽하게 해치울 거야."

사이가는 전투 중인 부대 쪽으로 눈길을 힐끗 돌렸다. 마야도 알고는 있었다. 지휘관 같은 병사는 특히 움직임이 두드러졌다. 솜씨 좋게 시인을 처리하며 주위 병사들의 지원도 잊지 않았다.

"요 선배가 아는 사람이야? 혹시 화력 연습 티켓을 얻어다 줄 수 있다는 연줄이 저 사람이야?"

"그다지 지인이 되고 싶지는 않은 부류인데 말이야. 뭐, 아는 이상 어쩔 수 없지. 이용할 수 있을 때는 이용하고 있어."

"와, 너무해."

마야는 사이가의 심한 말에 어처구니없어했다. 그는 남성에 대해서는 비교적 냉담한 경향이 있었다.

"하지만 뭐…… 즉 잘난 체하던 보컬은 여기에서 못 도망친다는 거야?"

"그럴 거야. 지금 체이스가 쫓고 있어."

여기서 마야는 겨우 체이스의 모습이 없다는 것을 깨달았다. 주위가 막혀 있는 데다 그가 쫓고 있다면 그 보컬리스트는 끝까지 도망치지 못하리라.

"정확히 말하면 체이스도 어느새 사라졌어. 아마 쫓고 있을 거야. 하지만 노 헤드들은 Z에게 맡긴다 해도 모처럼 찾은 사냥감을 놓칠 수는 없지."

"……응"

히죽 웃는 사이가에게 마야는 고개를 꾸벅였다.

만약 사이가에게 다른 목적이 있다면 알고 싶다. 하지만 마야는 사이가가 살려준 목숨을 그를 위해 쓰기로 결심했다. 그것이 마야에게 있어서 가장 중요한 것——.

목적을 알든 모르든 마야의 행동 원리는 아무것도 바뀌지 않는다.

그를 위해서 자유로워진 이 몸과 익힌 검술을 쓴다. 그 결의는 조금도 흔들리지 않을 것이다——.

*

타쿠토는 홀의 통로를 달리고 있었다.

전력으로 달려도 숨이 차는 일도 땀을 흘리는 일도 없었다. 시험해본 적은 없지만 풀마라톤 코스를 일정 속도로 달려 세계 기록을 한 시간 단축할 수도 있으리라.

하지만 지금은 시간이 아무리 지나도 골에 도달하지 못했다. 정면 출입구는 물론 뒷문도 모두 완전히 봉쇄되어 있었다. 모든 출입구에 아까와 똑같은 검정투성이 군대가 있었기 때문이다. 아마 건물 밖에도 자위관들이 총을 들고 서 있으리라.

시인이 강인한 육체를 가지고 있다 해도 군대에는 대적할 수 없다. 아니, 조직의 상부——존 두는 군대도 능가하기 위

해서 준비하고 있을지도 모른다. 시인의 재고를 대량으로
안고 있는 것은 다수를 상대하는 사태도 생각해서 하는 일
이리라.

　그러나 타쿠토에게 조직의 목적은 아무래도 좋았다. 조직
에는 존 두에게 심취한 자도 드물지 않지만, 타쿠토는 그에
게 애착도 없었다. 사회에서 고립된 시인은 조직이 없으면
존재하지 못하니 그 조직을 지도하는 자에게 과도한 마음을
품는 것은 당연한 일이라고 생각하기는 한다.

　타쿠토는——죽기 전부터 고립돼 있었다. 중학생 때부터
음악을 시작해 동료들과 함께 메이저 데뷔를 달성하기 위해
악착같이 노력해왔다. 그런 그들을 이해해주는 사람은 없
었다. 고독에는 익숙했다.

　고독한 채로——타쿠토는 한번 죽었다. 1년 전, 어느 라이
브를 마치고 돌아가는 길. 동료들과 싸구려 술을 진탕 마시
고 관객이 별로 없는 것을 불평하며 밤길을 걷고 있었다. 그
곳에——그 남자가 나타났다.

　그는 순식간에 멤버들 전원의 피를 모두 빨고 마지막으로
타쿠토의 목숨도 빼앗았다. 죽은 때의 상황은 똑똑히 기억하
고 있었다. 한꺼번에 대량의 피를 잃고 숨을 쉴 수 없게 되어
심장이 약하게 울리는 소리까지 들려왔다. 죽기 전에 눈을
감아야 한다든가, 입을 벌린 채 죽으면 얼빠져 보이겠다는

생각도 했다.

마지막의 마지막에 비틀즈의 《I Want To Hold Your Hand》를 흥얼거렸던 것도 기억하고 있다.

《I Want To Hold Your Hand》는 그가 기타로 처음 배운 곡이었다.

그리고 다시 눈을 떴을 때──그는 인간이 아닌 상태가 되어 있었다. 그것은 전혀 신경 쓰이지 않았다. 노래하고 기타를 칠 수 있다. 멤버들도 모두 마찬가지로 시인화해서 곁에 있었다. '식사'가 바뀐 것 외에 특별히 변화는 없었다고 말해도 좋다.

멤버 전원이 토커가 된 것은 기적적인 일이라고 한다. 타쿠토 밴드의 앞에 나타난 '조직'의 시인은 그렇게 말하고 흥미를 보였다. 타쿠토는 그것도 아무래도 좋았다. 토커라면 지능이나 기술이 생전과 다르지 않다. 그 사실만으로 충분했다.

그리고 보니 멤버는 모두 죽었나. 타쿠토는 그것을 겨우 떠올렸다. 중학교 때부터 함께한 동료들이었지만 그들의 두 번째 죽음은 조금도 슬프지 않았다. 다시 멤버를 모으는 건 귀찮다고 생각하는 정도였다.

시인은 자신의 존재 유지가 최우선이다. 동류가 죽은 데 특별한 생각은 들지 않았다.

밴드는 다시 멤버를 모으면 된다. 자신이 있으면 활동 재개가 가능하니 분노도 슬픔도 생길 리가 없었다.

그렇다, 문제는 사소한 것이다. 마야의 공포를 보지 못한 것 쪽이 훨씬 아쉽다. 하지만——무표정하게 춤추듯이 검을 휘두르는 그녀도 아름다웠다. 그것은 영감을 자극하는 광경이었다. 곡을 만들고 싶다, 기타를 치고 싶다, 노랫소리를 울리게 하고 싶다. 그 방해되는 자위관들이 없으면 홀로 돌아가 당장이라도 연주하고 싶었다.

아직 이런 곳에서 사라질 수는 없다. 조금이라도 봉쇄가 허술한 곳을 찾아 그곳을 돌파하면——.

"멈춰."

"…………윽!"

복도의 모퉁이를 돌자마자 타쿠토는 우뚝 멈췄다. 그의 목덜미에——나이프가 들이대졌기 때문이다.

머리를 길게 기른 청년이었다. 여름인데 가죽점퍼를 걸치고 통 좁은 청바지를 입고 있었다. 길쭉한 눈의 눈빛은 시인이라도 몸을 떨 만큼 날카로웠다. 얼굴의 이목구비가 전체적으로 단정해서 잊을 수 없는 인상의 미청년이었다.

"너, 너는……."

"오랜만이군."

미청년은 차가운 목소리로 말했다.

"어, 어째서 네가 여기에……?"

타쿠토는 목소리가 높아졌다. 미청년은 조직의 멤버 중 한 명──.

그리고 타쿠토 일행의 피를 빨아 시인으로 변하게 한 장본인이기도 했다. 하지만 그에 대한 증오도 전혀 없었다. 그것은 아마──증오를 뛰어넘는 공포를 그가 가져다 주기 때문이리라.

들이대진 나이프보다 그의 차가운 목소리 쪽이 무서웠다. 시인도 겁먹게 할 만큼 냉혹한 목소리──.

"멋대로 노 헤드들을 데리고 나가놓고 왜냐고? 뭐, 됐어. 덕분에 Z의 데이터를 수집했어. 실전 경험이 없는 군대인 것 치고는 꽤나 하는 모양이더군."

"……혹시 내가 노 헤드들을 데리고 나가는 걸 알고 있었어?"

게다가 이 미청년에게──조직에 이용된 건가. 타쿠토는 자신이 조직의 손바닥 안에서 놀고 있었다는 사실을 겨우 깨달았다.

"하지만 너희는 너무 지나쳤어. 안 그래도 얼굴이 알려져 있는데 이만한 사건을 일으키면 이제 조직에도──해악밖에 되지 않아."

"…………큭!"

타쿠토는 튕기듯이 움직이며 재킷 안쪽으로 손을 뻗었다. 대형 권총 데저트 이글이 홀스터에 꽂혀 있다. 데저트 이글은 2킬로그램이 넘는 무게와 무시무시한 반동 때문에 아주 다루기 힘들지만 위력도 크다. 타쿠토는 시인에 된 다음부터 이 권총을 써서, 순식간에 일곱 발의 탄환을 모두 발사할 수도 있었다.

상대가 매장관이든 뭐든 이 속사라면 확실히 해치울 수 있다는 절대적인 자신이 있었다——.

"아니……?!"

타쿠토는 깜짝 놀라 눈을 부릅떴다. 재킷으로 뻗은 오른손 손목이 소리도 없이 절단돼 바닥에 떨어진 것이다. 떨어진 오른손은 권총을 쥐고 재킷 안쪽에서 꺼낸 순간에 절단—— 된 듯하지만 타쿠토는 전혀 알아차리지 못했다.

그뿐만이 아니다. 타쿠토의 오른쪽 무릎 아래도 깨끗이 절단되어 균형을 잃고 쓰러졌다.

타쿠토의 눈에 미청년은 여전히 나이프를 들고 서 있는 것처럼 보였다. 한순간도 눈을 떼지 않았는데 무슨 일이 일어났는지 이해할 수 없었다.

"대, 대체 언제…… 어떻게 잘랐지……?"

"그런 걸 알아서 뭐하려는 거지? 이제 너는 어디도 못 가. 기타도 못 쳐."

"……이빨 기타라는 최후의 수단이 있는데?"

"되도 않는 소리도 못 하게 되고 싶으면 그렇게 해주지."

타쿠토는 또다시 무슨 일이 일어났는지 이해할 수 없었다. 역시 미청년은 미동도 하지 않았다. 그런데——타쿠토의 미간에 투척용 나이프가 깊숙이 꽂혀 있었다.

"어, 떻게……."

타쿠토는 뇌가 서서히 죽어가는 것을 인식했다. 블레스 바이러스도 뇌가 파괴되면 기능을 정지한다. 어떤 바이러스나 나노 머신을 가지고 있어도 복잡한 뇌조직을 재생하는 것은 실현하지 못했기 때문이다.

그 귀에 마지막으로 들린 것은 아름다운 음악이 아니라——한 발의 총성이었다.

*

체이스가 쏜 Cz75의 탄환은 미청년에게 스치지도 못했다.

"뭐야……?!"

미청년은 움직임 하나 취하지 않았는데도 불구하고 말이다. 체이스는 미청년의 무릎을 노리고 쐈다. 거리는 20미터가 채 되지 않는다. 그의 실력이라면 절대 빗나가지 않는 거리였다.

체이스는 사이가나 마아처럼 이상하게 뛰어난 감은 가지고 있지 않다. 그래도 저기 있는 믿을 수 없을 만큼 잘생긴 청년이 시인이라는 것은 확신할 수 있었다.

그가 바지 뒤에서 투척용 나이프를 꺼내 타쿠토라는 남자에게 던지는 동작이 희미하게 보였다. 너무 빠른 바람에 거의 흐릿해서 무슨 일이 일어났는지 알 수 없었다. 움직인 듯이 보인 것은 눈의 착각이라고 생각했을 정도다.

시인 외에 저런 움직임이 가능한 것은 커스를 투여한 매장관 정도지만 체이스가 아는 한 매장관에 자기 외에 저렇게 잘생긴 사람은 없었다.

"경찰이다! 양손을 머리 뒤로 깍지 끼고 무릎 꿇어!"

체이스는 Cz를 겨누며 외쳤다. 미청년이 누구든 타쿠토를 처리한 것은 틀림없이 그다. 허가를 받지 않은 자가 시인을 처리하는 것은 범죄이고, 그가 들고 있는 나이프도 총도법 위반이다. 범죄자라면 봐줄 필요는 없다.

"쏘고 나서 경고라. 클로드 A 체이스, 그게 FBI의 방식인가?"

"범죄의 흉악화는 한이 없어서 말이야. 최근에는 FBI의 방식도 바뀌고 있어."

체이스는 아무래도 좋을 농담을 날렸다. 경고 전에 쏜 것은 그에게도 뜻밖의 일이었다. 그러나 쏘지 않을 수는 없었다. 그렇게 만드는 무언가가──공포를 품게 하는 것이 저 미청년에게는 있었다.

"그런가…… 네가 '리퍼'구나!"

체이스는 깜짝 놀랐다.

이 시인 미청년이 매장관의 정보를 가지고 있듯이 매장계도 시인에 대해서는 조사를 진행하고 있다.

과거에 어떤 사건에 관계된 일부 시인의 정보는 계의 극비 파일에 몇 개가 실려 있다. 계에서는 드물게 종이 파일로 만들어지고 경시청에서도 매장관 외에는 열람할 수 없다. 물론 체이스는 읽었다. 그의 취향인 종이 매체라는 것도 마음에 들었다.

그 안에 강력한 시인 한 마리에 대한 기술이 있었다. 그 역시 존 두만큼은 아니지만 몇 번인가 두드러진 활약을 했다. 남자치고는 긴 머리에 얼어붙을 듯이 차가운 눈을 하고 있고, 덧붙여 '칼잡이'라고 한다.

"……7개월 전, 오차노미즈 역 근처에서 시인이 식량의 납치에 실패했고, 우연히 다른 사건 때문에 범행 현장에 있던 경찰 다섯 명이 추적을 개시해 좁은 골목으로 몰아넣었는데, 새로 시인 한 마리가 나타나 경찰들은 순식간에 조각조각 잘렸어. 실수를 저지른 시인도 같이. 하지만 양쪽 팔다리를 잘리고 머리가 쪼개져 죽은 경찰 중 한 명이 병원에서 살아났어. 그는 범인을 목격했어. 그 경찰의 증언과 네 외관은 일치해."

범행의 수법 때문에 그 범인은 '리퍼'라고 불리게 됐다.

"우연히 상식을 벗어난 튼튼한 인간이 있었나 보군. 하지만 죽었지?"

미청년——리퍼는 동요한 기색도 없이 대답했다. 그 말대로 경찰은 소생했지만 결국 사망했다. 리퍼는 자신의 실력에 상당히 자신이 있는 것이리라. 뭔가 실수로 살아남았다 해도 일시적인 것이라고 확신하고 있는 듯했다.

"후후, 휴일 출근은 짜증나지만 생각 못 한 거물이 걸린 것 같군."

"이쪽도 낚았어. 매장계의 에이스에 그 파트너인 최강의 매장관에——Z까지. 모두 한꺼번에 처리할 수 있으면 시시한 소동의 대가로도 충분해."

리퍼는 차가운 눈으로 체이스를 응시하며 태연하게 걸어왔다. 나이프를 쥔 오른손도 힘없이 내린 그대로.

체이스는 Cz를 겨누고——천천히 뒤로 물러났다. 이 리퍼는 너무 위험하다. 체이스도 실력에는 자신이 있다. 육군 레인저 부대에서 실전을 경험하고 FBI 뉴욕 지부에서 마피아나 테러리스트, 연쇄살인범, 수많은 흉악범과 맞서 싸워왔다.

그리고 일본에 오기 전에도 시인과의 싸움을 경험했다. 그가 매장계에 배속된 것은 커스의 투여를 받은 매장관들과 똑같은 수준으로 임무를 처리할 수 있기 때문이기도 했다.

그 체이스라도──앞으로 나서는 것을 주저하고 있었다.

이 남자는 다른 시인과 전혀 다르다. 그 눈은──죽음에
너무 익숙했다.

문득 체이스는 떠올렸다. FBI에 막 들어갔을 때 만난 한
연쇄살인범을.

그는 서른두 살의 지극히 평범한 영업사원이었다. 일처리
는 성실하지만 눈에 띄는 타입은 아니었고 연인이나 친구도
없었다.

동료들은 평상시 그가 어떤 생활을 하는지 전혀 상상하지
못했다고 했다. 뭔가를 낙으로 삼아 살아가고 있다고 생각한
듯했다.

하지만 상상하지 못한 것도 당연하다. 그 영업사원의 취미
는 살인이었다.

열다섯 살부터 스물두 살의 여자만을 표적으로 골랐다. 그
는 잇달아 여성을 납치해 감금하고 강간하고 살해하고 유기
했다. 강간은 성욕 충족이 아니라 피해자에게 절망과 공포를
주는 것이 목적이었다.

피해자를 실컷 가지고 놀고 나서 죽이고 시체는 약품으로
녹여 처리했다. 일과 생활을 하는 짬짬이 납치에서 비롯되는
다섯 가지 단계를 솜씨 좋게 처리했다.

그의 이웃에 사는 열일곱 살 소녀를 죽였을 때는 행방불명

된 그녀를 찾는 수색대에 천연덕스러운 얼굴로 참가했다고 한다.

최종적으로 열한 명을 죽인 그에게 수갑을 채운 것은 체이스였는데──그의 눈을 봤을 때 마치 자신 쪽이 붙잡힌 듯한 기분이 들었다.

그 눈을──봐서는 안 됐다. 죽음을 너무 많이 본 그의 눈은 너무나도 깊은 어둠에 잠겨 있었다.

그는 특별히 저항하지도 않고 체포됐지만 체이스는 오랫동안 그의 눈을 잊을 수 없었다.

그 연쇄살인범의 눈과 리퍼의 눈은 흡사했다. 죽음을 너무나도 잘 알기 때문에 눈에 마성이라고 해야 할 어두운 빛을 띠고 있는 것이다.

식량으로 삼고자 사람을 죽이는 시인은 결코 가질 수 없는 눈이다.

죽이는 것 자체가 목적이고, 죽음 속에서 자신의 존재를 찾아내려 하고 있다. 다른 이의 생명을 빼앗음으로써 자신의 존재를 실감할 수 있다.

그 연쇄살인범은 그렇게 말했다. 리퍼 역시 똑같지 않을까──.

"뭘 무서워하지? 너는 경찰이잖아?"

"······그러는 너는 조직의 간부나 뭔가? 죽이기에는 아깝네."

체이스는 신소리를 하면서도 등에 식은땀이 배는 것을 느꼈다. 리퍼와 연속살인범을 연결시킨 자신의 상상이 무서워서 견딜 수 없었다.

리퍼는 살기가 가득하지도 않고 위협하고 있지도 않았다. 그럼에도 불구하고 체이스에게는 날카로운 칼날이 입안에 들이대진 듯한 공포가 엄습했다.

"간부? 나는 그런 게 아냐."

"그럼…… 뭐지?"

바보 같은 대화라고 체이스는 생각했다. 다만 범죄자와의 대화는 지성으로 가득한 쪽으로 흘러가는 편이 드물기는 하다.

아무튼 자신의 평소 페이스를 되찾아야 한다. 체이스는 권총을 쥔 손에 실려 있던 힘을 풀었다.

"보고도 모르는 건가?"

리퍼는 얼어붙을 듯한 목소리로 말하고 나이프를 빙글빙글 돌렸다.

"나는──전사다."

"……호오, 신에게 선택받은 성스러운 전사인가? 이 무교의 나라에도 있을 줄은 꿈에도 몰랐군."

체이스의 신소리에도 리퍼는 반응하지 않았다. 전사는 어엿한 어른이 댈 만한 칭호가 아니다. 어린아이 말처럼 들리지만 리퍼에게는 큰 의미가 있을지도 모른다.

"사이가 요라는 남자. 어떤 인간이지?"

"어라라, 눈앞에 이런 미남이 있는데 다른 남자 얘기를 하다니 실례로군."

리퍼의 갑작스러운 질문에 체이스는 동요하지 않고 대답했다. 시인이 매장관에게 흥미를 가지는 것은 이상하지는 않지만 리퍼의 목소리에는 이상한 진지함이 있었다.

"딱히…… 어디에나 있는 트라우마를 품은 인간이야."

대답할 의무는 없었지만 체이스는 대답했다. 본인이 어떻게 말하든 리퍼가 특수한 시인일 가능성은 높다. 대화 중에 시인 조직의 정보를 포착할 수 있을지도 모른다. 일방적으로 이야기를 중단하는 것은 아깝기도 했다.

"트라우마? 대체 어떤 거지?"

"나 역시 자세히는 몰라. 죽음의 행진에서 뭔가 있었던 것 같은데, 매장관에게는 드문 일은 아니야. 특별히 흥미를 가질 만한 일도 아닌 것 같은데? 나 역시 딱히 묻고 싶지 않아."

"…………."

리퍼는 가만히 있었다. 하지만 그 검은 눈은 강렬하게 체이스를 노려보며 이야기를 끝내는 것을 허락하지 않았다.

"……정말 몰라. 뭐, 트라우마에서 다시 일어선 것 같기는 해."

"어떻게 일어섰지?"

"애니메이션이 아니야. 그가 침울해져 있다고 주위 사람이 무조건 친절하게 대해주지는 않고, 카운슬러는 친절하지만 유료니까. 물론 장대한 BGM과 함께 다시 일어서는 극적인 전개도 없어. 그 난폭한 남자도 자기 나름대로 과거와 타협하고 일을 하고 있는 거겠지."

신소리를 섞어 얼버무리는 그야말로 애매한 설명이었다. 하지만 설사 사이가의 과거를 알고 있어도 파트너의 사생활을 시인에게 이야기할 만큼 체이스의 입은 가볍지 않았다.

"……역시 모르겠군. 어째서 매장관에게 흥미를 가지는 건지……."

"응? 무슨 소리지?"

리퍼의 중얼거림에 체이스는 가볍게 고개를 갸웃거렸다.

"아니…… 쓸데없는 걸 물었군. 너는 단순한 병사야. 전사는 병사 따위와 이야기를 하는 존재가 아냐."

"훌륭하시군. 긍지 높은 전사님께는 죄송하지만, 양 무릎을 꿇고 양손을 들어주시겠습니까? 얌전히 잡히면 사이가도 만날 수 있어. 경시청에서 최악의 난폭한 취조도 받을 수 있고."

"얘기는 이미 끝났다고 말한 것 같은데. 뭐, 됐어."

"⋯⋯⋯⋯!"

체이스는 뒤로 쑥 물러났다. 리퍼도 미끄러지듯이 앞으로 나와 간격을 좁혔다. 하지만 아직 발포하지 않았다. 쏘는 타이밍은 여기가 아니다. 그의 나이프가 닿는 범위에 들어가면 순식간에 온몸을 난도질당하리라. 리퍼의 외모를 증언한 경찰 같은 기적은 기대할 수 없다. 기적이 일어난들 기껏해야 유언을 남기는 정도지만 말이다.

"경찰이 도망치다니, 반대로군. 너도 무기를 들었으면 용감하게 맞서 싸워라."

"시대착오적인 전사가 아니거든. 경찰은 냉정하게 범인을 체포하는 게 임무다!"

체이스는 한 발 쏘고 뒤로 크게 도약했다. 예상했지만 총알은 맞지 않았다. 리퍼의 뺨을 스치듯이 총알이 빗나가고 리퍼가 단숨에 파고들었다.

"그래──그거면 돼!"

체이스는 웃음을 머금었고──그 순간, 리퍼의 옆에서 문이 힘차게 열렸다. 아니 문이 떨어져 리퍼의 몸에 격돌했다.

"남의 사냥감을 가로챈 거냐! 당하면 어떡해, 밴드맨!"

"요 선배, 방해돼!"

떨어진 문에서 두 사람의 그림자가 뛰쳐나왔다. 사이가와 마야다. 사이가는 겨눈 그레이버를 쐈고 마야는 일본도를 빼는 동시에 내리쳤다.

　50구경 연두확산탄과 칼집 속에서 가속된 칼날이 단숨에 리퍼에게 엄습했다. 하지만 리퍼는 어느새 왼손에도 나이프를 쥐고 있었다. 오른쪽 나이프로 탄환을 튕기고 왼쪽 나이프로 마야의 칼을 받아넘겼다. 나이프 두 자루와 마야의 칼날에서 날카로운 소리가 울리고 세찬 불꽃이 흩날렸다.

　동시에 리퍼는 뒤로 허공을 빙글 돌아 착지했다.

　체이스는 믿을 수 없었다. 사이가와 마야가 나올 문을 예측하고 그곳까지 리퍼를 유도했다──거기까지는 좋았지만 설마 총격과 참격을 동시에 막을 줄이야. 그것도 정확하기 이를 데 없는 사이가의 총격과 인체를 순식간에 해체하는 마야의 참격을 말이다.

　역시 이 리퍼는 지금까지 봐왔던 어떤 시인과도 달랐다. 단순히 전투 능력만 따지면 마야 이상일지도 모른다.

　"……그런가, 네가 사이가 요인가."

　"남의 이름을 막 부르지 말라고, 리퍼!"

　사이가는 그레이버의 총구를 리퍼에게 향하며 날카롭게 말했다. 그도 청년의 정체를 알고 있는 모양이지만 투지는 조금도 줄어들지 않은 듯했다. 이런 상태니까 사이가를 엄호하는 파트너는 고생하게 된다.

　"여기서 너를 죽일 수는 없어. 할 수 없군."

"뭘 그렇게 잘난 듯이——."

사이가가 말을 하던 그때였다. 리퍼는 또다시 보이지 않는 움직임으로 뭔가를 꺼내 바닥에 던졌다. 무시무시한 폭음과 빛이 쏟아지고 저릿저릿하게 피부를 태우는 열기가 덮쳤다. 섬광 수류탄이다——.

"큭——!"

체이스가 즉시 손으로 얼굴을 덮었지만 빛이 사라졌을 때 리퍼의 모습은 이미 어디에도 없었다. 이 복도는 문이 잔뜩 있다. 그중 어느 것을 통해 모습을 감췄으리라.

"젠장! 이런 낡아빠진 수법을! 놓칠까보냐——!"

"기다려, 사이! 무리야, 그 녀석의 움직임을 봤잖아! 진짜로 도망쳤으면 못 쫓아!"

"안 해보고 어떻게 알아!"

"안 돼! 그 녀석 한 명이 아닐 수도 있어! 이 이상 불필요한 움직임은 피해야 돼! 마야도 무사했으니 이걸로 됐다고 치자!"

"…………."

마야의 이름이 나오자 사이가는 입을 다물었다.

그의 상냥함을 이용하는 듯해서 약간 찔리지만 지나친 행동을 막으려면 달리 방법이 없었다. 그 마야는 조금 겸연쩍은 얼굴을 하고 있었다. 자신이 사이가를 방해하고 있다고 생각했으리라.

"진짜 큰 소동이야…… 어차피 사건은 여기서 안 끝나."

체이스는 확실한 예감과 함께 그렇게 말했다. 자신이 생각했던 것 이상으로 땀을 흘렸는지 등이 아주 차갑다. 전장에서도 이 정도 공포를 느낀 적은 없었지만 일단 목숨은 건진 듯했다.

아마 지금쯤은 Z가 시인을 모두 토벌했을 것이다.

오늘의 성과는 토커 네 마리에 노 헤드가 적어도 세 자릿수. 충분하다고도 할 수 있지만 자위대가 나선 이유도 신경 쓰였다.

"그래, 아직 끝이 아냐――."

그때 이상하게 낮은 목소리가 들려서 체이스는 고개를 들었다. 사이가와 마야도 똑같은 움직임을 취했다.

복도를 검정 일색의 복장을 한 자위관 한 명이 걸어왔다. M240을 들고 무거운 발소리를 내며 다가왔다.

그 자위관은 체이스 일행의 몇 미터 앞에 멈춰 서자 바이저를 튕겨 방독면을 벗었다.

너무나도 프로 군인다운 다부진 외모의 젊은 남자였다.

"오랜만이군, 요. 너답지 않은 짓이야. 눈앞에서 빤히 적을 놓치다니."

"……시끄러워, 토오루."

사이가는 남자를 노려보며 말했다. 체이스는 파트너의 눈에 확실한 적의가 깃들어 있는 것을 깨달았다.

*

사이가는 자신의 눈에 적의가 담기는 것을 누르지 못했다.

"쌓인 얘기를 하고 있을 틈은 없어. 우리 임무는 신속 앤드 확실이 모토거든. 바로 물러나야 해."

"흥, 여전히 잘나신 말투로군. 토오루――아니, 히무로 토오루 이등위님이었던가? 또 출세했군."

"네놈도 순사부장이었지. 시험 문제를 보면 두드러기가 난다고 허튼 소리를 했으면서. 여전히 샛길을 찾아내는 것만큼은 특기인 듯하군."

"말도 잘하는군. 사기가 특기인 건 그쪽일 텐데?"

사이가는 가볍게 웃어넘겼다.

"이런 거리에 자위대가 출동하고, 덤으로 신 나게 실탄을 쏟아부었어. 하지만 아무 일도 일어나지 않은 게 되겠지?"

"선전할 일도 아니야. 죽음의 행진으로부터 3년이 지나 겨우 세상도 진전되기 시작한 차야. 여기서 또 시인이 대량 출현한 사건은――없었던 일로 할 수밖에 없을 거야."

"켁, 이렇게 국민은 속는 건가."

사이가가 화를 나는 것은 자신 역시 속이는 쪽이기 때문이었다. 정보를 뭐든 흘려도 되는 것은 아니지만 몰래 움직이는 것은 마음에 들지 않았다.

"그리고 너희에게도 나쁜 얘기는 아닐 거다. 여기서 일어난 일은 모두 없었던 일이 된다. 그 말도 안 되는 거대한 총의 발포도 모두 기록에 남지 않아."

"나는 발포 건수로는 경시청에서 제일이야. 이제 와서 신경 쓰겠어?"

사이가는 신소리를 하면서도 히무로의 눈을 똑바로 응시하고 있었다. 히무로의 눈은 어딘가 고양잇과 동물을 연상시킨다. 옛날부터 그랬다. 눈매가 나쁘기로는 사이가도 뒤지지 않지만 그는 맹금류의 눈, 히무로 토오루는 짐승의 눈인 것이다.

"아아아아아아아아앗, 생각났다! 저 사람, 토오루 씨야!"

"……분위기를 전혀 못 읽는 반응, 고맙다."

사이가는 마야를 힐끗 쏘아봤다.

"잠깐만. 못 끼는 건 나뿐이야? 마야도 이 군인과 아는 사이야?"

"알아. 요 선배의 전 남자야."

"마아…… 너, 진짜 분위기 파악 못 하는구나…… 그게 아냐. 크레이돌 시절의 친분이다."

사이가는 히무로에게 시선을 옮겼다. 그는 뭐라 말할 수 없는 복잡한 표정을 짓고 있었다. 히무로 쪽도 자신들의 관계를 나타내는 말이 잘 떠오르지 않으리라.

"저 녀석은 시미파의 창설 멤버 중 한 명이자 크레이돌의 경비부대 '레이스'의 대장에——내 교관이기도 했던 남자의 아들이야. 아버지에게 귀여움을 그다지 못 받은 탓에 보는 대로 비뚤어진 성격이 됐지."

"그래, 제자를 비뚤어지게 만드는 것도 특기였지, 아버지는."

히무로는 피식 웃지도 않고 답했다. 아까 사라진 리퍼는 면도날 같은 날카로운 분위기를 띠고 있었지만, 토오루는 마치 거대한 바위 같은 위압감을 내뿜고 있었다.

히무로 토오루는 이른바 사이가의 사형제이기도 했다. 나이도 똑같다.

당연하지만 히무로의 아버지는 아들에게도 총권술을 가르쳤다. 그는 고아도 아니고 마야처럼 환자도 아니었지만 아버지는 크레이돌의 시설 안에 머물렀고 어머니는 없었다. 그래서 히무로도 시설에서 자라게 됐다.

크레이돌의 실험체로 이용되는 아이들의 '감시역'이기도 했고, 사이가에게는 '체제 측' 인간이었다.

물론 실험에 쓰였던 사이가가 크레이돌의 부하인 아이와 우정을 나눌 수 있을 리도 없었지만⋯⋯.

정신을 차리고 보니 그들은 친구이자 라이벌이기도 한 기묘한 관계가 되어 있었다.

두 사람은 어릴 때 만나서 20여 년을 함께 보냈고, 죽음의 행진을 겪어서──사이가와 히무로의 관계는 단순한 말로는 설명할 수 없는 것이 됐다.

"이봐, 거기 꼬마. 확실히 넌 크레이돌의 환자였지?"

"소녀라고 해. 앞에 '미'를 붙여주면 더 좋고."

"……아버지의 사손인가. 요한테 쓸데없는 것까지 배운 것 같군. 죽음의 행진에서 살아남았는데 그런 남자 옆에서 건진 목숨을 낭비할 셈인가?"

"…………."

마야가 어린아이처럼 볼을 부풀려서 나쁜 기분을 노골적으로 드러냈다.

"죽음의 행진에서 나를 구해준 건 요 선배야. 그때 당신도 크레이돌에 있었을 텐데, 시인과 퍼레이드라도 했어?"

"커스는 불완전한 약이다. 그런 걸 투여하다니 어떻게 됐군."

"덕분에 나는 뛰어다닐 수 있게 됐어. 그 괴상한 파워 슈트는 촌스러워."

질문을 무시하고 이야기를 진행하는 히무로에게 마야는 겁먹은 모습을 전혀 보이지 않았다.

"그 파워 슈트는 20분밖에 가동 못 하는 데다 만약 폭주하면 팔다리뿐만 아니라 척추까지 반으로 꺾여서 큰 주사위처럼 되잖아?"

사이가 끼어들자 히무로는 힐끗 쏘아봤다.

"오작동 확률은 1퍼센트 이하다. 커스는 정신에는 작용하지 않을 텐데 뇌까지 침범된 건가?"

"벌써 2분 지났어. 슬슬 물러나는 편이 좋지 않겠어?"

"……이봐, 꼬마. 요의 또 한 가지 특기를 가르쳐주지. 여자를 불행하게 만든다."

"…………웃."

마야가 몸을 움찔 떨었다.

사이가는 아무런 반응도 하지 않았지만——가슴이 욱신거리는 것을 느꼈다.

3년 전 죽음의 행진에서 입은 상처. 완전히 낫고 흉터도 남지 않았을 텐데 토오루의 말이 과거의 아픔을 일깨웠다.

"자신과 여자가 둘 다 불행해지고 언제까지나 질질 끌어. 아무것도 못 떼어내는 남자다. 같이 불행해지고 싶으면 그대로 시간을 낭비해라."

"불행해져도 돼."

마야는 희미하게 떨던 몸을 꼭 안고 말했다.

"아무것도 없는 것보다는 훨씬 나아. 나는 병실 침대에서 점차 아무것도 못 느끼게 됐는데——지금은 많은 것을 느끼고 있어. 불행 역시 즐겨 보일 거야."

마야는 히무로에게 싱긋 웃어 보였다. 그 웃음은 허세가 아니라 본심에서 나온 것이라고 사이가는 생각했다.

"……멍청이뿐이로군."

히무로는 몸을 빙글 돌려 왔던 길을 돌아가다──가 몇 걸음 앞에서 갑자기 발을 멈췄다.

"요, 두 마리 토끼를 쫓는 건 그만둬라. 존 두는 내가 해치운다. 너는──그 여자와의 과거에 결말을 지어."

"괜한 참견이야."

사이가는 즉답했다.

그 여자──그것이 누구를 의미하는지 물을 필요도 없었다.

기억하고 있다. 고작 3년 전의 일이다. 그녀의 목소리는, 말은 지금도 사이가의 마음속에 있다. 그래서 잊지 않는다. 잊을 수 없다.

"……누구야?"

마야가 멍하니 중얼거리는 소리가 들렸다. 그러나 사이가는 입을 다문 채 이번에야말로 떠나가는 히무로의 등을 바라보고 있었다.

체이스도 여전히 침묵했다. 수다스러운 파트너지만 가만히 있어줘야 할 때는 끼어들지 않는다. 그렇기 때문에 범죄자에게 가차 없고 융통성이 없는 데다 잔소리가 많은 미국인을 받아들인 것이다.

멀리서 헬리콥터의 로터 소리가 들려왔다. 냄새를 기가 막히게 맡는 매스컴이 날아온 것일까, 아니면 Z를 마중 온 것일까. 아마 후자이리라.

기껏해야 시인 네 마리를 해치운 사건이었지만 기묘한 전개가 되고 말았다.

가장 우려해야 하는 것은――마야가 투덜투덜 뭔가를 중얼대기 시작한 것일지도 모른다.

다만 일단――긴 밤은 끝나려 하고 있었다.

밤의 끝은 맥 빠질 만큼 싱거웠다.

사이가는 자택의 거실 소파에서 눈을 떴다. 침실도 있지만 여기서 자는 것이 일상이었다.

히무로의 말대로 보고서를 낼 필요조차 없었기 때문에 어젯밤에는 날짜가 바뀌기 전에 귀가할 수 있었다. 만약을 위해 마야를 집으로 바래다줬지만 특별히 말썽은 일어나지 않았다.

귀여운 후배의 몸은 걱정되지만 체이스는 딱히 귀엽지 않기 때문에 혼자 가게 했다. 아마 무사하리라. 리퍼와 무슨 일이 있었는지 상태가 이상했지만, 그 자신이 아무 말도 하지 않았던 이상 신경 쓸 필요는 없었다. 서로 어른이기 때문에 괜한 추궁은 불필요했다.

토오루가 말한 대로 사건은 어둠에 묻힐 것이다. 어차피 그 빌딩은 두 번 다시 사용될 예정도 없기 때문에 탄흔이나 부서진 문 등은 문제가 되지 않을 터다. 아마 철거할 때 정부가 간섭하는 것에 업자가 고개를 갸웃거리는 정도로 끝나리라.

"…………."

사이가는 일어나 까치집이 된 머리를 긁었다. 특별히 몸에 이상은 없었다. 어젯밤에는 결국 그렇게 날뛰지도 않았다. 시인으로 가는 길은 그다지 진전되지 않은 모양이다.

"……흐음. 오늘은 쉬자."

어제는 비번을 낭비해 시인 퇴치에 힘썼으니까 그 정도는 허용되리라. 생각하고 싶은 것도 잔뜩 있다.

그렇게 결정하자 사이가는 두 번째 취침을 할 수 있도록 모포를 머리까지 뒤집어썼다. 그와 동시에——문을 세차게 노크하는 소리가 들렸다.

"…………."

무시하고 싶었지만 이 집에 오는 사람은 그리 간단히 물러나지 않는다. 어차피 상대를 할 거라면 각오하는 편이 좋을 듯했다.

사이가는 마지못해 몸을 일으켜 현관으로 가 문을 열었다.

"와, 오늘은 열어줬다. 안녕, 요 선배. 좋은 아침이야."

그곳에는 만면에 웃음을 띤 마야가 서 있었다. 뭔가 종이 봉투를 안고 있었다.

"나도 1초 전까지는 좋은 아침이라고 생각했는데 말이야."

"나를 만나서 최고로 좋은 아침이 됐구나. 그럼 들어갈게."

마야는 사이가의 대답도 기다리지 않고 들어왔다. 사이가는 귀찮아서 저항하지 않았다.

"어차피 요 선배도 오늘은 땡땡이칠 작정이었잖아?"

"……너는 귀염성이 점점 없어져 가는구나."

사이가는 한숨을 내쉬고 부엌으로 향했다. 그의 주변에는 남의 마음을 꿰뚫어보는 인간투성이다. 수제자까지 그렇게 되면 마음이 편할 날이 없어진다.

"마야, 네 몸은?"

"괜찮아. 아는 대로 나는 부작용이 약하니까."

"……약의 부작용에는 개인차가 있다는 건가."

사이가는 고개를 한 번 끄덕였다. 마야는 부작용이 가벼운 데다 사실 의외로 근력을 사용하지 않아서 부하의 반동은 적은 듯했다. 힘을 쓰지 않아도 정확한 칼놀림으로 베면 인체를 놀랄 만큼 가볍게 벨 수 있다고 한다.

그녀는 커스를 투여하기 전에는 약을 달고 사는 나날을 보냈다. 가벼운 진통제라 해도 약을 먹지 않고 지내는 건 기쁜

일이었다.

"아침을 먹을까. 토마토소스 수플레오믈렛과 치즈를 넣은 양파 수프, 나머지는 대충 샐러드면 되겠지."

"질리지도 않고 또 얼토당토않은 걸 만드네."

마야는 쓴웃음을 짓고 쫄래쫄래 뒤를 따라왔다.

"……뭐야? 설마 돕겠다고 하는 건 아니겠지? 아니, 관둬. 서두르지 마. 아무리 나라도 식재료를 낭비하는 무모한 짓은 안 해."

"요 선배, 아침부터 실례야…… 나 역시 계란프라이 정도는 만들 수 있단 말이야!"

"그런 건 대부분의 영장류라면 만들 수 있잖아. 자랑할 일이야."

"피그미마모셋도 만들 수 있을까? 나랑은 작고 귀엽다는 공통점이 있는데."

저렇게 말하면 이렇게 받아치는, 정말로 귀엽지 않은 제자였다.

"요리는 안 도와. 선물로 홍차를 가져왔어. 다즐링의 세컨드 플래시라나. 밀크티에 어울린대."

"호오, 세심한 선물이잖아. 타는 법은 알고?"

"할아버지한테 일본차 타는 법은 배웠어. 비슷하겠지."

"인도산 고급 홍차도 깜짝 놀랐겠군."

사이가는 투덜대며 냉장고에서 식재료를 꺼내갔다. 이렇게 마야가 빈번하게 찾아오기 때문에 식재료를 많이 준비하는 습관이 들었다.

"요 선배."

"왜."

"······'그 여자'는 누구야?"

"············."

사이가는 토마토를 자르고 이어서 마늘을 잘게 썰었다. 이렇게 요리할 때는 무심 상태가 된다. 섬세한 요리일수록 집중할 수 있기 때문에 손이 가는 것만 만들게 됐다.

"아침 식사 전에 얘기하기에는 복잡해. 어젯밤 활약을 봐서 묻고 싶은 걸 하나만 가르쳐줄게."

"그럼 그 사람 이름."

"이름?"

약간 의외였다. 틀림없이 욕심을 부려 복잡한 질문을 할 줄 알았는데.

"······카스가 요와."

올리브오일로 마늘을 볶고 토마토를 추가하며 사이가는 대답했다. 의외라고 생각하면서도 쉽게 그 이름이 나왔다. 그러고 보니 그녀의 성은 카스가였구나, 하는 이상한 감회가 느껴졌다. 이름으로 불렀기 때문에 성은 잊어버릴 뻔했다.

"그런 이름이었어. 입이 험하고 주먹이 먼저 나가는 데다 어릴 때부터 전혀 성장 못 한 얼간이한테——'좋아한다'고 말한, 이 세상에서 단 하나의 별종이야."

그리고 묻지도 않은 것까지 대답했다. 때때로 사이가는 자신도 믿을 수 없는 행동에 나서는 경우가 있다. 마야(眞夜)에게 이런 이야기를 들려주고 어떤 반응을 바라는 걸까.

"그렇구나. 요와(夜羽) 씨구나. 요와와 마요, 한 글자가 다르네."

"……읽는 법 만이라면 그렇지. '밤의 날개'니까 너와는 '밤'이 겹쳐."

이런 아무래도 좋을 반응도 의외였다. 역시 이 소녀는 심상치 않은 존재가 되고 있었다.

"아하하, 그러네. 아아, 응. 알았어, 요 선배."

"알았어?"

"응."

마야는 고개를 꾸벅이고 사이가의 티셔츠 자락을 꽉 잡았다.

"나는 두 번째 별종이라는 것을."

"…………."

사이가는 뒤를 힐끗 돌아봤다. 그곳에는 마야가 짓는 환한 미소가 있었다. 그것은 의외도 예상 밖도 아니었다.

사이가는 결코 둔하지는 않았다. 굳이 따지자면 지나치게 예리할 정도였다. 그래서 마야의 마음도 눈치채고 있었다. 그것이 진심에서 비롯된 것인지, 사춘기의 열기에 들뜬 것인지까지는 판별하지 못했지만.

"······홍차 탄다며. 나도 차는 전문 밖이야."

"실은 같이 먹을 쿠키랑 슈크림도 가져왔어. 아침에는 괜찮아도 점심과 저녁에는 디저트가 필요할 거야!"

"세끼를 여기서 다 먹을 생각이냐!"

물론, 하고 마야는 웃음 지은 채 고개를 끄덕였다.

그녀는 요와의 이야기를 계속 들을 마음이 없는 듯했다. 사이가도 이 이상 서비스하겠다는 생각은 하지 않았다. 불필요한 말을 너무 떠들었다.

어젯밤 너무 많은 일이 일어나서 아직 흥분이 가라앉지 않았을지도 모른다. 이제 감정을 좀 추스를 필요는 있을 듯했다.

히무로 토오루와의 재회, 그리고 오랜만에 말한 요와의 이름──.

그의 과거에서 온 인연은 사라지지 않고 발밑에서부터 달라붙는다.

사이가는 한 걸음도 나아가지 않았을지도 모른다. 죽음의 행진이 일어난 밤에 영혼을 둔 채 잊어버리고 온 듯이.

하지만 앞으로 나아가기 위해서는──녀석을, 존 두를 죽여야 한다. 그 외에 사이가 앞으로 나아갈 방법은 존재하지 않는다.

그리고 또 하나──.

어젯밤에는 수많은 일이 있었지만 수확도 있었다.

리퍼라는 이름으로 불리는 그 남자. 존 두의 조직의 일원이라면 쫓을 가치는 있으리라.

그렇다, 끝까지 뒤쫓는다. 존 두에게 다다르기 위해서.

모든 것을 끝낼 날을 맞이하기 위해서.

＊

같은 날 오후 4시를 넘겼을 무렵.

이케부쿠로 역에서 도보 15분 정도. 유명인의 묘도 많이 있는 조시가야 영원 옆에 작은 케이크 가게가 있다. 좁지만 카페 공간이 있어서 가게 안에서 케이크도 즐길 수 있다.

세 자리 중 하나에 기묘한 손님이 앉아 있었다. 자리에 그다지 어울리지 않는 인상 나쁜 중년 남자다. 품위 있는 정장을 입고 있지만 어딘가 차분함이 없었다. 그의 앞에는 슈크림과 치즈 케이크, 그리고 홍차가 놓여 있었다.

"후후, 이왕이면 더 맛있게 먹으면 좋을 텐데."

"……늦었어."

인상 나쁜 남자가 고개를 드니 그곳에는 금색 머리를 길게 기른 자그마한 여성이 서 있었다.

여성은 가토 쇼콜라와 커피를 담은 쟁반을 테이블에 놓고 남자의 정면에 앉았다.

금발 여성은 마치 상복처럼 검은 원피스 차림이었다. 하지만 길이가 짧아서 얇은 다리를 드러내고 있었다. 몸집이 작은 탓에 어린아이처럼 보이지만 그녀는 어엿한 어른이다. 하지만 남자도 그녀의 정확한 나이는 모른다. 본명조차 모른다.

"왜 굳이 케이크 가게지? 어떻게 봐도 부자연스럽잖아."

"뭐 어때. 여기는 동료의 가게고."

인상 나쁜 남자가 으르렁거려도 금발 여성은 가볍게 웃으며 흘려들었다. 하지만 그녀의 말이 맞기도 했다.

이곳은 점장도 점원도 모두가──인간이 아니다. 인간 손님도 당연히 오지만 지금은 동료가 모든 자리를 차지하고 있었다.

"그래서 밴드맨들 이야기는 들었어?"

"멍청한 녀석들이야. 일을 키우니까 위험한 녀석들을 불러들이지. 우리 무기 정도로 프로 군대에 대적할 리가 없잖아."

"좋은 데이터는 뽑았어. 무엇보다 3년 전 그거 이래로 대규모 교전 데이터는 갱신되지 않았으니까."

금발 여성은 새침하게 말하고 케이크를 잘라 입에 넣었다.

"후후, 아무 맛도 안 느껴질 텐데 왠지 다네. 환상통 같은 건가? 없어진 팔이나 다리의 통증을 느끼는 거. 뭐, 아무리 먹어도 살찌지 않는 건 고맙기는 해."

"인체의 신비인가? 네가 인간인지 아닌지는 그렇다 치고 말이야. 그래서 이런 가게에 부른 건 골탕 먹이는 것도 아니고 밴드맨의 죽음을 애도하는 것도 아닐 텐데?"

"당신 예금통장의 숫자는 요 몇 년 동안 자릿수가 두 개는 늘어났을 거야."

"……뭐라고?"

인상 나쁜 남자는 금발 여성을 빤히 쏘아봤다.

"저금은 필사적으로 모을 때는 괜찮지만, 한번 깨면 한없이 쓰게 돼. 제방이 터지듯이 두두두 하고."

"대체 하고 싶은 말이 뭐지?"

"그들은 조직이 모아놓은 군대를 멋대로 끌고 나가 쓰고 말았어. 둑이 터진 거야."

금발 여성은 부드럽게 미소 짓고 커피를 한 모금 마셨다.

"그 밴드 무리 정도가 계기가 되는 건 그다지 재미있는 연출은 아니지만 의외성은 있네."

"'D', 너는……."

인상 나쁜 남자는 D의 웃는 얼굴에서 정체 모를 무언가를 느꼈다. 그녀는 조직에서는 '연출가'를 맡고 있다. Director,

줄여서 D다.

"둑이 무너졌다고? 네가 무너뜨리려 한 것 아닌가?"

"아니, 나는 단지 연출가야. 각본가가 만든 각본에서 벗어날 수 없어. 만약 대사 하나라도 변경했다면——이렇게 돼."

D는 목을 자르는 시늉을 했다. 그것이 있는 그대로의 의미라는 것을 인상 나쁜 남자도 알고 있었다.

"자, 음악은 그쳤지만 카메라는 아직 돌아가고 있어. 나도 최대한 좋은 그림을 찍어야지."

"나는…… 소도구 담당이란 건가?"

"아니."

D는 또다시 미소를 띠었다.

"밴드맨의 소도구는 당신이 수배했잖아. 거기부터 찾지 못하도록 해야지."

"……내가 그런 실수를 한다고 생각하나? 경찰은 아무것도 못 해."

"얕보지 마. 우리는 인간 입장에서 보면 무서운 존재일지도 모르지만, 우리를 만든 것도 인간이야."

D의 미소는 마치 성모처럼 다정했다. 누가 봐도 무섭지 않고 이 케이크 가게의 달콤한 분위기에 녹아들어 있었다.

그러나 인상 나쁜 남자는 그 미소 뒤에 있는 것을 알고 있었다. 그녀는 시작할 작정이다. 몇 가지 불행과 재앙을 만들어 공포를 연출한다.

인상 나쁜 남자는 경찰이 자신의 흔적을 찾는 것보다도 그녀의 앞에 있는 것을 두려워해야 함을 이해했다.

"이쪽이야, 사이!"

체이스가 계단을 먼저 올라갔다. Cz75의 총구를 빈틈없이 앞으로 향하고 군인 출신답게 상반신을 흔들지 않고 달렸다.

"호크 01, 02, 계단을 통해 3층으로 올라가고 있다! 후속 팀은 연락이 있을 때까지 2층에서 대기! 나한테 총 맞고 싶은 녀석이나 혼잡한 틈에 나를 쏘고 싶은 녀석만 올라와!"

사이가는 인컴에 대고 고함을 지르면서도 신소리를 잊지 않았다.

『지휘소, 알았습니다. 모든 팀이 진격을 요청하고 있지만 이쪽에서 저지하겠습니다. 그보다 쓸데없는 말 하지 말아요, 호크 01.』

『진지하게 해, 호크 01. 그리고 총에 맞으면 유탄으로 처리하기 쉽게 알아서 맞고.』

"살벌한 직장이구먼……."

사이가는 자기 일은 쏙 빼고 쓴웃음을 지었다. 처음 목소리가 무선을 총괄하고 있는 나카가와, 그 다음은 전체 지휘를 맡고 있는 시즈카다.

사이가는 좁은 계단을 올라가자마자 3층으로 돌입했다. 그곳에는 책장이 죽 늘어서 있었다. 그가 돌입한 건물은 7층짜리 빌딩이다.

책의 성지인 진보초에서도 특히 거대한 서점이다. 심지어 마니악한 상품으로 알려지고 오랜 역사를 가졌다. 일요일인 오늘은 요즘 드문 종이책을 좋아하는 마니악한 손님도 모여 있었다.

그럴 터지만 점내에 손님의 모습은 보이지 않았다. 책장에서 튀어나온 책이 통로에 떨어져 있었다. 그리고——그 책을 밟고 있는 것은 초대받지 않은 손님들이었다.

"여기에도 우글우글하다니……!"

언뜻 보기에 시인이 일곱 마리. 책장 그늘에 더 있을지도 모른다. 공허한 눈으로 의미도 없이 통로를 어슬렁대고 있었다. 모두 노 헤드인 듯했다.

이날 정오, 점내가 붐비기 시작한 시간에 갑자기 시인 수십 마리가 찾아왔다. 그들은 무의미하게 돌아다니고 계단을 올라가 인간들에게 달려들었다. 다행히 점원의 피난 유도가 잘 이루어져서 희생자를 내는 일 없이 손님을 전원 대피하는 데 성공했고——.

사건이 발생한 지 30분도 지나지 않아 나카조 시즈카 경부의 지휘 아래 매장관들이 돌입했다.

"사이, 빗맞히지 마! 귀중한 책에 맞으면 자자손손 너를 저주할 거야!"

"말 안 해도 귀중한 내 목숨이 달려 있으니까 안 빗맞혀!"

사이가는 그레이버를 겨누고 연속해 방아쇠를 당겼다. 폭음이 울리고 강렬한 머즐 플래시가 빛났다. 재빨리 쏜 일곱 발의 탄환은 목표를 빗나가지 않고 노 헤드들의 머리에 명중했고, 노 헤드들은 근거리에서 날린 총격의 기세에 몸이 날아가 책장에 격돌했다.

"아아아앗, 이게 무슨 일이야! 책에 흠집이!"

"나라면 안 다쳤어, 안심해!"

진심으로 파트너보다 책을 걱정하고 있는 체이스에게 사이가가 고함쳤다.

"……이봐!"

"…………!"

사이가가 날카롭게 주의를 줬고, 동시에 체이스는 몸을 돌렸다. 책장 뒤에서 나타난 노 헤드가 체이스에게 손을 뻗고 있었다. 붙잡히면 순식간에 피를 빨려 블레스 바이러스에 감염된다──.

"핫."

그때 은색 섬광이 몇 줄기나 번뜩였다. 순식간에 노 헤드의 몸이 일곱 개로 나뉘었다. 조각조각 나뉜 몸이 통로의 책 위에 떨어져 체액이 묻었다.

"아아아아아아아앗, 의문의 액체가! 뭐 하는 거야, 마야!"

"클로 선배를 구한 거야!"

그렇다, 뛰어든 마야가 재빨리 일본도를 휘둘러 체이스에게 달려들던 노 헤드를 처리한 것이다. 사이가도 눈으로 쫓아가는 게 고작인 재빠른 솜씨였다.

"……아, 그렇지. 안 구했으면 내가 요 선배의 차기 파트너가 될 수 있었구나. 아뿔싸, 실수했어."

"스승의 가르침이 구석구석 미치고 있군……."

체이스와 마야는 미묘한 표정을 띠고 서로의 얼굴을 바라봤다. 한 남자를 둘러싸고 싸움이 벌어지고 있는 듯했다.

"일단 이게 전부인가. 3층, 클리어. 이어서 4층으로 향한다. 이참에 누가 백업 좀 맡아줘."

『마야, 또 앞으로 나섰군요. 너무 위험한 행동은…….』

"문제없어, 낫키. 바람처럼 나타나 공포에 떠는 클로 선배를 위기에서 구한 정도야."

인컴에서 들려온 나카가와의 목소리에 마야는 가볍게 대답했다. 나카가와는 전부터 이 견습 매장관을 지나치게 걱정하고 있었다. 이유는 손에 잡힐 듯이 훤히 보였고, 매장계에서 그의 바람이 이루어질까 하는 내기도 벌어졌지만 전원이 차이는 쪽에 거는 바람에 성립되지 않았다.

『팀 호크는 3층에서 대기해. 팀 래빗과 교대. 호크 01, 개인적으로 지나치게 발포 건수를 경신하지 마.』

"관청 행정이로군, 보스."

『관청이잖아. 팀 래빗, 4층으로. 방심하지 마. 호크 01의 흉내를 내지 말고 신중하게 전진해. 그리고 호크 01이 계단으로 접근하면 쏴도 돼.』

시즈카가 냉정하게 대답하고 새로운 지시를 내렸다. 비정한 상사다.

사이가는 눈썹을 꿈틀거리고 그레이버의 총구에서 피어나는 연기에 문득 한숨을 내쉬었다.

SUV는 국도 20호를 신주쿠 방향으로 달렸다.

운전하고 있는 것은 체이스, 조수석에는 사이가. 뒷좌석에는 마야가 있지만 선잠을 자고 있었다.

"체이스, 점심도 거른 채 애쓰는 부하한테 그런 말투는 너무하지 않아?"

"아마도 네가 애를 쓰면 쓸수록 변변찮은 일이 일어나기 때문 아닐까?"

"…………"

하나하나 짚이는 데가 있어서 사이가는 반론할 수 없었다.

"……그래서 이제 다 왔나?"

"그러네. 저기 경찰차가 서 있어. 저기인가 봐."

체이스가 신호등에서 차를 세웠다. 그 수십 미터 앞에 경찰차와 경찰이 몇 명 보였다.

서점에서 토벌전이 끝난 직후 새로운 연락이 들어왔다. 신주쿠 역 근처 지하도에서 시인이 한 마리 발견됐다는 소식이다.

"초과근무도 정도가 있지. 요전의 정신 나간 라이브 때부터 시인이 너무 많아졌어."

"매일 두 마리 이상인 건 아무리 도쿄라도 이상해. 일본은 시인 사건에 익숙하지만 미국이라면 CNN과 뉴욕 타임스가 마구 떠들 거야."

그렇다, 쿨버즈의 라이브로부터 며칠이 지났는데──그사이 매일처럼 몇 마리에서 몇 십 마리의 시인이 나타고 있다. 모두 노 헤드라고는 하나 기본적으로 시인에 대해서는 매장계가 대처하게 되어 있기 때문에 매장관들은 글자 그대로 잘 시간도 없이 바빴다.

"대체 어디서 시인을 릴리스하고 있는 거지. 매번 '어느새 보니 있었어요'라고 하던데."

"방범 카메라와 순찰 드론으로도 커버 못 하는 구역은 있어. 거기를 찾아 몰래 사랑을 나누는 커플마저 있다더군."

"매너리즘을 타파하려면 스릴이 필요하겠지. 뭐, 커플도 할 수 있으면 시인 조직도 가능한가."

사이가는 파트너의 말에 진저리가 나는 얼굴을 했다. 오늘 간 서점은 아직 손님이 적었지만, 백화점이나 쇼핑센터, 호텔 등 사람이 많은 곳만 노리고 있었다.

덕분에 발견이 빠르고 시인이 지나치게 늘어나기 전에 처리할 수 있기도 하지만…….

"하여간에, 이래서는 리퍼를 쫓을 시간도 없어……."

"혹은 그게 목적일지도 몰라."

"……단순히 리퍼의 자취를 못 쫓게 하기 위해서 매일 대소동을 일으키고 있는 거라고? 하지만 그사이에 리퍼가 도망친다는 것도 생각하기 어려워. 존 두의 조직은 틀림없이 이 도쿄에서 몰래 움직이고 있으니까."

"리퍼는 아마 조직에서 중요한 전력일 거야. 정신 나간 매장관한테 발견되지 않도록 관심이 식을 때까지 숨기는 게 있을 수 없는 일은 아니지 않을까?"

"……그 리퍼, 네 쪽이 자세히 봤잖아. 어떻게 생각했지?"

정신 나갔다는 말은 부정할 수 없기 때문에 사이가는 화제를 바꿨다.

"어떻게 봐도 보통이 아니었어."

"보통 시인은 없어. 설마 리퍼한테 졸았다고 하는 건 아니 겠지?"

"무서워하는 건 나쁜 게 아냐. 도망치면 문제지만 말이야. 오줌을 지리면 부인한테 혼나겠지만 다행히 나는 독신이니 까 그건 괜찮을 거야."

"…………."

사이가는 조금 뜻밖이었다. 체이스의 말대로 무서워하는 것 자체는 상관없다. 하지만 그것을 체이스가 말로 인정할 줄은 몰랐다.

"아리마는 퇴물 복서, 쿨버즈는 사격 훈련을 받았어. 하지 만 아직 '인간'의 싸움법이었어. 그 리퍼는 달라. 고도의 전 투 훈련을 받았고 시인으로서의 싸움법을 알고 있어."

"즉, 가르친 누군가가 있다는 거로군."

그 선을 따라 리퍼의 신원을 더듬어갈 수 있을지도 모 른다. 그의 나이프 다루는 기술은 확연하게 예사 기술이 아 니었다. 그만한 근접 전투 스페셜리스트는 그리 없다. 조사 해볼 가치는 있을 듯했다.

"그뿐만이 아냐. 리퍼의 그 위압감은 3년 정도에 생긴 거 라고 생각할 수 없어. 그 녀석은 한번 죽기 전부터——수많 은 죽음을 알고 있었을지도 몰라."

"……범죄자였었단 거야? 있을 수 없는 일도 아니기는 해."

시인이 되어 기초적인 운동 능력이 높아져도 기술은 훈련으로 연마할 수밖에 없다. 확실히 리퍼의 전투 능력은 웬만큼 긴 기간――3년이 넘는 시간을 들여 연마한 것이라는 생각도 들었다.

사람을 상처 입히고 때로는 죽이기 위한 기술. 사이가가 익힌 총권술도 똑같은 것이다. 그렇기 때문에 간단히 익숙해지는 게 아니라는 것도 이해할 수 있었다.

"하지만 아직은 추리에 불과해. 일단 키바 씨에게 조사해 달라고 하는 게 좋을지도 모르겠어."

"조사하는 건 리퍼가 있는 곳만으로 충분해. 내가 그 녀석의 집 문을 부수면 3분 뒤에는 전부 정리돼."

사이가는 리퍼가 인간이었을 때의 범죄 이력 따위에 흥미는 없었다. 체이스가 공포를 느낄 정도로 방심할 수 없는 상대――그것을 알면 충분했다.

"너 혼자만 미국 경찰보다 과격해……."

"호스트가 아니니까 상냥하게 군다고 일이 처리되는 건 아니잖아. 특히 우리의 상대는 수갑도 끊는 괴물이야."

리퍼가 괴물이라면 사이가가 싸울 수밖에 없다. 매장계에서도 리퍼와 싸울 수 있는 것은 사이가나 마야 정도인데, 미성년자인 소녀에게 그런 위험한 상대와 맞서게 할 생각은 없었다.

"그렇지, 깜빡했는데 리퍼가 너에 대해 물었어."

"흐음."

상당히 중요한 말이었지만 사이가는 특별히 신경 쓰지 않았다. 리퍼가 적대 조직의 에이스에게 흥미를 가지는 것도 이상한 일은 아니었다.

"내 신변 조사 따위 하지 말고 얼른 덤비면 좋을 텐데 말이야. 그 녀석이야말로 겁을 집어먹는다거나 하는 귀여움도 없는 것 같고."

"신중한 건 좋은 일이야. 사이도 보고 배워. 일단 눈앞의 사건을 처리할까."

신호가 파란불로 바뀌자 체이스는 조금 나아가 경찰차 뒤에 차를 세웠다. 두 사람은 차에서 내렸다.

"사이가 형사님!"

경찰차 옆에 서 있던 경관이 사이가 콤비의 곁으로 달려왔다. 마흔 살 전후에 왠지 어설퍼 보이는 제복 경찰──마니와 순사였다.

"왠지 데자뷔가 느껴지는군. 요전에도 똑같은 일이 있었지?"

"같은 지하도입니다. 저기, 상황은……."

마니와 순사가 휴대 단말기를 꺼내려 하자 사이가가 손으로 제지했다.

"상황은 무선으로 들었어. 한 마리뿐이고, 게다가 노 헤드잖아?"

"네, 지하도 출입구에는 바리케이트를 쳤습니다만 나올 생각은 없는 듯합니다. 무슨 생각을 하고 있을까요?"

"아무 생각도 안 해. 노 헤드의 행동은 인간을 먹는 것 외에 아무것도 없어. 근처에 인간이 없으면 의미도 없이 어슬렁댈 뿐이야."

사이가는 그레이버를 꺼내 탄환이 장전돼 있는 것을 확인했다. 애총을 쓸 것까지도 없겠지만 만약을 위해서다.

"마니와 씨, 가끔은 같이 가겠어? 총을 쏴재낄 기회인데?"

"하, 하하, 농담도 잘하십니다. 총격전은 동경하지만 동경만 하고 있겠습니다."

마니와 순사의 얼굴은 굳어져 있었다. 농담이라 해도 질이 나쁘기 때문이리라.

"그거 아쉽군. 뭐, 저쪽은 안 쏠 텐데 말이야. 그럼 잠깐 갔다 올게. 체이스, 넌 점심이라도 사다줘. 좀 걸어야 하지만 맛있는 불고기 도시락을 파는 가게가 있어. 한창 신경 예민할 나이인 마야 거는 마늘 빼주고."

"얼렁뚱땅 점심 쏘게 하지 마. 뭐, 한 마리라면 혼자서도 충분한가."

사이가는 체이스의 대답을 듣고 나서 손을 흔들고 걷기 시작했다. 저번에 와봤기 때문에 안내는 필요 없었다.

바리케이트를 걷어차고 지하도로 들어갔다. 바로 목표가 눈에 들어왔다. 지하도 중앙에서 아무것도 안 하고 우두커니 서 있었다.

"이거라면 마니와 순사 한 명으로도 충분할 정도였군. 하여간에 수고를 끼치게——."

그레이버를 겨누다가 사이가는 문득 깨달았다. 거기에 서 있는 시인의 얼굴은——.

"코모리…… 아즈사……?"

그 목소리가 들렸는지 그녀가 사이가에게 시선을 돌렸다. 역시 공허한 눈을 하고 흐느적흐느적 빨려 들어갈 듯이 걸어왔다.

시인——노 헤드다. 사람을 피를 빨아 자신을 유지하는 것 외에 목적을 갖지 않는다. 크레이돌이 낳은 실패작이다.

전부 틀렸지만 그래도 진지하게 살던 여성이 그런 실패작으로 변해 있었다.

"그리고 보니 보석으로 풀렸다고 했지……."

나카가와에게 그런 이야기를 들은 기억은 있지만 완전히 잊고 있었다. 이미 끝난 사건이고 질질 끈다한들 의미가 없기 때문이다. 설마 이런 곳에서——.

"매장, 계…… 에 알, 린다…….”

"…………!"

갑자기 아즈사의 입에서 목소리가 새어나왔다. 사이가는 눈을 크게 떴다. 노 헤드인 것은 의심할 여지조차 없다. 그러나 노 헤드는 말을 하지 않는다. 언어중추의 기능이 뇌에서 사라졌기 때문이다.

"사이가, 요…….”

"아니……?”

이어서 아즈사는 사이가의 이름을 불렀다. 아니, 다르다──사이가는 깨달았다. 아즈사는 역시 노 헤드다.

시인화된 뒤 무슨 처리를 더 받았으리라. 노 헤드는 걷기만 하는 시체다. 무리한 개조를 한다고 엄청난 기능을 추가하지는 못한다.

특정 말을 프로그램한 장치를 성대와 연결했을 것이다. 음성을 내는 기계를 사용하면 더 편하겠지만, 굳이 아즈사의 목소리로 이야기하게 했다. 취향이 아주 고약하다──.

"사이가 요에게, 전하라…… 존 두, 는…… 너, 를 기다리고 있다…… 너를 기다리고 있다, 조직 노스페라투…….”

"노스페라투……!"

존 두의 조직 ──사이가는 눈을 크게 떴다.

설마 이런 곳에서 그 이름을 알게 될 줄이야──.

"그런 건가⋯⋯."

사이가는 직감했다. 연이어 일어나는 시인의 출현도 여기 있는 여성의 메시지도——노스페라투에서 하는 선전포고인 것이다.

"매장, 계⋯⋯에, 알린다⋯⋯."

역시 정해진 말을 반복하고 있을 뿐인 것 같았다. 그녀의 몸속에 심어진 기계는 인간을 센서로 감지해 말을 하는 듯했다. 사이가 본인이 듣는다고는, 이 취향 고약한 장치를 설치한 자도 생각하지 못했겠지만 말이다.

사이가는 휴대 단말기를 꺼내 어떤 조작을 하고 주머니에 다시 넣었다. 이로써——해야 할 일은 대충 끝났다. 남은 건 간단한 일을 딱 하나 하면 된다.

"겨우 그 남자한테서 해방됐는데 말이야⋯⋯."

물론 누군가가 의도적으로 아즈사를 시인으로 바꿨으리라. 존 두 본인일지도 모른다. 아즈사는 아리마 요헤이가 죽고 살아갈 보람을 잃은 지 얼마 되지 않았다. 토커로 바뀌는 강한 미련은 없었을 것이다——.

"나와 만나지 않았다면 이렇게는 되지 않았을지도 모르는데 말이야⋯⋯."

사이가는 다가오는 아즈사에게——그레이버의 총구를 향했다.

"용서해달라고는 말하지 않겠어."

그리고 천천히 방아쇠를 당겨갔다.

거기에 시인이 있는 한 쏘는 것을 주저하지 않는다. 사이가 요라는 남자는 상냥함도 있고 불행한 사람을 동정할 정도의 약한 마음도 있다.

그래도 쏜다. 자신의 마음을 죽이고 방아쇠를 당긴다──.

매장계의 사무실은 시끄러웠다.

현 시각은 오후 10시. 원래부터 연중무휴 24시간 영업이지만, 이날은 대부분의 매장관이 귀가를 허락받지 못했다.

갑종 근무 태세──부서에 소속된 경찰관 전원이 완전 무장으로 모든 상황에 신속 대응 가능한 상태를 유지하라고 명령받았다.

태세가 해제될 때까지 상사의 허가 없이는 외출도 할 수 없다. 매장계는 일본 경찰로서는 이례적으로 강력한 무장을 하고 있지만, 갑종 근무 태세일 때는 예비 탄창의 추가에 더해 백업용 총기의 소지도 허가된다.

사이가는 지정석인 소파에 앉아 있었다. 당연히 그도 대기를 명령받았기 때문이다. 옆에는 마야가 앉아서 귀여운 고양이 무늬가 들어간 커다란 쿠션을 안고 꾸벅꾸벅 졸고 있었다.

"이 녀석, 잘도 자네……."

"일본에서는 자는 아이는 키가 큰다고 하잖아?"

어느새 곁에 온 체이스가 그렇게 말했다.

"마야가 이 이상 성장하면 슬슬 이성을 못 가지게 되겠지."

"파트너가 음란한 짓을 하다 체포되면 나는 평생 웃음거리가 되겠군. 출세도 끝날 거야."

"맞다, 시즈카가 지금 스물일곱이지. 3년 동안 그 녀석을 상대하다가 서른이 넘으면 작별. 그때라면 마야도 어른이 될 테니 손을 대도 OK지 않을까. 완벽해."

"다 들려. 완벽한 쓰레기 같으니라고."

"이런."

이쪽에서도 곁에 와 있던 시즈카가 사이가를 노려보고 있었다. 물론 사이가는 알고 신소리를 한 것이다.

"아사쿠라 씨는 그렇다 치고 당신은 뭘 느긋하게 있는 거야. 누구 때문에 이렇게 된 줄 알아?"

"신이 사람을 만드셔서 그런 거 아냐? 뭔가 새로운 정보 좀 들어왔어?"

매장관들이 대기를 명령받은 것은 코모리 아즈사가 전한 메시지가 원인이었다.

그 외에도 도내에서 확인된 한 시인 일곱 마리가 메시지를 말하고 매장관에게 처리됐다.

사이가는 단말기로 아즈사의 말을 녹음했는데, 다른 시인들의 메시지도 완전히 똑같은 내용이라는 게 확인됐다.

요 며칠 동안 일어난 시인 대량 출현도 그렇고 명백하게 이상 사태였다. 사건은 아직 보도되지 않았지만, 이 이상 사태가 악화되면 매스컴도 누를 수 없다. 죽음의 행진 뒤에 겨우 진정되기 시작한 세상이 다시 동요하기 시작한다.

매장계도 시인 사건의 전문 집단으로서 이 사태를 막지 못한 책임을 져야 할 것이다.

이렇게 된 이상 모든 매장관들에게 느긋하게 집에서 TV를 보며 저녁을 즐기는 사치는 허락되지 않았다.

"지금은 특별히 아무것도 없어. 조직 이름을 알았다고 단서는 안 되는걸. 애초에 노스페라투라는 이름 자체가 가짜일지도 몰라."

"노스페라투(불사자)라. 알기 쉽기는 하군."

루마니아어라고 한다. 유명한 호러 영화의 제목으로도 쓰였다. 크레이돌도 그렇고 존 두와 관련된 조직은 알기 쉬운 이름이 붙는 경향이 있는 듯했다. 아니면 존 두가 지었을지도 모른다.

"그래서 아무것도 모르는 지금——모두가 필사적으로 정보를 찾고 있는데 왜 사이가 군은 느긋하게 늘어져 있는 거야?"

"늘 냉정 침착한 게 내 매력 포인트야. 마야도 거기에 반했잖아.”

“말은 잘해요…….”

“정보 수집은 전문 외야. 내가 열 명 있다고 키바 아저씨나
나카가와는 못 당해. 아저씨와 나카가와가 열 명 몫만큼 애
쓰면 단서 하나 정도는 찾겠지.”

“왠지 계산이 이상하지 않아?”

시즈카가 어이없는 얼굴을 했다. 어이없게 만들어 설교할
마음을 없애는 것이 사이가의 평소 수법이었다.

“사이가 군, 잠깐만.”

“…………”

시즈카가 얼굴을 가까이했다. 설마 직장에서 키스하려는
것은 아니리라.

“너, 괜찮아?”

“안 괜찮다고 하면 위로해줄 거야?”

사이가는 즉시 대답했다. 물론 시즈카는 코모리 아즈사를
쏜 것을 말한 것이리라. 시인인 한 사이가는 누구라도 쏜다.
그러지 않으면 매장관의 임무는 완수할 수 없다.

시즈카의 배려는 고맙지만 지금은 눈앞의 일도 있다. 덕분
에 그 지나치게 순수했던 여성의 공허한 눈을 잊을 수 있었다.

“걱정은 필요 없어. 얘기는 그게 다야?”

“……노스페라투는 네 이름을 정확히 꺼내서 표적으로 삼

고 있어. 아니, 노리고 있는 건 존 두뿐만이 아니야."

"그런 걸 눈치 못 채는 얼간이는 아냐."

사이가는 히죽 웃었다. 화장실에 갔을 때 출입구 근처 의자에 낯선 남자가 앉아 있는 것을 봤다. 그는 아마 공안이리라.

"공안 혹은 Z가──너를 마크하고 있어. 물론 노스페라투와 내통한다는 의심마저 하고 있을 거야. 너는──원래부터 크레이돌의 관계자에 존 두에게도 가까운 위치에 있었잖아. 움직이면 눈매 고약한 무리를 줄줄 달고 가게 될 거야."

"눈매 나쁜 건 누구한테도 뒤지지 않으니…… 딱히 상관없어."

사이가는 특별히 목소리를 줄이지도 않고 말했다.

"그 녀석들은 나를 노리는 것밖에 못 해. 나는 녀석들보다 한 걸음 앞에 있어. 시인들한테 그레이버를 먼저 들이댈 수 있는 위치에."

"……쓸데없는 참견이었던 것 같네. 하지만…… 내가 한 말, 잊지 마."

"내가 미인의 말을 잊기라도 한다는 거야?"

"그런 점이 좋지 않아."

시즈카는 사이가를 찌릿 노려봤다. 이것이 사이가 나름의 감사 표시 방법이고, 그녀도 그것을 알고 있다. 시즈카가 노려보는 것까지 포함해서 평소의 대화인 것이다.

"이런, 이번에는 명형사가 이쪽으로 오는군."

이번에는 키바가 소파로 다가왔다. 오늘 밤 사이가의 구역은 수많은 손님이 잇따라 찾아온다.

"뭐어 내가 여기 온 건 수사를 돕기 위해서이긴 한데."

"즉, 정보를 찾았다는 거네. 좋은 자료가 있다면 체이스가 살 거야."

"경비로 가능하다면 그렇게 하지. 그래서 키바 씨, 정보가 있다면 싸줘. 가지고 돌아갈 테니."

"나카조 경부, 정신 쪽 지도는 당신한테 맡기지. 이 녀석들, 내 손으로는 감당 못 해."

투덜대며 키바는 휴대 단말기를 꺼내 손가락으로 신호했다. 사이가와 다른 사람들도 단말기를 꺼내 제각기 링크했다.

"이건……."

사이가의 단말기에 사진이 표시됐다. 40대로 보이는 중년 남자로, 치켜 올라간 삼백안과 냉혹해 보이는 얇은 입술——상당히 특징적인 고약한 인상이다.

"그 녀석의 이름은 소다 타쿠미. 통칭 '베이비 페이스'. 이만큼 안 어울리는 별명도 드물어. 아니면 젊을 때는 귀염성이 있었던 걸지도 몰라. 나도 그렇지만."

"거짓말하지 마, 아저씨. 꽤나 악독해 보이는 얼굴인데, 설마 이게 존 두라고 하지는 않겠지?"

"그렇게까지 유능하면 나는 이런 곳에서 썩고 있지 않겠지."

"이런 곳이라서 미안하군요."

보스인 시즈카가 기분 나쁘다는 듯이 말했다.

"이런, 실례. 어, 그렇지, 예의 록밴드가 쓴 AK랑 아리마 요헤이가 썼던 크린코프의 출처를 찾아봤는데. 둘 다 부품의 특징으로부터 국내에서 생산된 밀조총이라는 게 판명됐어. 최근에 그걸 광범위하게 다루는 무기상이 있지."

"그게 이 베이비 페이스인가…… 쿨버즈나 아리마가 조직의 일원이었던 이상 이 녀석도 적어도 관계자인 건 틀림없겠군."

"원래 이 녀석은 조대 5과의 리스트에 올라가 있었어. 나도 전에 본 기억이 있지."

조대 5과는 약물뿐만 아니라 총에 관한 범죄도 다룬다.

"다만 3년쯤 전까지는 단순히 나이 많은 피라미였는데 요 최근에 급속히 사업을 확대시켰어. 무기 매매뿐만 아니라 인신매매에 관련됐다는 얘기도 있는 모양이야."

"즉 시인의 식량 조달까지 맡고 있다는 건가. 이참에 자신의 몫도 상품에서 빼내고 있을지도 모르겠군."

체이스가 끼어들었다. 사이가도 동의를 했다. 베이비 페이스의 사업 확대와 죽음의 행진 뒤에 시인이 나타난 시간이 부합한다. 베이비 페이스 자신도 시인화해서 그 압도적인 신체 능력과 불사에 가까운 육체로 뒷세계의 계단을 뛰어올라 갔을 가능성은 적지 않다.

다만 베이비 페이스가 시인이든 아니든 문제는 되지 않는다. 그가 존 두와 이어져 있느냐가 중요한 것이다.

"리스트에 실려 있는데 조대 5과가 손을 대지 않는 건 왜지?"

이번에는 시즈카가 끼어들었다.

"3년 이상 전에는 체포할 필요도 없는 자잘한 피라미였고, 지금은 섣불리 손을 댈 수 없는 거물이 됐으니까 그렇지."

키바는 곤란한 듯이 웃으며 뺨을 긁적였다.

"거물인가. 그것도 꽤. 그렇다면 있는 곳을 찾기 쉽겠군. 동해 부근에서 밀수선으로 크루징이라도 하고 있지 않으면 좋겠는데. 뭐, 이 얼굴로 공항이나 항구를 통과하면 목격자가 한두 다스는——."

거기까지 말하고 사이가는 문득 깨달았다. 사진 속 남자의 얼굴은——.

"이 녀석, 베이비 페이스야……."

"사이가 군, 무슨 소리 하는 거야? 그러니까 아까부터 그렇게 말했잖——."

"그게 아냐, 이 아저씨한테 별명을 붙인 건──나야."

고요하게 전원이 입을 다물었다.

사이가는 동료들의 침묵도 신경 쓰지 않고 사진을 집어삼 킬 듯이 뚫어져라 응시했다.

"그런데 이래서야 네가 받고 있는 의심을 점점 더 강하게 만드는 꼴이로군."

운전석의 체이스가 쓴웃음을 띠었다.

사이가는 조수석에서 휴대 단말기를 만지며 어깨를 으쓱 할 뿐이었다. 존 두의 동료라고 의심받는 건 유감스러운 일 이지만 타인이 어떻게 생각하든 진실은 사이가가 알고 있 었다.

사이가 콤비는 베이비 페이스가 자주 드나든다는 가게로 향하고 있었다. 이케부쿠로에 단골 음식점이 몇 개 있는 듯 했다.

"그러고 보니 너는 옛날부터 특수한 감각의 소유주였던 모 양이야. 그런 얼굴을 가진 사람한테 베이비 페이스는 뭐지? 영어의 뜻은 알고 있는 거야?"

"딱 맞는 별명을 붙이면 본인 앞에서 험담을 못 하잖아."

"잔머리도 옛날부터 굴렸던 것 같군. 하지만 결국 들킨 거지? 어찌된 일인지 그는 뒷세계에서 통칭에도 그것을 쓰고 있다잖아."

"실은 마음에 든 게 아닐까. 이상한 아저씨야."

아니면 악랄한 얼굴에 어울리지 않는 장난기가 있는 것일지도 모른다.

"그래서 베이비 페이스는 크레이돌에서 대체 뭘 하고 있던 거지?"

"글쎄, 당시에는 얼굴의 임팩트가 약해서 그런 생각을 한 적도 없었어. 크레이돌에는 모르는 어른도 꽤나 드나들었거든. 베이비 페이스는 그중 한 사람이야. 얼굴은 험상궂지만 복장은 평범한 정장이었어. 설마 조직원이었을 줄이야."

크레이돌은 표면적 얼굴은 곤란한 아이를 구해 적절한 교육이나 의료를 베푸는 복지시설이다. 얼굴에 야쿠자라고 쓰여 있는 외양의 사람이 드나들 수 있는 장소가 아니다. 당시부터 베이비 페이스는 조직원이었을 테니까 일부러 일반인으로 보이는 복장을 준비했으리라.

"그런데 네 기억이 틀리지 않다면 베이비 페이스는 틀림없이 유죄이겠군. 전부터 크레이돌——존 두와 연결이 있었다고 생각해도 부자연스럽지 않아. 지금 하는 일을 봤을 때 크레이돌에 무기를 공급하고 있었던 건가."

"크레이돌의 관계자라. 역시 죽음의 행진에서 대부분 죽었지만 근절된 건 아니었어."

"관계자 수색은 경찰 역시 필사적으로 했을 거야. 책임을 지울 상대는 많을수록 좋으니까. 다만 크레이돌의 데이터도 서류도 죽음의 행진으로 깨끗하게 불타서 없어졌고, 베이비 페이스는 3년 전에는 잔챙이였던 것 같으니까. 빠뜨린 건 얼마든지 있을 거야."

체이스는 방향지시등을 켜고 천천히 교차로를 돌았다.

"그리고 크레이돌은 표면적으로는 열린 조직이었어. 드나들었던 인간만 해도 막대한 수가 돼. 네가 베이비 페이스에 대해서 잊어버렸다 해도 침울해할 일이 아냐."

"……딱히 안 침울해."

사이가가 교류한 것은 직접 아이들 교육을 담당한 자, 블레스 바이러스의 연구자, 그리고 경비 부대의 동료들이다. 약간 임팩트 있는 얼굴이라 해도 몇 번 봤을 뿐인 사람에 대해서는 잊어버려도 이상하지 않았다.

"이제 곧 날짜가 바뀌어. 또 긴 하루가 되겠군."

"영업하고 있는 건 바나 클럽 정도야. 마야가 일어나면 불평을 늘어놓겠지만 미성년자는 못 데리고 가지."

지금쯤 마야는 사무실 수면실에서 숙면을 취하고 있으리라.

"뒷일이 걱정되는군. 뭐, 오늘 밤 내로 전부 도는 건 무리야. 단골 가게가 너무 많아. 이런 상대는 습관이 고정돼 있지 않으니까. 점심도 저녁도 술집도 매일 랜덤으로 변경하는 거야."

"경찰을 경계하고 있는 건가. 자의식 과잉 아냐? 공격받을 정도의 거물이라고 진심으로 믿고 있는 거냐고. 멍청이의 망상 때문에 이쪽이 귀찮게 됐어."

사이가는 여전히 단말기를 만지고 있었다.

"그런 것치고는 싫지 않은 듯하군. 한 방에 정답을 맞힐 자신이라도 있는 거야?"

"나는 감은 믿지만 요행은 기대 안 해. 베이비 페이스 같은 잔챙이한테 시간을 들여야겠어?"

사이가는 단말기의 정보를 차의 앞 유리에 표시했다. 홀로그램의 내용은 밖에서는 보이지 않는다. 문자열이 차례차례 엄청난 속도로 흘러갔다.

"응? 이건 뭐지?"

"키바 아저씨와 나카가와한테 정보를 흘리게 했어. branch의 뒷세계판 같은 거라고 해야 하나? 정보가 무작위로 흘러넘치고 위험한 무리는 총, 약, 여자──필요한 정보를 빼내 쓰고 있는 모양이야."

사이가는 설명을 계속했다. 앱으로 '인간을 대량으로 확보했고 판매 루트를 찾고 있다'는 정보를 흘리게 했다.

"하지만 그런 얘기는 노골적으로 수상하지 않아? 매각 루트도 없는데 납치 감금은 하지 않잖아."

"어찌된 영문인지 우량 고객이 계속 머리를 관통당해 주문 취소가 잇달아서 곤란해하고 있다는군."

사이가는 가볍게 대답했다. 요약하자면 인신매매로 돈을 버는 어느 장사꾼이 시인에게 판매했던 '식량'이 남아 있다는 설정이다.

아마 노스페라투의 시인들은 조직에서 '식량'을 공급받고 있겠지만, 개인적인 루트로 구입해도 이상하지는 않다. 어떤 이유로 조직과 연결이 끊어지는 상황에 대한 보험으로 구입 처를 확보하는 경우가 있을 수 있다.

아리마 요헤이처럼 요령이 나빠서 인간을 끌고 가지 못하는 시인도 있지만, 납치 감금의 프로에게 맡기자고 생각하는 합리적인 시인도 적지 않으리라.

"아직 무리가 있어. 인간을 통째로 사려는 별난 녀석은 적어. 인간은 식사도 하고 유지에 비용이 들어. 인간을 사려는 시점에서 너무 수상하지 않아?"

"너희 나라에는 수정 13조로 금지될 때까지 노예가 있었잖아. 고작 이백 년 전 일이야. 지금도 별난 생존자가 있어도 이상하지 않아."

"억지로군……."

체이스는 쓴웃음을 지으면서도 반대는 하지 않는 듯했다.

사이가도 억지라는 것은 이미 알고 있었다.

하지만 상대는 시인을 상대로 장사하고 있는 외도다. 정직한 장사를 하고 있다고는 생각할 수 없었다. 억지스러운 판매 방식에도 반응하지 않을까.

『사이 선배, 걸렸어요.』

"빠르군."

사이의 단말기에 나카가와의 목소리가 울렸다.

"일처리가 빠른 녀석은 좋아. 내용이 따르지 않으면 의미가 없지만. 그래서, 어땠지?"

『키바 씨가 중개 전문가의 이름을 이용해 정보를 흘려줬어요. 현대의 노예상인──대륙 쪽에서 흘러온 납치와 인신매매의 프로예요.』

"나중에 그 녀석의 이름 가르쳐줘. 이쪽 사건이 정리되면 체포하지."

체이스가 중얼거렸다. 키바는 정보를 수집하거나 거물을 낚아 올리기 위해 움직이고 있는 거겠지만, 체이스는 여성을 먹잇감으로 삼는 범죄자에게는 특히 엄격했다. 그 중개업자는 여성에게 둘러싸인 직장에서 남자투성이인 감방으로 가게 되리라.

『키바 씨가 하늘을 올려다보고 있어요. 일단 제 쪽에서 앱 상의 정보를 픽업해 위쪽에서부터 그 베이비 페이스 같은 구매자를 찾았어요. 아마 맞을 거예요. 그가 쓰는 암호를 확인하고 발신처를 해킹해 준 데이터에서 녀석이 사용하는 메일 주소를 스물여섯 개 확인했어요.』

"꽤 분발했는데, 나카가와. 마야가 일어났어?"

『일어나면 저의 활약을 전해주시겠어요? 사이 선배와 달리 숫기가 없는 저는 자화자찬을 못 하거든요.』

"걱정 마, 뻔뻔하게 행동해도 상황은 달라지지 않아."

『………….』

확실히 말해서 마야는 나카가와를 이성으로 여기고 있지 않다. 동료로서 어울리기는 하지만 사무원 타입의 연약한 청년은 마야의 취향이 아니었다.

"젊은이의 희망을 깨부쉈으니——얼른 정보를 줘."

베이비 페이스가 가짜 정보라는 것을 눈치채면 경계하거나 도망칠지도 모른다. 달리 단서가 없는 지금 사이가는 초조한 기분을 누를 수 없었다.

＊

"……사이가 군을 보내도 괜찮은 걸까."

매장계의 사무실, 계장 집무실.

그 방의 주인은 형태가 예쁜 눈썹을 찡그리고 있었다. 책상에 앉아 책상 위를 손끝으로 두드렸다. 이미 한밤중이지만 짧은 머리는 단정하고 메이크업도 완벽한 데다 복장에도 흐트러짐은 없었다.

"뭘 이제 와서. 나는 사이가 편의점에 가도 두근거려. 그 녀석은 어디서 무슨 짓을 저지를지 모르니까."

책상 맞은편, 응접세트의 소파에 키바 형사가 앉아 있었다.

"농담하는 거 아니야! 이 상황에서 사이가 군이 수사에 나가다니…… 생각할 필요도 없이 너무 위험해."

시즈카는 키바 형사를 힐끗 째려봤다.

"공안도 Z도 본격적이니 말이야. 공안은 특히 죽음의 행진의 주모자를 테러리스트로 보고 있어서 끈질겨. 뭐, 체이스 녀석은 FBI 출신이니 미행을 따돌리는 건 특기일 테지만."

"따돌리면 따돌린 대로 성가신 일이 될 것 같아. 하지만 문제는 그게 아니야. 존 두는 명백하게 사이가 군을 노리고 있어. 이유는 모르지만……."

"밖으로 나가는 건 위험하다는 건가? 이봐, 아가씨. 어떻게 된 거야? 당신은 나보다 사이가 녀석을 잘 알잖아. 틀어박히게 하면 괜히 더 의욕적으로 뛰쳐나갈 뿐이야. 창문이나 문을 부수지 않고 나간 만큼 피해는 적다고도 할 수 있어."

"…………."

그야말로 키바의 말대로였다. 괴롭지만 사이가를 순순히

보낸 시즈카의 판단은 정확했던 것이다.

"아가씨, 당신은 사이가를 왜 스카우트했지?"

"갑자기 뭐야."

시즈카는 일단 키바의 상사에 계급도 위다. 그에게 경어를 쓰라고는 하지 않지만 시즈카 쪽도 공손한 말투는 쓰지 않는다.

"경찰에 들어가기 전부터 아는 사이란 얘기는 녀석한테도 들었어. 커스를 투여한 인간을 경찰에서 관리한다는 것도 알아. 하지만 사이가 녀석만 묘하게 얘기가 빨랐던 것 같지 않아? 사이가가 경찰에 들어오고 싶어 한 건 당연해. 존 두를 쫓으려면 경찰에 정보를 받는 게 제일 좋으니까. 그래도 그 녀석의 경찰 진입은 너무 순조로웠어. 당신이 밀어줬겠지?"

"……사이가 군과 부적절한 관계가 있는 게 아니냐는 의심을 받았어."

시즈카는 쥐어짜듯이 말했다. 아마 이 정도는 키바도 알고 있으리라. 숨겨도 소용없다.

그것이 시즈카가 매장계로 유배된 원인 중 하나이기도 했다. 경시청의 일부에서는 알려진 이야기다.

"가족에 간부가 있으면 출세가 빠른 경찰 조직이 성적 관계로 생긴 연줄을 문제시한다는 것도 묘한 얘기로군. 당신도 죽음의 행진 수사에는 관련돼 있었잖아. 그때 사이가와도 만났겠지?"

"물론이야."

시즈카는 고개를 끄덕였다. 당시 수사 1과의 인원은 소속 부서에 관계없이 태반이 죽음의 행진의 원인 규명에 동원됐다. 아직 신입 취급을 받던 시즈카도 예외는 아니었다.

시즈카가 사이가의 청취에 나선 것은 우연이었다. 조서를 받아야 할 인간은 그야말로 산처럼 있었고, 사이가도 그중 하나에 지나지 않았──을 터였다.

"청취보다──아니, 죽음의 행진보다 전에 사이가와 만난 적이 있던 건가?"

"……관계없어. 결과적으로 내 판단은 옳았어. 그토록 커스에 어울리는 매장관은 없어. 그만큼 부작용도 강하지만……."

"지금 부작용 얘기는 상관없어. 그렇지, 트러블 메이커이기는 하지만 사이가 녀석은 우수해. 시인을 처리한 수도 계에서 단연 선두야. 현 상황에서는 플러스 쪽이 커. 당신은 이 결과를 예측했었나?"

"……그렇게까지 우수하지는 않아. 하지만 확실히 나는…… 그를 알고 있었어. 커스를 투여하기 전의 그 남자를……."

"사이가는 크레이돌에서 자라 크레이돌에서 직업을 구했어. 입청 이전의 사이가의 행동 범위는 크레이돌 안으로 한

정돼. 즉, 당신은……."

"나는 크레이돌 출신이 아니야. 그건 단언할게."

시즈카는 단호히 잘라 말했다. 그렇다, 사이가에 대해서는 옛날부터 알고 있었다. 하지만 그녀는 크레이돌에 맡겨진 아이는 아니다. 본가는 이치가야에 있고 부모도 건재하며 나름 대로 유복하기도 했다. 그녀는 심신 모두 건강해서 크레이돌에 들어갈 이유도 없었다.

"단언할 수 없는 것도 있다는 거로군."

"당신이라면 간단히 조사할 수 있겠네."

"상사의 소행 조사를 해서 퇴직금과 연금을 날릴 만큼 바보는 아냐."

"조사하지 않아도 정보가 들어오는 시스템을 만들어뒀으면서."

시즈카는 쓴웃음을 지었다. 이 베테랑 형사에 대해서도 잘 알고 있었다. 그렇다기보다 경시청의 경찰 중에서 키바를 모르는 사람은 없었다. 그는 논커리어지만 수많은 사건을 해결해온 에이스다. 독자 정보망을 구축했고 전통적인 발로 하는 수사도 마다하지 않는다.

예의 베이비 페이스라는 무기 상인도 순식간에 낚았다. 그처럼 적으로 돌리고 싶지 않은 남자도 그리 없었다.

"……사이가 군은 내가 스카우트한 남자야. 그리고 내게 엄청나게 폐를 끼치고 있어. 이런 곳에서 죽으면 곤란해. 개인적으로는 아직 마이너스야."

"그게 사이가에게 집착하는 이유……란 걸로 해둘까. 그래서 어떻게 할 거지?"

"사이코패스적인 범죄자가 특정 수사원에게 집착하는 건 자주 있는 이야기지?"

"그야 영화 얘기지. 존 두는 사이가에게 메시지를 보냈지만…… 애초에 그 녀석은 존재하는지 안 하는지도 수상쩍은 남자잖아?"

"……역시 안 되겠어."

시즈카는 일어나 책상 서랍을 열어 시그자우어 P239를 꺼냈다. 탄창을 밀어 넣고 슬라이드를 당겨 초탄을 장전했다.

"이봐, 설마 사이가를 쫓아갈 작정이야? 지휘관이 전선으로 나가서 어쩌려는 거지?"

"전화로 말해서 돌아온다면 그렇게 하고 싶어. 직접 가서 데려와야 해. 그 남자도 내가 하는 말이라면 들어."

시즈카는 정장 안쪽의 홀스터에 권총을 넣고 걷기 시작했다.

무로마치 경시도 분서에 나와 있어서 지휘관을 대신할 사람은 있어도 사이가가 말을 듣게 할 인간은 달리 없었다.

"잠깐 기나리, 아무리 그래도 단독 행동은 위험해."

"당신이 따라와주는 거야?"

"나는 두뇌 노동이 전문이야. 액션을 동경할 시기는 이미 끝났어."

키바는 천연덕스럽게 잘라 말했다.

"농담이야. 이 비상사태에 불필요하게 인원을 나눌 수 없어. 사이가 군 콤비를 데리고 돌아오는 것뿐이라면 혼자서 충분해. 키바 형사, 내가 돌아올 때까지 여기를 잘 부탁해."

시즈카는 집무실을 나가 복도를 지나서 엘리베이터로 1층까지 내려갔다.

사이가 콤비가 무기 상인을 확보하는 순간이라면 거기까지는 내버려둬도 좋다. 시즈카도 백업 정도는 할 수 있다. 군대를 제대하고 FBI에서 훈련을 받은 체이스에게는 미치지 못하지만, 커스를 투여하지 않은 매장관 중에서도 사격 솜씨는 좋은 편이다.

분서를 나와 주차장에서 애차에 올라탔다. 콘솔을 조작해 앞유리에 데이터를 띄웠다. 사이가 콤비의 SUV의 위치가 표시됐다. 수사용 차량에는 모두 GPS가 탑재되어 있기 때문이다.

이케부쿠로로 향한다고 보고를 받았지만 그들은 하라주쿠 방면을 달리고 있었다. 예의 베이비 페이스와의 거래가 롯폰기에 있는 잡거빌딩에서 이루어진다고 했으니 그곳으로 향하고 있는 것이다.

"전화……는 안 하는 편이 낫겠지."

시즈카가 온다는 것을 알면 사이가 콤비는 더욱 서둘러 무기 상인을 확보하려 하리라. 그들이 경솔하게 서두르면 무슨 짓을 할지 알 수 없다. 체이스도 결코 상식적인 사람이 아니다.

시즈카는 애차를 출발시켜 속도를 올리며 달려갔다. 이미 밤도 깊었기 때문에 도로는 한적했다. 다소 과속해도 문제없으리라.

"존 두…… 정말로 존재하는 걸까."

문득 그런 혼잣말이 새어나왔다. 그의 존재에 대해서는 의론이 분분했다. 애초에 무엇을 위해 그만한 큰 사건을 일으킨 걸까. 크레이돌이 만약의 사고에 대비해 죄를 뒤집어씌우기 위해 준비했던 희생양일 가능성도 있다.

하지만 현실에서 죽음의 행진은 일어났고, 그 참극에 관련된 자들이 있는 것은 틀림없다.

사이가가 필사적으로 존 두를 쫓는 것도 어쩔 수 없다. 시즈카는 막을 수 없다.

카스가 요와──.

시즈카는 그 여성에 대해서도 알고 있었다. 그녀와 사이가의 관계에 대해서도.

그래서 사이가를 멈출 수 없다. 멈출 자격도 없다. 하지만 적어도 사이가가 그 목적을 이룰 때까지 그의 무모함을 충고하는 것이 자신의 역할. 그렇게 믿고 있었다.

"내가 생각해도 발전이 없네……."

이번에는 혼잣말과 함께 쓴웃음도 머금었다. 부하들이 숙직하며 비상사태에 대비하고 있는데 자신은 이런 데서 차를 달리고 있다.

매장계로 유배되고 심지어 불상사마저 일으키면 커리어조인 그녀라도 해고는 확실하다. 자신의 해고를 걸 만큼 사이가에게 가치가 있는 걸까.

있을 것이라고 시즈카는 확신했다. 부하로서, 매장관으로서 그럴 뿐이냐고 묻는다면 의문은 남지만.

"…………?"

그때 시즈카는 알아차렸다. 반대 차선에서 대형 트럭이 다가오고 있었다. 저쪽도 속도를 상당히 내고 있는 듯했다.

그리고──.

"아니……?!"

트럭은 갑자기 크게 방향을 틀어 시즈카의 차로 돌진했다.

눈부신 라이트의 빛이 시즈카의 망막을 덮치고──무시무시한 충격이 차 안을 덮쳤다.

*

롯폰기에 있는 한적한 바.

정확히는 바였던 건물이다. 입구 상부 벽에 희미하게 간판 흔적이 있는데, 어지간히 오래된 것인 듯했다.

세련된 나무문도 노후화가 상당히 진행됐다. 사이가가 아니라도 발로 걷어찰 것 같았다.

사이가와 체이스는 건물 옆 골목으로 들어가 뒷문으로 돌아 들어갔다. 단순한 시인 처리였다면 정면으로 뛰어들겠지만 이번에는 확보가 목적이다. 평소 이상의 신중함이 필요했다.

사이가는 뒷문의 문고리를 가볍게 잡고 살며시 돌렸다. 문은 잠겨 있지 않았다. 약속 상대는 먼저 와 있는 듯했다.

사이가는 수신호로 신호를 보내고 체이스가 고개를 끄덕이는 모습을 확인한 후 그레이버를 든 채 몸을 던지듯이 문을 열었다.

문 저편은 종이상자와 나무상자가 겹겹이 쌓인 작은 방이었다. 원래는 점원의 대기실 겸 창고였으리라.

사람은 없었다. 사이가는 재빨리 다른 문을 발견하고 발로 걷어찼다. 카운터에 구석에 쌓인 스툴 몇 개. 그리고——.

"……그런데 의욕을 괜히 냈군."

사이가는 들고 있던 그레이버를 내리고 카운터에 손을 댔다. 뒤따라 들어온 체이스도 Cz75를 집어넣었다.

카운티 바깥쪽에도 스툴이 하나 쓰러져 있고——덧붙여서 인간도 쓰러져 있었다.

인원은 세 명. 어깨가 넓고 거구의 남자가 두 명. 대자로 쓰러진 남자는 험한 얼굴을 찡그리고 있었다. 틀림없이 베이비 페이스였다.

"이거 죽었네요, 체이스 군."

"네, 완전히 숨이 끊어졌습니다, 박사님."

신소리를 하며 사이가와 체이스는 인간들——시체를 확인했다. 맥박이나 호흡을 확인할 필요도 없이 죽은 것은 확실했다. 몸 아래에는 피가 고여 있었다.

"어느 시체든 경동맥을 일격에 자른 건가…… 방어흔도 없어. 카운터의 술병도 술잔도 쓰러지지 않았어. 스툴이 하나 쓰러진 것은 거만하게 앉아 있던 사람이 하나 있었기 때문인가."

체이스가 말하는 대로이리라. 거구의 남자 두 사람은 아마 호위일 것이다. 아무런 도움도 되지 않은 듯하지만.

"리퍼인가."

"그렇겠지. 어느 쪽이든 창상이야. 상처가 꽤나 깔끔해. 예술적이기조차 하고."

사이가도 동감이었다. 그가 베어도 이만큼 또렷한 상처는 내지 못하리라. 이 세상이 리퍼 정도의 나이프 명수는 그리 몇 사람 없을 터다.

체이스가 웅크리고 호위 두 사람의 정장을 잇달아 젖혔다.

"총이 홀스터에 그대로 들어 있어. 뽑으려고 한 흔적도 없고. 정말로 순식간에 당한 모양이야. 스스로도 죽었다는 사실을 알아차리지 못하지 않았을까."

"이상적인 최후로군. 리퍼가 생전부터 무슨 훈련을 받았다는 설은 그럴듯해. 뭐, 학원비를 내면 가르쳐주는 학원은 아닐 테니까 훈련 시설을 찾아봐야 소용없겠지."

나이프로 경동맥을 베는 것은 군대식도 아니다. 살인청부업자의 수법이다. 요란하게 피를 뿌려 죽인 상대의 관계자에게까지 공포를 준다. 어둠에 사는 인간들의 발상이다.

"베이비 페이스도 호위 두 사람도 시인이 아니었던 것 같군. 시인이라면 이만한 출혈도 안 생기고 경동맥을 베인 것만으로 이렇게 편안히 잠들지도 못해."

시인이 아니라면 사이가도 이야기 정도는 나눴겠지만 베이비 페이스와의 감동적인 재회는 이뤄지지 못했다. 하지만 저쪽은 크레이돌에서 자신에게 이상한 별명을 붙인 소년에 대해서 기억하지 못했으리라.

"유일한 단서가……사라졌군."

"이상해."

체이스는 베이비 페이스의 정장을 뒤져 지갑을 꺼냈다. 신용카드를 빼앗으려는 것이 아니라 단서가 없는지 찾고 있는 것이리라.

"확실히 그 지갑은 취향이 별로야. 악어 가죽? 요즘에 그런 걸 쓰는 녀석은 없어. 아니면 베이비 페이스가 아니라 크로커다일 댄디인가?"

"오래된 영화를 알고 있군. 그게 아냐."

체이스는 지갑에서 카드류를 꺼내 한 장씩 확인했다. 신분증 종류는 없는 듯했다.

"노스페라투의 움직임이 너무 빨라. 실력이 꽤나 좋잖아. 우리 역시 베이비 페이스를 낚고 바로 여기로 왔는데. 어떻게 앞지를 수 있었지?"

"베이비 페이스가 우리의 함정에 걸릴 가능성을 상정했거나, 아니면……."

사이가는 카운터 위의 술병을 들었다. 이 바는 폐업한 지 오래된 듯한데, 베이비 페이스가 가져온 것일까.

"VAT 69? 이제는 거물이 된 무기 상인이 마실 술이 아니군."

"추억이라도 있는 거 아닐까? 베이비 페이스 쪽은 일반적인 장사 얘기라고 생각한 것 같고. 그런데 사이. 너도 눈치챘지?"

"…………."

사이가는 말없이 술병을 들이켰다. 화끈한 액체가 목을 타고 내려갔다. 독특함이 적고 산미가 강하지만 마시기 편한 위스키였다.

"사이, 아직 임무 중이야."

"맨 정신으로 못 들을 얘기를 할 작정이잖아. 정보를 흘리고 있는 멍청이가 경찰에——아니, 매장계에 있다는 건가."

사이가도 그 정도를 눈치 못 챌 만큼 둔하지는 않았다.

매장관이 모든 정보를 공유하지는 않는다. 베이비 페이스의 수색과 있는 장소에 대해서는 몇 명만이 알고 있었다. 관리직인 무로마치 경시나 시즈카, 팀 호크 외에는 키바와 나카가와뿐이다.

다만 그들만이 용의자라고는 할 수 없다. 매장관의 단말기는 분서에 있는 전산실의 컴퓨터와 데이터가 이어져 있다. 어느 정도 기술이 있으면 매장관이 공유 데이터베이스에 올리지 않은 정보를 빼낼 수 있을지도 모른다. 나카가와 외에도 크랙 기술을 가진 매장관은 있고, 기술을 숨기고 있는 사람이 있을 가능성도 있다. 긴급한 임무를 맡고 있는 이상 자신의 실력을 동료에게도 간단히 밝힐 수는 없는 것이다.

"일단 선수를 빼앗겼을 뿐——이 아니네. 매장계뿐만이 아냐. 공안도 Z도 존 두를 쫓고 있어. 그럼에도 불구하고 녀석의 그림자조차 보이지 않아. 역시 존 두라는 남자는 존재하지 않는 걸까, 아니면——."

"누군가가 녀석을 발견했을 때 녀석 역시 발견당한 것을 알고 있어."

"심연을 들여다볼 때 심연 역시 너를 보고 있다, 같은 얘기로군. 알리고 있는 누군가가 있어. 사이, 너는 더 빨리 알아차린 거 아냐?"

"…………."

사이가는 다시 입을 다물고 술을 들이켰다. 처음 마실 때보다 맛이 없어진 것처럼 느껴졌다.

"용의자를 제외하고 있었을 뿐이야. 답은 하나밖에 없는데 배제해야 할 요소가 너무 많아. 확실히 제외할 수 있는 건 나 자신 정도야."

존 두는 남성으로 보인다. 얼마 없는 기록이 그렇게 가리키고 있기 때문이다. 사이가도 존 두의 얼마 안 되는 행동 흔적에서 남성적인 인상을 받았다. 하지만 그 관계자가 되면 가능성은 한없이 넓어진다. 여성이나 십 대조차 믿을 수 없다.

"그럼 나는?"

"왜 너를 파트너로 고른 줄 알아? 너는 틀림없이 죽음의 행진과 그 이전에 일본에 온 적이 없어. 존 두나 크레이돌의 관계자와 접촉했을 가능성은 한없이 낮아. 적어도 매장관 중에서는 단연 그래."

"게다가 머리도 명석하고 사격 실력도 발군, 동성의 입장에서 보면 인기 있는 건 결점이겠지만 말이야."

"성격은 안 따졌어. 내 파트너의 자격이 있는 건 존 두가 아닌 녀석뿐이야."

믿을 수 없다면 사이가 같은 남자라도 위험한 현장에 뛰어들 수 없다. 아무리 강한 사람이라도 뒤에서 맞으면 조금도 버티지 못한다.

"그래서 어떻게 할 거지, 사이?"

"전부 의심하면 끝이 없어. 지금은 겨우 존 두의 꼬리로 손을 뻗는 참이야. 늘 선수를 빼앗긴다면 우리 역시 더 빨리 달리면 돼. 짐승처럼. 이봐, 체이스. 녀석은 계속 쫓기는 걸 언제까지 버틸 수 있을까?"

"사이……."

사이가는 히죽 웃고 다시 위스키를 꿀꺽 마셨다. 그리고 체이스에게 술병을 내밀었다. 체이스도 가볍게 웃고ㅡㅡ.

"아직 존 두를 쫓고 있잖아? 그러면 운전사가 필요하지."

"그랬지. 그럼 일이 정리되면 한잔 사지. 실은 요전에 사무실의 안 쓰는 캐비닛에서 누군가가 숨겨둔 술을 찾았어. 아마 아저씨일 거야."

"……그건 사는 게 아니잖아."

"늘 신세를 지고 있는 아저씨한테 은혜를 원수로 갚는 거지."

시이가는 위스키 병을 카운터에 놓았다. 여기에는 이제 아무것도 없다. 다음 단서를 찾아야 한다ㅡㅡ.

『사이 선배, 바로 여기로 돌아오세요!』

"……너는 늘 갑작스러워, 나카가와."

사이가는 단말기를 꺼내며 쓴웃음을 지었다.

"어느새 마야에서 나로 갈아탔지? 그렇게 서둘지 않아도 조만간 돌아갈 거야."

『농담하고 있을 때가 아니에요! 보스의 차가 사고 났어요!』

"사고……?!"

사이가는 깜짝 놀랐다.

『반대 차선의 트럭에 돌진해서 차는 대파됐어요. 그런데──없어요. 보스가 어디에도 없다고요!』

"잠깐만, 무슨 소리야?! 어딘가로 날아간 건…… 아니겠지?"

사고의 영향으로 차에서 날아가는 일은 드물게 일어난다. 그러나 설마 절벽에서 떨어진 것도 아닐 테니 발견되지 않을 리가──.

『납치예요, 사이 선배. 보스는 누군가에게 납치당했어요!』

"…………!"

사이가는 할 말을 잃고, 얼굴에 경악스러운 표정을 띠고 있는 체이스와 시선을 맞췄다.

이 타이밍에 매장계의 우두머리가 사고, 게다가 끌려갔다──?

물론 진행되는 사태와 관계가 없다고는 생각할 수 없었다. 사이가는 선수를 빼앗겼을 뿐만 아니라 돌이킬 수 없는 일이 일어나고 있음을 알아차렸다.

*

청년 한 명이 밤의 번화가를 걷고 있었다.

머리를 길게 기르고, 여름인데도 가죽점퍼를 걸치고 긴 다리를 통 좁은 청바지로 감싸고 있었다.

얼굴은 놀랄 만큼 단정해서 길가는 사람들 대부분은 그에게 눈길을 주거나 고개를 돌렸다. 하지만 확연하게 일반인과는 다른 분위기를 품고 있어서 넉살 좋은 호객꾼들도 그에게 말을 걸지 못했다.

그는 주위의 시선을 신경도 쓰지 않았다. 주머니에 손을 찔러 넣고 고개를 살짝 숙인 채 계속 걸었다.

그에게 이름은 없다. 이미 살아 있던 시절의 이름은 버렸다. 경찰이 통칭으로 붙인 '리퍼'를 동료 사이에서도 쓰고 있다. 이름 따위는 아무래도 좋았기 때문이다.

문득 그는 젊은이 취향의 클럽 앞에 소년 소녀 몇 명이 모여 있는 것을 발견했다. 모두가 웃고 큰 소리를 지르며 소란을 피우고 있었다.

그 역시──고작 몇 년 전까지는 저쪽에 있었다. 보육시설에서 자랐고, 10대 중반에는 그곳을 뛰쳐나와 밤거리의 주민이 됐다. 하지만 주소가 있던 적이 없고, 누군가의 집에 굴러들어가거나 거리에서 잤던 시기도 있었다.

아무것도──좋은 일은 없었다.

어른들에게 맞고 속고 동료라고 믿었던 사람에게마저 배신당했다. 몇 명이서 편의점을 몇 차례 털어 푼돈을 손에 넣다가 실수를 저질러 붙잡힌 동료가 경찰에 그를 팔았기 때문이다.

경찰은 그와 같은 거리의 소년에게 친절하지 않았다. 쓰레기 같은 취급을 받았고, 동료를 팔지 않는다는 것을 알자 고문과도 같은 신문을 받게 됐다. 옛날에 행해졌던 폭력은 금지돼도 정신을 고통 주는 수단은 더 정교해졌다. 범죄자의 인권은 환상에 불과했다.

특히 그처럼 아무런 뒷배도 없는 소년에게는 구원의 손길이 있을 리도 없었다.

다행히 얼마 안 돼 소년원을 나왔지만, 거리로 돌아가니 어째선지 '그가 동료를 팔았다'는 소문이 퍼져 있었다.

따돌림으로 한번 요란하게 몰매를 맞은 뒤로는 아무도 그에게 다가오려고조차 하지 않았다. 그는 가장 밑바닥 존재조차 되지 못했고──.

이제 그가 있을 곳은 이 세상 어디에도 없었다.

얼마 전에 부모에게 죽어 시인이 된 소녀는 자신보다 처지가 나았을지도 모른다. 리퍼에게는 그를 죽여줄 부모조차 없었기 때문이다.

뭐든 좋았다. 자신을 봐준다면. 하지만 그는 학대당하지도 않고 죽는 일도 없이 시궁쥐처럼 거리를 기어 다닐 뿐이었다.

하지만 시궁쥐도 먹지 않으면 살 수 없다. 그는 어떤 남자와 만났다. 거리를 영역으로 삼은 조직에서도 가장 더러운 일을 도맡는 남자였다.

그에게서는 한 자루의 나이프와 일을 받았다. 적대 조직의 멤버나 배신자를 기습해 목을 갈라 죽였다. 표적에게 반격받는 건 둘째 치고 불필요해지면 즉시 조직에서도 버림받는 비참한 역할이었다.

그래도 그는 일을 담담하게 처리했다. 처음에는 죽이고 도망치는 게 고작이었지만, 그런 더러운 일에서도 기술은 발전해갔다.

얼굴을 보이는 일도 튀는 피를 뒤집어쓰는 일도 없이 죽일 수 있게 된 무렵, 그는 몇 명을 해치웠는지 숫자를 세는 것을 그만뒀다.

몇 명을 죽어도 그를 인정하는 사람은 없었다. 오히려 죽일 때마다 조직의 남자조차도 혐오를 보이게 됐다. 담담하게 수많은 목숨을 계속 빼앗는 그가 섬뜩하게 보였을 게 틀림 없다.

기술을 갈고닦고 피를 흘릴수록 그의 고립은 깊어져갔다.

사람을 너무나도 많이 죽였기 때문에 범죄자끼리의 다툼 이라고 방관하고 있던 경찰도 차츰 경계하게 됐다.

그는 슬슬 적당한 때라고 느끼고 있었다. 아무리 죽여도 자신이 있을 곳은 어디에도 없다.

경찰이 움직이면 지나치게 눈에 띄었던 그는 숙청의 대상이 된다. 죽기 전에 몇 명을 해치울 수 있을까. 그 정도 생각밖에 나지 않았다. 살아보자는 생각은 머리를 스치지도 않았다.

그리고 그 밤이 왔다. 죽은 자들이 거리에 넘쳐나고 피와 총격으로 세상이 새빨갛게 물든 밤이.

그 밤에도 그에게는 일이 주어져 있었다. 목표를 처리하고 쓰레기 쌓인 집으로 돌아오는 도중에 시인 무리와 조우했다. 경동맥을 베어 일격에 해치우는 데 특화된 그의 기술로는 시 인을 쓰러뜨릴 수 없었다.

곧 시인에게 둘러싸이고 피를 빨려 목숨을 잃었다. 죽을 때 그는 특별히 아픔도 후회도 느끼지 못했다.

그저 겨우 끝났다——그렇게 느꼈다.

하지만 그는 블레스 바이러스에 감염돼 시인으로——토커 로 되살아나게 됐다.

강한 미련이 있는 자일수록 토커가 되기 쉽다고 한다.

하지만 리퍼에게 미련은 없었다. 가능하면 자신이 쓰레기밖에 될 수 없는 세상에서 얼른 퇴장하고 싶었기 때문이다.

아무도 그를 죽여주지 않기 때문에 살아 있었을 뿐이었다.

시인이 된 그의 의문에——대답해주는 존재가 나타났다.

그는 말했다. '여기가, 내 곁이 네가 쓰레기가 되지 않을 세상이다. 너는 그런 세상이 있는 것을 알고 있었다. 그러니까 너는 여기에 있다'고——.

존 두. 리퍼를 인정해준 단 하나의 존재.

그에게 인정받고 노스페라투의 일원이 되어——그의 장애물을 배제하기 위해서 자신을 한층 단련했다.

이제 그는 시궁쥐가 아니었다.

자신을 인정해준 존 두를 위해 칼을 휘두르는 전사가 됐다. 생전부터 살인 기술을 연마해온 그는 시인의 힘을 얻고 순식간에 최강의 칼이 된 것이다.

존 두를 위해서라면 뭐든지 할 수 있다. 할 수 없는 것은 하나도 없다.

그를 쫓는 공안이나 Z에 단서 따위는 주지 않는다. 그러기 위해서라면 조직의 외주업체에 지나지 않는 무기 상인의 목숨은 주저 없이 없앨 수 있다.

매장계의 분서에 돌입해 매장관들을 몰살시키라고 하면

지금 당장이라도 실행할 것이다. 존 두를 쫓으려 하는 자들을 살려둘 이유도 없다.

하지만 존 두는 다른 대책을 강구하고 있다. 'D'가 존 두가 쓴 각본에 따라 지시를 내리고 있는 듯했다. 상당히 번거롭고 대대적인 무대를 만들려는 모양이다.

리퍼는 근본적인 명령이 존 두에게서 나왔다면 불만은 없다. 존 두가 내린 명령이라면 아무리 불합리한 것이든 그것을 받는 게 기쁨이다. 리퍼는 시인이 되고 비로소 기쁨을 알았다.

지금 사태가 크게 움직이기 시작했다. 분명 오늘 밤은 최상의 기쁨을 맛볼 수 있으리라.

리퍼는 이 밤이 영원히 계속되기를 바라기까지 했다.

*

매장계 사무실은 조금 전까지와 정반대로 조용해져 있었다.

반 가까운 매장관이 수사를 나갔기 때문이 아니다. 분서에서 그리 멀지 않은 장소에서 계의 우두머리가 강제로 끌려갔으니 이런 분위기가 흐르는 것은 당연했다.

"시즈카는 뭐 하는 거야? 납치당하다니, 그 녀석이 무슨 공주님이냐고."

사무실에 돌아온 사이가는 평소의 소파에 버티고 앉아 있었다.

"그럼 우리는 아가씨를 구하는 정의의 기사인가. 나이로는 왕비라는 느낌이지만."

소파의 옆에 선 체이스가 파일의 페이지를 넘기며 말했다.

막 만들어진 간이 사고 보고서다. 부근의 방범 카메라에 사고 상황이 찍히지 않아서 목격자 몇 명의 증언이 있을 뿐이었다. 그렇다 해도 반대 차선의 트럭이 중앙선을 넘어 시즈카의 차로 돌진했을 뿐인 사고였다. 지독하기는 하지만 단순하다. 그 밖에 사고에 휘말린 차가 없었던 것은 다행이라고 할 수 있었다.

트럭의 운전수는 사고 직후에 모습을 감춘 듯했다. 트럭은 도난차량이고, 방범 카메라 몇 개가 운전수의 얼굴을 포착했지만 현재 신원은 판명되지 않았다.

"사이 선배조는 돌아오는 길에 사고 현장을 보고 왔죠? 어땠나요?"

나카가와도 소파 곁에서 바닥에 노트북을 놓고 키보드를 두드리고 있었다.

"할부도 못 갚았는데 시즈카의 차는 폐차 확정이야. 고철로 팔 수 있으면 운이 좋다고 해야 하나. 차 안에 있던 혈흔은 미량이었어. 살아 있을 가능성은 높아."

사이가는 담담하게 설명했다. 트럭이 맹렬한 속도로 부딪친 것치고 운전석은 다소 변형된 정도였다. 핸들 부분과 좌석에서 나온 전주위방어벌룬에 운전자가 보호받았기 때문이다. 이 시스템으로 인해 사망 사고는 요 수십 년 동안 격감하고 있다. 시즈카도 그 혜택을 입은 듯했다.

"트럭은 명백하게 시즈카의 차를 노리고 돌진한 것 같군. 트럭은 규정된 안전 확인 장치를 제대로 설치했어. 비상사태라도 아니면 반대 차선으로 못 들어가. 의도적으로 장치를 껐겠지."

"보스는 미인이지만, 바에서 말을 거는 거면 몰라도 보통 트럭으로 부딪쳐 끌고 가지 않지. 즉 정상이 아닌 녀석의 짓이야."

체이스는 파일을 근처 자리에 아무렇게 놓았다.

"세세하게 조사하고 있을 시간은 없어……."

사이가는 자신이 아슬아슬하게 평정을 유지하고 있는 것을 깨달았다. 그것도 시즈카가 살아 있을 가능성이 높기 때문이다.

하지만 시즈카의 신변에 위험이 닥쳤을 가능성도 높다. 단서만 있으면 지금 당장이라도 뛰쳐나가고 싶었다.

"……응? 아저씨는?"

"수사 나갔어요. 보스를 보낸 건 자신이니까 책임을 진다면서요."

나카가와가 키보드를 두드리며 대답했다. 사이가도 이야기는 이미 들었다. 시즈카는 사이가를 데리고 돌아오기 위해 나갔다고.

"일을 떠맡는 성격이로군, 그 아저씨는. 이렇다니까 쇼와 출생은."

"그런 노인은 아니잖아…… 그럼 소대장님과 선임하사가 없는 거군. 지금은 대대장님이 지휘를 맡고 있는 건가?"

"아니요, 체이스 선배. 무로마치 경시님은 본청으로 갔어요. 호출을 받은 모양이에요. 수사 1과의 간부가 납치됐으니까요. 이거 큰일이에요."

"그렇다면 완전히 지휘권 부재인가. 이거 사이가 하고 싶은 대로 하겠군."

체이스는 쓴웃음을 짓고 사무실을 둘러봤다. 나이 먹은 매장관도 몇 명 있지만 지휘를 맡을 수 있는 만한 사람은 없었다. 별종이 모인 매장계에 지휘 계통이 존재하는 것은 미인에 우수한 시즈카와 베테랑 형사 키바가 있기 때문이다. 무로마치 경시는 얼굴마담과 설명 담당이다.

경찰의 다른 부서리면 지휘관 부재가 있을 수 없지만 여기는 매장계다. 다른 경찰이 매장관들의 지휘를 간단히 할 수 있을 리도 없다.

상층부는 시즈카의 명령으로 이미 움직이고 있던 매장관들 외에는 대기시키고 무로마치의 귀환을 기다리게 했다. 형태만이라도 지휘를 맡을 수 있는 무로마치를 본청으로 부를 때가 아니었지만, 현장을 보지 않는 상층부는 위기감이 부족하기 때문에 어긋난 대처밖에 하지 못했다.

"……마야는 자게 둬. 코모리 아즈사한테 몰수한 진정제가 남아 있다면 정맥 주사를 놔. 나카가와, 좋아하는 여자한테 주사를 놓을 수 있으니까 흥분되지?"

"사이 선배는 저를 뭐라고 생각하세요? 하지만 왜 마야를?"

"납치된 공주님이 한 명뿐이라면 구할 방법도 있지만, 두 명이 되면 귀찮으니까."

사이가는 대답하며 생각했다. 이 타이밍이라면 시즈카의 납치는 노스페라투가 얽힌 게 거의 틀림없다. 시인이 아니라면 트럭으로 부딪쳐 끌고 가지도 않으리라.

"사이, 왜 보스를 끌고 갔다고 생각해?"

"인질로 삼아서 뭔가 요구하거나, 아니면 매장계의 지휘 계통을 혼란시키려고 했거나. 전자라면 슬슬 요구가 올 테고, 후자라면 이미 성공했어. 지금의 매장계는 조직력을 살린 수사는 어려워. 다들 나처럼 위의 명령을 안 들으면 혼란도 없는데."

"그건 처음부터 혼란스러울 뿐이잖아. 전원이 총을 들고 다니는 부서에서 전원이 스탠드 플레이를 하면 마피아와 다를 게 없어."

"게다가 대물총(對物銃) 같은 대구경 총이잖아. 상대가 델타포스라도——."

사이가가 또다시 신소리를 하기 시작했을 때 단말기가 호출음을 울렸다. 그는 단말기를 꺼내고 순간 심장이 얼어붙는 듯한 충격을 느꼈다.

"…………무슨 농담이지?"

"사이, 안 받아?"

체이스의 말은 오른쪽 귀에서 왼쪽 귀로 흘러나갔다.

발신자의 이름은 표시되어 있지 않았다. 등록되지 않은 번호에서 걸려온 전화다.

당연하지만 사이가는 타인의 단말기 번호를 일일이 기억하고 있지 않았다.

하지만 그는 단 하나의 번호만은 기억하고 있었다. 그의 단말기는 매장계에서 지급된 것이지만 크레이돌의 경비원이었던 시기에도 물론 단말기를 소지하고 있었다. 그때 기억했던 번호다.

카스가 요와——그녀의 단말기 번호. 아마 죽을 때까지 잊지 않을 숫자다.

사이가는 통화 버튼을 누르고 천천히 단말기를 귀에 댔다.

"……누구냐."

『여, 사이가 요. 내가 누군지 알겠나?』

명백하게 음성 변조 장치를 사용한 목소리였다. 사이가는 단말기를 쥐는 손에 미약하게 힘이 들어가는 것을 느꼈다. 두근 두근, 하고 고동이 빨라졌다.

누군지 알겠나——.

마치 누구인지 알아달라고 말한 듯했다. 이름도 밝히지 않고 목소리도 장치로 바꿔서 알 리도 없는데.

즉, 상대는 사이가가 아는 인물——아니면 사이가가 알고 싶다고 생각하는 인물이라는 뜻이다.

이 상황에서 그 두 가지 조건 중 어느 것인가, 혹은 양쪽에 해당하는 인물은 한 사람밖에 없다.

"……잠시 안 만나는 사이에 꽤나 재미있는 목소리가 됐군, 요와."

『하하하, 유감이지만 블레스의 모판인 그 소녀는 아니야. 아니, 이제 소녀라고 할 만한 나이도 아니게 됐지.』

통화 상대의 목소리는 상당히 들떠 있었다. 진심으로 즐거운 음색이었다.

역시 틀림없다. 사이가에게 흥미를 가지고 있는 리퍼일 가능성도 있지만 말투가 다르다. 그리고 리퍼라면 굳이 목소리를 바꿀 필요도 없다.

"어떻게 그 단말기를 가지고 있지?"

『3년 전 시부야에서 주운 거다――라고 말하면 믿겠나?』

"몰라? 주운 물건은 경찰에 갖다 줘야 하는데?"

『하하하, 그러고 보니 자네는 경찰이었지. 완전히 까먹고 있었군.』

"나도 가끔은 잊어버릴 뻔해. 그건 소중히 가지고 있어."

사이가는 날카롭게 말했다. 그녀의 단말기를――하필이면 그 남자가 가지고 있다. 피가 끓어오를 만큼 화가 솟구쳤지만 그는 어떻게든 아직 평정을 유지하고 있었다.

『대화를 즐기고 싶지만 자네 곁에는 우수한 크래커가 있어서. 여기서 있는 곳이 밝혀지면 흥이 깨지지. 좀 더 게임을 즐기고 싶어.』

"너 같은 악당은 게임도 치트로 즐기잖아. 그런 걸 멋없다고 하는 거야."

『사이가 요, 자네를 상대로 촌스러운 짓은 안 해.』

"게임을 준비하는 게 고상하다고 생각하는 건가? 공주님을 구하는 퀘스트라니, 곰팡내가 너무 나서 웃음도 안 나오는군."

『아아, 나카조 시즈카 얘기로군. 말하는 걸 깜빡했네. 그녀는 이쪽에서 맡고 있다. 물론 살아 있어. 상대는 매장계의 보스라서 만만치 않으니까 다소 강제적인 수단을 썼지만, 약간 부상을 입은 정도야. 안심해도 좋아.』

"나에 대해 알고 있을 텐데. 인질을 잡지 않아도 기꺼이 갔을 텐데 말이야."

『자네 열정은 의심하지 않아. 하지만 자네는 믿을 수 있어도 다른 매장관은 별개야. 특히 클로드 A 체이스. 그는 무슨 짓을 저지를지 읽을 수가 없어. 내가 있는 곳을 알면 그곳을 통째로 폭파할 가능성마저 있어. 그는 범죄자에게 약간의 자비도 베풀지 않아.』

"내 파트너를 꽤나 높이 사주시는군. 뭐, 그건 반론 못 하겠어."

"응?"

체이스가 어리둥절한 얼굴을 했다.

『요컨대 자네 혼자서 왔으면 해. 그렇게 하면 그 아름다운 아가씨는 풀어주지. 공주님을 구하는 히어로가 될 수 있어. 감사를 받아도 될 정도야.』

"시즈카는 스물일곱 살이나 됐는데 자기를 공주님이라고 생각하는 귀염성이 있으려나. 애초에 네가 말하는 대로 하면 풀어준다고 믿을 근거는 없는데?"

『안 믿으면 그녀도 코모리 아즈사와 똑같이 되는 것뿐이야.』

"............."

사이가는 할 말을 잃고 말았다. 그렇게 강제적인 수단을 취하는 정신 나간 무리다. 시즈카를 무사히 되찾기 위해서는 우선 상대의 이야기에 응할 수밖에 없었다. 이쪽은 주도권을 빼앗겼기 때문이다.

『이런, 쓸데없는 말을 너무 했군 미안하지만 좀 와주겠어? 기다리고 있지──자네가 그녀와 여행을 떠날 약속을 나눈 장소에서.』

"……거기는!"

사이가는 저도 모르게 고함을 질렀다. 자신을 억누를 수 없었다.

"거기는 나와 요와의 장소야! 네가…… 빼앗지 마!"

『겨우 자네 진심을 들었군. 그거야말로 저주를 받아도 사람으로 계속 남아 있을 가치가 있는 것. 그렇지? 미련이 남은 죽지 못한 자여.』

"…………큭!"

사이가가 다시 고함을 지르려 한 그때, 통화는 갑자기 끊어졌다. 다시 걸려다──바로 단념했다. 어차피 받을 리가 없었다.

"이봐, 사이…… 설마…….."

"나카가와!"

사이가가 고함을 지르자 나카가와는 바닥에 앉은 채로 뛰어 올랐다.

"마야를 지하 무기고로 이동시키고 밖에서 문을 잠가. 절대로 밖에 내보내지 마. 거기는 여섯 겹의 특수 강판으로 둘러싸인 밀실이야. 실내의 무기를 전부 다 써도 구멍 하나 안 뚫려."

"네, 네에? 감금하라는 거예요? 어째서 그렇게까지……."

"마야한테 무슨 일이 생기면 곤란해. 그 녀석의 힘이 10이라 하면 나는 기껏해야 7. 경험이나 책략으로 어떻게든 호각으로 끌고 갈 수 있는 정도야. 마야는 이미 매장계의 에이스야."

"……사이 선배?"

사이가는 그 이상 설명하지 않았다. 소파에 걸어놓은 상의를 걸치고 빠른 걸음으로 사무실을 나가 엘리베이터에 탔다.

사이가는 분서를 나가 바로 뒤편의 주차장으로 향했다.

그 구석으로 가 덮여 있던 시트를 걷자 대형 바이크의 모습이 나타났다. 구동기는 수소 연료 모터지만 외관은 혼다의 CBR 1000 RR이라는 오래된 바이크의 디자인을 답습했다. 색깔은 빨강과 하양, 유선형의 아름다운 바이크였다.

사이가는 바이크의 시트를 탁 두드리고 나서 홀스터에서 그레이버를 뽑아 초탄이 장전돼 있는 것을 확인했다. 더 나아가 정장 안쪽에 감춘 예비 탄창, 그 외 여러 가지, 외출에 필요한 것이 모두 갖춰져 있는 것도 확인했다.

마지막으로 신발 끝으로 지면을 툭툭 치고 장비 체크는 완료. 잊은 것은 없었다.

"잠깐만, 잠깐 기다려, 사이!"

"미안. 아무리 파트너라도 바이크 뒤에 남자를 태우는 취미는 없어."

황급히 달려온 체이스에게 그렇게 말하며 사이가는 바이크에 올라탔다.

"나도 그런 취미는 없어. 바이크가 있다고 생각했는데 네거였나. 왜 통근에 쓰지 않지?"

"비상용이야. 애초에 차는 위험하잖아. 트럭이 반대 차선에서 돌진해올지도 모르고."

"바이크로 가다 치이면 끝장이야. 애당초 넌 아까 술을 마셨잖아."

"분해약은 먹었어. 그건 몇 번을 먹어도 익숙해지지가 않아. 위를 통째로 토하고 싶어지는 최악의 기분이 돼."

"간단히 알코올을 분해할 수 있으면 한없이 마셔대는 멍청이가 있기 때문이겠지. 아아, 그보다──아까 온 전화는?"

"뭔가 우쭐해졌는지 상대 쪽에서 접촉해왔어. 베이비 페이스는 죽어서 손해를 볼 거야. 녀석을 해치우고 그 김에 보스도 되찾아 올게. 시즈카에게 빚을 지우는 게 내 꿈이었어."

"천박한 꿈이로군. 아니, 녀석이 있다면 나도 갈게. 혼자서는 너무 무모해. 요전에 시인 무리에게 공격받았던 걸 벌써 잊어버렸어?"

"체이스, 싫은 건 잊는 게 장수의 비결이야. 하지만 안심해. 네 임무에 대해서는 잊지 않았어."

"…………."

체이스가 입을 다물었고 사이가는 바이크의 시동을 걸었다.

"혹시 내가 시인이 될 것 같을 때 만약 그레이버를 놓친다면——뭐, 하치(일본에서 충견으로 유명한 개. JR 시부야 역에 동상이 있다) 동상에라도 머리를 부딪히면 돼. 그게 죽음의 행진으로 부서지지 않아서 다행이야."

"……시부야로 가는 거로군."

"이런, 입을 잘못 놀렸군. 하지만 마찬가지야. 내가 갈 곳을 아는 건 어렵지 않아. 녀석에게 들을 필요도 없이——혼자서 가는 게 중요해."

사이가는 상의의 단추를 채우고 헬멧을 썼다.

"……마야를 부탁한 건 돌아올 생각이 없기 때문인가?"

"미니스커트로 허둥대면 그쪽으로 눈이 가니까 그래. 돌아올 거야, 월말까지 일 안 하면 월급이 줄잖아. 이 바이크도 할부가 있어. 유럽 사양의 역수입차라서 비쌌거든."

"너는…… 어떤 때든 말수가 줄지 않네. 그렇기 때문에 사이가 요인가……."

"그거야."

사이가는 그렇게 말하고 고개를 한 번 끄덕였다.

"이해력이 좋은 것도 널 파트너로 고른 이유야. 결단력이 좋다고도 해야 하나. 너라면…… 내가 시인화하면 망설임 없이 쏠 수 있겠지."

"……그래, 쏠 거야. 마피아의 처형처럼 뒤에서 머리를…… 쏠 수 있어."

사이가는 체이스의 말에 거짓이 없다는 것을 느꼈다. 그리고 어딘가 복잡한 감정을 내비치고 있는 것도.

그에게는 뭔가가 있다고 사이가는 어렴풋이 눈치채고 있었다. 아득히 먼 미국에서 FBI의 엘리트 수사관이 매장계 같은 독립된 껄렁패 집단에 배속된 것은 이유가 있다고. 단순히 시인의 범죄 수사 노하우를 배우기 위한 것만은 아니리라.

사이가에게 그것을 억지로 캐물을 생각은 없지만…….

"……'괴물과 싸우는 자는 자신도 괴물이 되지 않도록 주의하라'. 사이, 누구든 네가 시인이 되는 걸 바라지 않아. 그것만큼은…… 알고 있어줘."

"인간으로 살아가기 위해 총을 든 거야. 아무래도 좋다면 진즉에 복수귀라도 됐겠지."

사이가는 대답하고 액셀을 돌렸다. 단숨에 가속해 주차장을 빠져나가서 도로로 나가 속도를 더욱 올렸다.

라이트가 어둠을 가르고 사이가가 모는 바이크는 죽은 거리로 향했다.

블레스의 모판——.

카스가 요와는 크레이들에서 그렇게 불렸다.

사이가 요를 포함한 수많은 아이들이 연구 시설에서 블레스 바이러스 개발의 실험체로 이용되고 있었는데——그중에서도 바이러스에 높은 적성을 보인 것이 요와였다.

블레스 바이러스 개발의 가장 중요한 과제는 '죽음을 거치지 않는 불사화'였고, 나노 머신을 첨가하고 인체에 투여해 진화를 촉진시키는 것이 기본적인 방침이었다.

요와의 체내에 투여된 블레스 바이러스는 다른 어떤 실험체보다도 명백하게 진화의 속도가 달랐다. 이유가 유전자 때문인지, 체질에 따른 것인지조차도 명확하지는 않았지만.

이유가 판명되지 않은 채 블레스 바이러스는 요와의 몸속에서 변이를 계속했다. 그녀는 10대 중반 무렵에는 크레이들에서도 특별한 존재가 되어 단순한 실험체가 아니게 됐다.

쓰고 버리는 모르모트가 아니라 귀중한 연구 재료가 된 것이다.

이른바 변이 바이러스를 생성하는 생산 공장이었다고도 할 수 있다.

하지만 요와 자신인 그 상황을 받아들였던 것은 아니었다. 죽음이라는 프로세스를 거치지 않고 불사화시키는 바이러스가 몸속에서 완성되면 그녀도 또한 불사의 괴물이 된다.

요와는 결코 그런 것을 바라지 않았다.

『어째서 크레이돌에 돈을 내는 사람들은 불로불사를 바라는 것일까요.』

얼마 안 되는 자유 시간에 요와는 자주 그런 의문을 입에 담았다.

정중하고 천천히 말하는 것이 그녀의 습관이었다. 신비하게 귀에 울리는 목소리로 귀에 기분 좋게, 사르르 녹을 듯한 기분으로 만들어줬다.

그녀는 이렇게도 말했다.

『저는 한순간의 행복이라도 좋아요. 영원은 너무 멀고 끝이 없어서──바란다는 생각이 들지 않아요. 무엇보다── 시시하잖아요.』

그리고 그녀는 웃으며.

『시간제한이 없으면 뭐든지 할 수 있지만 분명 아무것도 할 수 없을 거예요. 무슨 말을 하는지 알겠어요?』

안다고 사이가는 대답했다. 사람의 시간에는 한계가 있기 때문에 뭔가를 해내자며 필사적으로 도전하는 것이다. 가진 시간이 무한하게 있으면――뭔가를 달성하려는 의지마저도 가지지 않게 되리라.

『저는 영원의 괴물이 되고 싶지 않아요, 요 군.』

요와는 천천히 말하고 커다란 눈동자로 사이가의 눈을 들여다봤다.

『저기요, 요 군. 그러니까 부탁이에요. 당신에게밖에 부탁할 수 없어요. 선택지는 단 두 개밖에 없어요. 저를 여기에서 구해내든가――저를, 죽여요.』

밤거리를 바이크로 달려 나가며 사이가는 회상했다.

요와의 말을, 표정을, 미소를, 그 손의 다정한 온기를.

사이가와 요와는 어릴 때부터 서로를 알고 있었다. 요와가 블레스의 모판이 되고 나서는 만날 기회가 크게 줄었지만, 그래도 그녀는 얼마 안 되는 자유 시간을 사이가와 함께 보내는 쪽을 선택해줬다.

윤기 나는 긴 흑발과 투명하게 하얀 피부. 그녀는 지나치게 가혹한 실험으로 고생하면서도 그 미모는 빛을 늘려가기만 했다.

사이가가 크레이돌에서 진행하는 실험에서 해방된 뒤 경비원으로 취직한 것은 요와를 지키기 위해서였다. 그에게 크레이돌에서 멀어지는 선택지는 주어지지 않았는데, 그렇다면 차라리 그녀를 위해서 몸을 내던질 수 있는 일을 고르고 싶었던 것이다.

하지만 결국——죽음의 행진이 일어났다. 그 사건으로 그녀는 어딘가로 사라지고 말았다.

살아 있는 건지 죽은 건지조차 알 수 없었다.

사이가는 결국 그녀가 낸 선택지를 고르지 못했다. 그 전에 두 사람의 시간은 끝나고 말았다. 죽음의 행진을 일으킨 그 남자가 끝냈다——.

"존 두……!"

사이가는 입술을 꽉 깨물었다. 낯익은 거리가 보이기 시작했다. 새까만, 불빛 하나 켜져 있지 않은 봉쇄된 거리 시부야.

그곳에서 카스가 요와의 소소한 바람을——한순간의 행복을 빼앗은 남자가 기다리고 있었다.

어지간한 사이가도 굳이 봉쇄를 억지로 뚫고 시부야로 뛰어들지는 않았다.

평범하게 패스를 보이고 감시소를 지나쳐 바이크로 달려갔다. 안면 있는 경찰은 바이크를 타고 있는 데에 놀랐지만 사정 설명은 대충 마쳤다.

설명하는 김에 경찰에게 물어봤지만, 평소처럼 사이가 외에 감시소를 지나간 자는 없었다고 했다. 몇 군데 있는 다른 감시소도 마찬가지였다. 감시 카메라나 순회 드론도 이상을 감지하지 않았을 터다. 그렇다면 경찰들이 봉쇄 구역 안을 조사하고 있으리라.

"…………큭!"

갑자기 폭발음이 울리고 충격이 사이가의 바이크를 덮쳐서 타이어를 미끄러뜨렸다. 지면에 팽개쳐지기 전에 사이가는 바이크를 차고 공중으로 뛰어 낙법을 취하며 지면을 굴러 충격을 죽였다.

자세를 바로잡았을 때는 그레이버를 쥐고 있었다. 바로 상황을 확인했다. 도로 옆 건물――편의점이 폭발을 일으킨 것이다. 물론 그 편의점은 영업을 하고 있지 않았고, C4 폭약의 재고가 남아 있는 일도 없을 것이다.

"연출이 지나치잖아……!"

폭발한 편의점의 불꽃 속에서 차례차례 시인이 모습을 드러냈다. 수는 적어도 서른 마리 이상. 모두 노 헤드인 듯했다. 몇 마리는 불에 휩싸여 있지만 그들은 화상을 신경쓰지 않는 듯했다.

사이가는 재빨리 조금씩 조준을 바꿔가며 일곱 발의 총탄을 쐈다. 이어서 무시무시한 폭음이 울리고 시인 일곱 마리의 이마 중앙을 멋지게 꿰뚫었다.

"젠장, 체이스의 충고대로란 게 왠지 열받는군!"

사이가는 다시 한 발을 쏘고 나서 달리기 시작했다. 여덟 마리를 쓰러뜨린 정도로는 하나도 줄지 않은 것처럼 보였다.

탄창을 교환하며 전속력으로 달려 나갔다. 쓰러진 바이크는 포기할 수밖에 없다. 회수하러 갔다가 시인에게 둘러싸이는 위험을 무릅쓸 수는 없었다.

"……이쪽도냐!"

정면에서도 시인 무리가 다가왔다. 사이가를 노리고 파도처럼 몰려들고 있었다. 목적지까지는 고작 몇백 미터. 매장관의 체력이라면 1분도 걸리지 않아 달려갈 수 있지만, 그 얼마 안 되는 거리가——멀었다.

사이가는 최단거리로 가는 것을 포기하고 길을 틀었다. 다소 멀리 돌아가더라도 10분도 걸리지 않는다. 달리다가——사이가는 갑자기 곁에 있던 자판기 그늘로 뛰어들었다. 무시무시한 총성이 울리고 아스팔트와 근처 가게의 유리가 부서졌다.

"이번에는 토커냐! 엄청나게 환대해주시는군!"

사이가는 자판기에 몸을 숨기며 얼굴을 살짝 내밀었다. 시인 열 마리 정도가 소총을 겨눈 채 접근하고 있었다.

"……이상하군."

그 시인들은 소총을 어림짐작으로 쐈다. 아니, 정확히는 소총이 아니라 기관총이었다. M60이라는 오래된 타입으로, 강력한 7.62밀리미터 탄을 쏜다.

시인들은 흐느적흐느적 방황하듯이 걷고 있었다. 토커라면 저렇게 걷지는 않는다. 그들은 눈이 공허하고 제대로 겨냥도 하지 않고 쐈다.

"노 헤드가 총을 쏜다……? 존 두 자식, 시인으로 노는 게 지나쳐……!"

코모리 아즈사에게 메시지를 전하는 기능을 추가했듯이 M60을 쏜 시인들은 사격하는 능력을 갖춘 듯했다.

자세히 보니 총을 쏘는 시인들은 등에 커다란 배낭을 메고 있었다. 안에 뭐가 들어 있는가는 확인할 필요도 없다. 그들은 탄환을 다 쏘자 거기에서 백 발이 들어간 탄대를 끌어내 M60에 장전했다.

인간을 발견하면 총을 쏘고 총알이 다 떨어지면 총알을 꺼내 장전해서 다시 쏜다——그런 동작을 반복하는 듯했다. 총알의 장전은 그렇게 어려운 동작은 아니지만 훈련도 필요하다. 보통은 문도 못 여는 노 헤드에게 가능한 작업이 아니었다.

코모리 아즈사 때처럼 기계를 박아 프로그램을 설정했을지도 모른다. 사이보그 기술의 유용이리라. 전기 신호를 팔다리와 손끝으로 보내 자동적으로 육체를 움직이게 하고 있을 터다.

덧붙여서 시인의 힘이라면 10킬로그램이 넘는 M60을 가볍게 들고 걸을 수 있고, 발포의 강렬한 반동도 제어할 수 있으며, 수백 발의 탄환을 들 수 있어서 걸어 다니는 탄약고로 변할 수 있다.

"그 자식, 나를 이용해 신형 시인을 실험하고 있는 건 아니겠지⋯⋯!"

사이가는 탄막 속을 뛰쳐나와 총탄이 잇따라 근처를 스치는 가운데 냉정하게 그레이버를 들고 방아쇠를 당겼다. 일곱 발의 총탄이 시인들의 머리에 명중해서 그들은 털썩 쓰러졌다.

동시에 사이가는 달리기 시작했다. 탄막에 틈이 생기자 그곳을 빠져나가 단숨에 시인들에게 다가갔다. 그레이버의 총대로 시인 한 마리의 머리를 부수고 바지 뒤쪽에 꽂아뒀던 P228 권총을 꺼냈다. 작고 가벼운 총으로, 체이스의 백업용을 실례해온 것이다.

재빨리 연사해 여섯 발의 탄환으로 시인 두 마리를 해치웠다. 다른 한 마리의 머리를 후려치고 나서 지그재그로 달려 나갔다. 대충 움직이는 것이 아니라 발포음으로 사선을 예측해 피하고 있는 것이다.

"⋯⋯⋯⋯큭!"

오른쪽 발목에 날카로운 통증이 퍼졌다. 지면에 부딪혀 튄 유탄이 다리를 스친 것이다. 아무리 그래도 유탄까지는 예측할 수 없다. 하지만 찰과상이다. 이 정도라면 충분히 뛸 수 있다.

사이가는 P228을 쏘며 더 멀리 돌아 목적지로 향했다. 2분 정도 달리자 총성이 끊겼다. 그들은 목표를 확인하지 않는 한 쏘지 않는 모양이다. 아직 쓰기에는 불편하지만, 시인의 양산화에 성공하면 사자 군단을 만드는 것도 가능하리라.

위협적이기는 하지만——고작 한 사람을 상대로 쓰기에는 효율적이지 않다. 다만 사이가가 아니라면 벌집이 됐겠지만 말이다.

"빌어먹을…… 환영이 너무 열정적이잖아. 마야네 집에 놀러가도 이렇게까지 환영받지는 않을 거라고."

사이가는 길에 접한 부티크의 벽에 기대 주저앉았다. 바지 자락을 걷고 주머니에서 꺼낸 손수건을 감았다. 파란 천이 순식간에 검게 물들어갔다. 뼈에도 근육에도 이상은 없지만 살이 크게 베여서 출혈이 많은 것이리라.

"이만큼 고생했어. 시즈카를 구하면 포옹 한두 번 정도는 기대——."

말하다가 사이가는 눈앞에 뭔가가 툭 떨어진 것을 눈치챘다.

시인이다——.

"어디서 온 거……!"

시인은 사이가를 덮듯이 손을 뻗었다. 그 차가운 손이 사이가의 목덜미를 쥐었다. 위험하다. 노 헤드는 단숨에 피를 빨아들인다──.

하지만 그는 여전히 앉아 있었다. 이 자세로는 펀치도 킥도 시인을 해치울 수 있을 정도의 위력이 나오지 않는다. 그레이버도 P228도 탄창은 텅 비었다.

사이가는 망설이지 않았다. 왼쪽 발뒤꿈치를 꽉 누르자 신발 끝에서 칼날이 튀어나왔다. 재빨리 다리를 차올려 시인의 관자놀이를 찔렀다. 발끝을 흔들며 쑥 뽑아 뇌를 완전히 파괴했다. 신발에 장치된 날붙이는 사이가의 비밀 무기 중 하나다. 전에 마야에게 들켜서 "만화를 너무 봤어" 하고 비웃음을 샀지만, 뭔가가 도움이 될지 알 수 없는 법이다.

사이가는 일어나 탄창을 꺼냈다. 갑종 근무 태세로 많은 탄창을 가지고 나온 데다 일단 밖으로 나오지 않는 나카가와의 탄창도 전부 받아왔다. 탄환은 아직 충분히 있었다.

"……그렇다고 생각했는데 말이야. 뭐야, 오늘은 축제라도 되는 거야?"

사이가가 있는 길의 어느 쪽에서든 시인 무리가 다가오고 있었다. 완전히 협공 태세다.

"뭐…… 그렇겠지."

사이가는 히죽 웃었다. 새삼스럽지만 중요한 것을 깨달
았다.

여기는 봉쇄 구역 안이다. 아무리 그래도 개미 한 마리 들
어가지 못할 만큼 엄중하게 봉쇄되고 있지는 않지만, 이렇게
나 대량의 시인이 경찰에게도 들키지 않고 들어올 수 있을
리가 없다.

시부야의 주변에는 이곳저곳에 지하도와 지하철이 있다.
어디든 봉쇄되어 있지만 경찰이 서 있지는 않다. 은밀하게
돌파하는 것도 불가능하지는 않으리라. 사이가도 만약 모종
의 이유로 시부야에 들어올 수 없게 된다면 그 방법으로 들
어가야겠다고 생각하고 있었다.

누군가가 사이가의 움직임에 맞춰 시인들을 차례차례 투
입하고 있다. 전술을 구사하고 있는 것이다.

"좋아, 그렇게 몰아넣은 것 같겠지. 어느 쪽이 사냥하는 쪽
인지 가르쳐주지."

사이가는 웃으면서 손에 들고 있던 탄창을 주머니에 넣고
다른 탄창을 꺼냈다.

다가오는 시인에게는 총을 손에 든 타입도 몇 마리 있
었다. 하지만 도망칠 수 없다. 도망칠 생각도 없다.

이 앞에는 그 남자가 있기 때문에.

그리고 이제 두 번 다시——3년 전처럼 소중한 사람을

잃지는 않는다. 아무것도 어려운 것은 없다. 존 두의 정체를 확인하고 녀석이 저지른 일의 책임을 지게 한다.

시즈카를 구하고, 그리고━.

"그리고?"

입 밖으로 소리 내 말하고 사이가는 망설였다. 그리고 어쩌려는 거지?

아니, 그런 건 끝나고 나서 생각하면 될 일이다. 그렇다, 끝내주마. 3년 전 지옥에서 시작된 인연에 결말을 짓는 것이다.

"가볼까……!"

사이가는 중얼거리고 그레이버에 새로운 탄창을 끼웠다. 그리고 밀집된 시인 중 한 마리에게 세 발을 쏘자━.

그 시인의 몸이 불꽃을 뿌려서 주위의 동료들을 태우며 쓰러져갔다.

"제2종 집행 실탄, 타입 플레임 스로워."

나노 테르밋이라고 불리는, 폭발적으로 연소를 일으키는 혼합물을 압축해 탄두에 넣은 탄환이다.

"총알을 맞은 상대뿐만 아니라 주위를 휩쓸어 화려하게 불타오른다. 연소 시간은 불과 몇 초지만 몇 발만 쏘면 주변 전체를 불바다로 만들 만큼 위험해. 갑종 근무가 아니면 우선 사용 허가가 안 나오는 탄환이야."

몸이 타면서도 시인 몇 마리는 사이가에게 아직 다가오고
있었다. 그들이 모조리 타는 것이 먼저일까, 사이가의 피가
모두 빨리는 것이 먼저일까.

"슬슬 다른 경찰들도 돌입해올 거야. 공적을 가로채이는
건 못 참지. 얼른──끝내볼까!"

목적지가 코앞──시부야 역이 이제 곧 저기 보였다.

시부야 역은 다이쇼 시대부터 빈번하게 증개축을 반복해
서 수많은 노선이 입체적으로 교차하는 복잡하기 그지없는
구조로 이루어져 있었다.

몇 번인가 출입구나 통로의 봉쇄 등으로 정리되면서도 다시
새로운 증개축으로 인해 미궁으로 변하는 과정을 반복했다.

완전 봉쇄되기 이전에는 익숙한 이용객이라도 때로는 헤
맬 정도였다고 한다.

다만 사이가는 전혀 헤매지 않고 목적인 홈으로 걸어갔다.
어두운 통로를 지나 계단을 올라갔다. 불과 3년 동안 사용
되지 않았을 뿐인데 이곳저곳이 노후화되어 거무스름해져
있었다.

계단을 올라가 홈으로 나왔다. 3번, 4번선──신주쿠 · 오
미야 방면, 오사키 · 요코하마 방면, 그리고 나리타 특급의
승차장이다.

그녀는──요와는 이 홈에 오고 싶어 했다.

아니, 사실은 어디든 좋았으리라. 나리타 공항까지 가면 이 시부야에서 가장 먼 곳까지 날아서 갈 수 있다는 것뿐이었다.

크레이돌의 아이들도 외출이 금지돼 있지는 않았다. 모두 GPS 발신 장치를 단 팔찌를 차지만 크레이돌의 2킬로미터 권내라면 행동은 자유로웠다. 물론 실험 일정이 최우선이기는 했지만 말이다.

크레이돌의 부지는 번화가의 한가운데 있다. 2킬로미터라면 대부분의 볼일을 마칠 수 있었다. 하지만──어차피 넓은 새장일 뿐이었다.

탈주를 계획하는 아이도 없지는 않았지만 모두 실패로 끝났다. 크레이돌의 감시 태세는 완벽했기 때문이다. 애초에 도망치는 아이는 거의 없었다. 도망친다한들 자신이 있을 곳은 어디에도 없다는 것을 알고 있었던 것이다.

그래도 그녀는 도망치고 싶어 했다. 아니, 멀리 가고 싶어 했다──.

사이가는 딱히 어디도 가고 싶지 않았다. 그녀가 있는 곳이라면 어디든 좋았다. 비인도적인 실험 시설이든 난키시라하마든 텔아비브든.

하지만 지금은 여기에 있다. 사이가도 요와도 어디에도

가지 못했던 것이다──그래서 그는 시부야 역의 홈에 있다.

JR 시부야 역의 홈은 죽음의 행진 1년 전에 대폭적인 개축이 실시됐다. 결국 새롭고 넓은 홈은 거의 쓰이지 못한 채 무인역이 되고 말았지만.

개축에 의해 높은 천장은 유리 재질로 바뀌어서 어스름한 달빛이 비치고 있었다.

홈에는 누구의 모습도 없었다. 존 두가──존 두라고 짐작되는 남자가 불러낸 장소는 여기가 틀림없다. 어째서 그 남자가 요와와 사이가밖에 모르는 이야기를 들고 나온 것일까──.

사이가는 발소리를 가볍게 내며 걸어갔다. 홈의 중간까지 가자──.

"흐음, 총상은 세 개. 어깨와 허리와 발목인가. 마치 노린 듯이 근육도 신경도 비껴갔어. 훌륭하군. 역시 사이가 요야."

"⋯⋯⋯⋯⋯."

스스로도 의외일 만큼 사이가는 냉정한 채로 옆을 돌아봤다. 선로를 사이에 둔 반대편 홈에──그곳에 있는 벤치에 한 남자가 앉아 있었다.

"예상보다 6분이나 빨라. 어지간히 서둘러 온 것 같군. 하하하, 그렇게 서둘지 않아도 나는 도망치지 않았네."

"⋯⋯3년 동안 계속 도망친 남자가 하는 말을 믿으라고?"

벤치에 앉아 있는 것은 아마 40대에서 50대 정도의 남자였다. 머리는 약간 짧고 흰머리가 섞여 있었다. 회색 정장에 푸른 셔츠, 넥타이의 색은 선명한 붉은색이었다. 번쩍번쩍하게 닦인 가죽구두를 신고 있었다.

옷차림이 특별히 좋지도 않고 지극히 평범한, 어디에나 있는 중년 남자였다.

하나 이상한 점이 있었다. 여름인데 코트를 걸치고 양손을 주머니에 찔러 넣고 있었다.

"……시즈카!"

그때가 되어 사이가는 알아차렸다. 남자가 앉아 있는 벤치와 나란히 놓여 있는 또 다른 벤치에 시즈카가 누워 있었다. 짧은 머리가 헝클어져서 드러난 이마에 흰 거즈가 붙어 있었다.

남자에게 의식을 너무 집중해서 알아차리지 못했던 모양이다.

"시즈카! 이 자식, 시즈카한테서 떨어져!"

"갑자기 격앙했군, 사이가 요. 아까 전화로 말했을 텐데, 그녀는 무사해. 진정제로 재웠을 뿐이야. 조금 다치기는 했지만 말이야. 차의 전주위방어벌룬은 충격 흡수성이 높지만, 튀어나온 기세에 다치는 경우가 종종 있지. 무슨 일이든 완벽할 수는 없으니까."

"차 영업 얘기를 늘으러 온 게 아냐. 시즈카를——내놔."

"자네는 대체 몇 마리의 토끼를 쫓을 셈이지? 세계를 지옥으로 바꾼 남자에 대한 복수? 소중한 여성과의 이루지 못한 재회? 이참에 아름다운 상사가 있는 현재의 생활도 유지하고 싶은 건가. 너무 욕심이 많군."

남자는 하하하, 하고 귀에 거슬리는 목소리로 웃었다. 사이가는 귀 안쪽에서 벌레가 기어 다니는 듯한 오한을 느꼈다.

"적어도 지금 그중 두 개에 손이 닿았어."

사이가는 그레이버를 들었다. 맞은편 홈까지의 거리는 20미터도 되지 않는다. 그의 실력이라면 눈을 감고도 맞힐 수 있는 거리였다.

"하하하, 그만둬. 내게 불필요한 살인을 하지 않게 해줘."

"⋯⋯⋯⋯큭!"

남자는 천천히 주머니에서 오른손을 꺼냈다. 그 손에는——권총이 쥐어져 있었다.

"S&W M29 44매그넘. 'Go ahead Make my day'. 그렇게 젊으니 더티 해리는 본 적 없으려나?"

"네놈 역시 아직 태어나지 않았을 때 나온 영화잖아. 뭘 잘난 척이야."

그렇게 말하면서도 사이가는 희미하게 동요하고 있었다. 남자의 총구는 시즈카의 머리를 겨냥하고 있다. 그쪽의 거리는 대략 1미터. 대충 쏴도 맞힐 것이다.

"내가 혼자서 오면 돌려준다고 하지 않았나? 뭐…… 알고는 있었지만……."

"이런, 잠깐만. 넘겨짚지 말게나. 그녀는 물론 돌려줄 거야. 다만…… 지금 돌려주면 그 큰 총이 내 머리를 꿰뚫을 거잖아?"

"그런 걸 신경 쓸 필요는 없어. 네가 무슨 짓을 하든 머리를 꿰뚫릴 건 변함은 없으니까. 시즈카를 드레스로 치장하고 왕관까지 씌워서 정중하게 돌려줘도 결과는 똑같아. 이 거리라면 네가 시즈카의 뒤에 숨은들──."

말하다 말고 사이가는 알아차렸다. 홈의 양쪽 끝에서 강렬한 살기가 풍겨 나오고 있었다. 더욱이 철컥 하는 희미한 금속음이 울렸다.

"……저격수인가."

사이가는 남자를 응시한 채 중얼거렸다. 모습은 보이지 않지만 확실히 몇 사람인가, 적어도 두 명이 여기에서 몇 백 미터 떨어진 곳에 숨어 있었다. 금속음은 저격총의 볼트를 당겨 탄환을 장전한 소리이리라.

"만약을 위해서야. 자네가 이상한 짓을 안 하면 쏘지 않아. 이참에 말해두겠는데, 나도 방아쇠에 손을 걸고 있어. 머리를 꿰뚫리면 그 반동으로 나도 모르게 방아쇠를 당길지도 몰라. 이 거리라면 아마 그녀에게 맞겠지. 이 44매그넘이라면 웬만큼 운이 좋은 게 아니라면 무조건 죽을 테고."

"…………."

사이가는 대답할 수 없었다. 확실히 선불리 이 남자를 쏠 수 없게 됐다. 남자의 권총을 날리고 머리를 쏜다──아니, 저격수가 있는 이상 시즈카가 무사한 채로 상황이 종료되지 않는다.

"알아준 것 같군. 뭐, 그걸 겨눈 채라도 상관없어. 그럼 아까 하던 얘기를 계속하겠는데, 상당히 애쓴 것 같군. 총 시인은 아직 개량의 여지가 있겠어."

남자는 즐거운 듯이 말했다. 총 시인이라는 것은 사격을 가능하게 한 시인을 말하는 것이리라.

"그 분발에 경의를 표하고 질문에 대답하도록 하지. 응? 묻고 싶은 게 있지 않았나?"

"……이름은?"

"응?"

"네놈의 이름말이다."

사이가는 그레이버의 조준을 남자에게 고정하며 말했다.

"아, 이름말인가. 그러고 보니 아직 이름을 안 밝혔나. 하지만 자네가 부르고 싶은 이름을 말할 수밖에 없겠어── '존 두'라고."

"…………."

사이가는 자신도 모르게 방아쇠를 당길 뻔하다 가까스로 생각을 멈췄다. 온몸에서 땀이 줄줄 흐르고 심장이 종처럼 울렸다. 그래도 들어 올린 총구는 조금도 흔들리지 않았다.

"말도 안 되는 이름이지만 이게 가장 알려진 이름이 되고 말았어. 물론 부모에게 받은 이름은 있지만, 가르쳐줄 필요는 없을 것 같군."

"정말로, 네가…… 존 두인 거냐."

사이가는 다시금 눈앞의 남자를 응시했다. 어떻게 봐도 이렇다 할 특징 없는 중년 남자다. 만약 길거리에서 스쳐 지나가도 1초도 기억에 남지 않으리라. 감이 날카로운 마야라 할지라도 예비지식 없이 본다면 아무것도 느끼지 못할지도 모른다.

크레이돌의 중핵에 있었고 죽음의 행진을 일으킨 괴물. 정체도 목적도 불명. 실제로 있는지조차 판명되지 않았다.

"의심하고 있는 것 같군, 이 녀석이 정말로 존 두인가 하고."

"……뭔가 증거라도 있나?"

"없어! 애초에 그쪽도 존 두가 누구인가 정의를 못 내리고 있지 않나."

남자는 싱긋 웃었다. 사물을 모르는 학생에게 지식을 자랑하는 교사 같은 얼굴이었다.

"그러면 말할 수 있는 거라도 말해봐. 주소, 성과 나이, 직업, 전화번호, 혈액형에 별자리와 좋아하는 색. 뭐든지."

"자네는 조서를 꾸미는 걸 싫어하지 않나? 갑자기 일에 열심이로군. 자네만큼 경찰에 어울리지 않는 남자도 드물어. 차라리 내 쪽이 어울릴 정도야."

"…………."

사이가는 입을 다물고 남자를 노려봤다. 조서는 싫어해도 이 남자만큼은 예외였다.

"그래그래, 자네들도 내 정체에 대한 고찰 정도는 했겠지. 경찰 관계자라고 의심한 정도이려나?"

"……뭐라고?"

사이가는 당황하지 않았다. 자신의 생각을 간파해도 이상하지는 않다. 사이가가 존 두의 종적을 발견했듯이 그 역시 자신이 종적을 따라간 것을 알아차렸던 것이다.

"이제 와서 그런 건 아무래도 좋아. 네가 눈앞에 있으니까. 애초에 네놈이 진짜 존 두라면 말이야──."

"아아, 그렇군. 어쩌면 자네는 존 두가 자기 근처에──아는 사이일지도 모른다고 생각했던 건가? 크레이돌, 경찰, 자네가 관련된 두 조직에 나도 있다. 자네 주위의 정보도 새어나가고 있다. 뭐, 그렇게 생각해도 이상하지 않아."

존 두는 웃고 어깨를 으쓱했다.

"드라마처럼 극적으로는 좀처럼 안 돼. 자네 주위라 해도

너무 넓어. 경찰은 거대한 조직이고 크레이들의 모르그에서
는 협력자에 직접 접촉하는 건 극히 한정된 연구자뿐이었어.
연구자 태반은 연구실에서 샘플이나 데이터와 마주하는 게
일이야."

"블레스 바이러스의 조성이나 연구 방법을 설명해도 증거
는 안 돼. 경찰에 들키지 않고 도망 다니는 연구자는 한두 명
이 아닐 테고. 연구 결과에 해박해도 그게 존 두이냐 아니냐
는 판단할 수 없어."

"흐음…… 역시 내가 누구인지 증명할 수 없군. 뭐, 신경
쓸 정도의 일도 아니지 않나?"

"……뭐라고?"

사이가는 저도 모르게 한 걸음 내딛을 뻔했다. 만 명이나
되는 인명을 빼앗은 남자에 대해 신경 쓰지 말라고 말한들
무리한 이야기다.

"네놈은 3년 동안 몰래 도망 다녔어. 자신의 정체를 숨기
고 과거를 숨기고 경찰의 정보를 훔쳤어. 여기서 확실히 해.
경찰에 부하를 심어놓은 거냐? 아니면 ——네놈 자신이 시
치미 떼는 얼굴로 경찰에 있었던 거냐?"

"하하하하, 백 번 사형당해도 부족할 중범죄자가 실은 경
찰에 있었다니! 근사하게 웃기는군! 그야말로 드라마가 아니
면 불가능한 얘기야!"

"······대체 누구냐 넌."

사이가는 비슷한 질문을 반복했다. 그는 냉정하고 침착해서 대량의 시인을 앞에 둬도 초조해하지 않고 싸울 수 있었다. 하지만——원수일지도 모르는 남자를 앞에 두고 스스로도 의외일 만큼 평상심을 잃어버렸다.

"아니, 정체는 나중에 확인하면 돼. 적어도 유괴, 총기불법소지, 봉쇄구역에 허가 없이 침입, 공무집행방해, 거기에 내 기분도 상하게 했어. 체포한다."

"오호, 또 경찰이 되셨군. 나를 쏘는 건 포기한 건가. 애초에 그 말은 처음에 해야 하는 거 아닌가?"

존 두는 큭큭 웃고 있었다. 생각해 보니 이 남자는 조금도 움직이지 않았다. 인질이 있다고는 하나 사이가 정도의 사수가 총구를 향하고 있는데 태연하다니 이상하다.

"하하하, 만 명을 시인으로 바꾼 건 무슨 죄가 될까. 한동안 와이드쇼든 신문이든 기삿거리는 떨어지지 않겠어. 내가 누구인지 경찰도 매스컴도 필사적으로 찾겠지. 자, 누가 가장 빨리 정체를 밝혀낼까!"

"네놈이 말하면 그대로 끝날 일이야."

"정체는 누구든 숨기고 있어."

"——뭐라고?"

웃던 존 두가 갑자기 정색하자 사이가는 그 얼굴에 위화감을 느꼈다. 뭔가 분위기가 바뀌었다——.

"예를 들어 그녀 역시 그래. 나카조 시즈카 경부, 매장계의
계장. 재색을 겸비하고 장래가 촉망되는 커리어조. 뭐, 지금
은 출세를 바랄 수 없는 부서에 있지만 아직 만회는 가능하
겠지. 높으신 분의 아들하고 결혼이라도 하면 말이지."

"나도 어지간히 입이 험하지만 성차별은 안 해."

"이제 와서 하나 정도 죄가 늘어도 대단치는 않아."

"……관둬!"

사이가는 총의 손잡이를 꽉 움켜쥐었다.

존 두가 일어나 권총의 총구를 시즈카의 머리에 들이댄 것
이다.

"괜찮아, 가능하면 쏘지 않고 싶어. 아니, 정말이야. 그녀
는——노노미야 소이치 박사의 손녀 아닌가."

"…………………."

사이가는 숨이 멎을 만큼 놀랐다.

설마 그 사실을 아는 자가 있을 줄이야——.

"도쿄대 생명공학 연구소의 소장으로 크레이돌의 외부 연
구원. 사실은 블레스 바이러스 개발의 실질적인 책임자. 빛
나는 연구 실적을 가진 천재적인——혹은 병적인 연구자였
던 사람이야. 그는 무서울 만큼 연구광이었지만 젊을 때는
남들만큼 욕망도 있었던 모양이야. 준교수였던 시절 제자 힌

사람을 임신시켰어. 다만 임신이 드러나고 그는 바로 독일의 베를린 의과대학으로 유학을 떠나 인정도 하지 않았어. 태어난 아들과는 만난 적조차 없다더군. 애가 밤에 우는 게 싫어서? 아니면 양육비가 아까웠던 걸까. 연구직은 박봉이니 말이야. 하지만 나이를 먹고 나서 기가 약해진 모양이야. 손녀에게는 흥미를 가지고 귀여워했다지 않은가. 호적상으로는 아무런 연고도 없는 듯하지만."

"……나불나불 잘도 떠드는군."

사이가는 총을 든 채 가만히 듣고 있었다. 바로 거기에 있는 남자는 사이가가 아는 이상의 정보를 가지고 있는 듯했다. 시즈카는 할아버지가 크레이돌의 관계자였다는 이야기를 지극히 한정된 사람 외에는 말하지 않았을 텐데 말이다.

"자네는 잘 알고 있는 듯하군. 매장계에서 알고 있는 건 자네뿐인가?"

"매장계에서는 말이지. 나 역시 필요 이상은 몰라. 여자의 과거를 뒤지는 촌스러운 짓은 안 해."

실제로 사이가는 방금 존 두가 한 이야기를 대부분 듣지 못했다. 그 자신이 크레이돌에 있었기 때문에 조직의 실질적인 책임자와 그 손녀라는 사실을 알고 있을 뿐이다.

"이 여성도 대단한 사람이야. 이런 귀여운 얼굴을 하고 동료에게도 자신이 죽음의 행진의 원인을 만든 남자의 혈연이라는 것을 숨기고 있어. 확실히 매장관은 죽음의 행진으로 어떤 피해를 받은 자가 많지 않았나? 직접 휘말린 자, 가족이나 친구, 연인이 휘말린 자, 시부야라는 고향을 잃은 자——트라우마투성이, 영화가 백 편이 만들어질 듯한 비극투성이 무리야. 그들이 자신들의 보스가 시인을 만든 장본인의 손녀라는 것을 알면 어떤 반응을 보일까?"

"할아버지의 죄를 손녀에게라도 지우라는 건가? 이 나라의 법이 언제 중세로 돌아갔지? 모반을 일으키면 일족과 가신을 몰살시키는 건가?"

"감정은 이치로는 해결할 수 없어. 지금 내가 나카조 시즈카를 깎아내리자 자네가 격앙하듯이 말이야. 여기서는 냉정함을 유지 못 하면 안 된다는 것을 알면서."

"…………."

사이가는 미약하게 총구가 떨리고 있는 것을 알아차렸다. 확실히 냉정함을 잃어버렸다.

"……신기하군. 내가 알기로 자네는 무서운 집념으로 수단을 가리지 않고 나를 쫓았어. 시인을 죽이기 위해서라면 어떤 무모한 짓도 해왔지. 그레이버의 발포 건수는 자네가 확연히 많아. 처음부터 확보라는 방법을 전혀 고려하지 않은 거야. 그렇게까지 하는 자네가 인간을 죽이는 짓만은 절대로 하지 않아. 지금 나카조 시즈카를 버리면 이 나의 머리를 꿰뚫을 수 있는데 왜 하지 않지?"

"그걸 알아서 뭐 하려고? 그걸 기억한 뇌세포는 당장이라도 땅바닥에 뿌려지게 될 거야."

"아아, 이걸 처음에 말했어야 했군. 자네에게 흥미가 있어. 나를 몰아붙인 자네에게——."

"나는 몰아붙이지 않았어. 네가 나를 부르고 멋대로 나타난 거잖아."

"빠르냐 늦느냐의 차이일 뿐이야. 자네는 내 그림자를 밟을 수 있는 곳까지 다가왔어. 언제 올지 가슴을 두근거리며 기다리는 것도 즐겁지만 끝까지 기다릴 수 없게 된 거야."

"인내심이 어지간히 없군. 그런 이유로 내 앞에 나타난 건가?"

"흑막인 체하는 것도 지루하거든. 화려한 총격전도 동경하고 말이야. 자네 같은 명수와 벌이는 건 꽤나 무섭지만. 그래서——질문에 대한 대답은?"

사이가는 입술을 꽉 깨물었다. 설명할 의리도 필요성도 느끼지 못했다. 하지만——.

"나는 아무도 죽이지 않아. 죽음을 너무 많이 봐왔어. 어릴 때부터 실험에 쓰이다 죽는 녀석들은 얼마든지 있었어. 그리고——."

"죽음의 행진인가?"

"한 사람의 죽음도 보지 않고 인생을 마치는 녀석 역시 있을 거야. 하지만 나는 만 명의 목숨이 사라진 것을 보고 말았어. 이 이상——죽게 내버려둘 수 있겠냐!"

사이가는 마음 깊은 곳에서 솟아나는 고함을 질렀다. 설령 자신이 죽을 위험이 있다고 해도 누군가의 목숨을 **빼앗을** 생각은 없었다.

"그 반동이 무시무시하기까지 한 시인에 대한 증오, 나에 대한 집념이 된 건가. 역시 자네는 기묘한 남자야. 아니면 크레이돌이 기른 최고의 걸작이 자네일지도 모르겠어."

"……어째서냐."

사이가는 쥐어짜듯이 말했다.

"어째서 죽음의 행진을, 그런 바보 같은 사건을 일으킨 거냐?! 네놈도 크레이돌의 일원이었을 텐데! 어째서 조직을 괴멸시킬 만큼 시인을 풀었어?! 대체 뭐를 위해——요와는 사라진 거야!"

"카스가 요와. 블레스의 모판인가. 아아, 그녀의 단말기는 그 사건 때 회수한 거야. 정말 우연히 주웠어. 그녀는 우수한 실험체였지."

존 두는 총구를 시즈카의 머리에 들이댄 채 먼 곳을 보듯이 말했다.

"토커——그렇게 불리는 그들은 카스가 요와의 체내에서

변이시킨 바이러스를 감염시킨 실험체에서 최초의 한 마리가 태어난 거야."

존 두는 멍한 얼굴로 설명을 이어나갔다.

"게슈펜스트 바이러스든 블레스 바이러스든 숙주가 죽지 않는 한 시인화시키지는 않아. 하지만 카스가 요와에게는 상궤에서 벗어난 양의 바이러스가 투여됐어. 솔직히 살아 있는 게 신기할 정도였지만——그녀는 모든 실험을 견디고 살아남았어. '토커'를 만든 것이 그녀의 최대 성과였지."

사이가는 할 말을 잃었다.

그 성과를 위해 요와가 얼마나 괴로워했는지——이 남자는 알고 있는 걸까.

"다만 토커가 태어나는 이유도 결국 알지 못했지. 연구는 완전히 막혀 있었어. 예의 독일 병사를 시인으로 바꾼 바이러스——편의상 '원종'이라고 불렀는데, 그것이 완성작이었을지도 몰라. 그가 남극을 백 년 동안 헤매는 동안 몸속에서 바이러스가 변이해서 과학자들이 추출할 수 있었던 건 변이 바이러스뿐이었어. 독일 병사는 그 불모의 얼음 대륙에서 백 년이나 살아남았지. 하지만 현대의 시인은 영양 보급 없이는 며칠 만에 활동에 지장이 생기고, 그 뒤로는 개체차가 크지만 반년에서 1년이면 육체가 붕괴돼. 독일 병사의 불사성은 경이적이지만——그것도 결국은 해명하지 못했어."

거기까지 말하고 존 두는 슬픈 듯이 고개를 저었다.

"모판의 성과도 이제 바랄 수 없을 것 같았어. 크레이돌은 사건이 일어나지 않아도 조만간 해체됐을 거야. 불로불사는 꿈에 불과하다는 것을 출자자들도 슬슬 깨닫고 있었으니까."

"요와를——모판이라고 부르지 마! 그 녀석은 누구보다 살아야 하는 여자였어! 누구보다도! 네놈들 크레이돌은 요와에게서 행복도 삶도 뭐든지 빼앗았어!"

"겨우 진짜 자네가 보이기 시작한 느낌이 드는군, 사이가 요. 뭐…… 미워하지 말게. 카스가 요와, 자네가 말하는 대로라면 살아야 하는 여성이었겠지. 하지만——자네처럼 살아남지 못했어. 사이가 요, 자네는 높은 생존력을 가진 남자야. 가장 많이 시인을 상대해왔는데 지금도 살아 있어. 믿기 힘든 일이야."

"내 얘기는…… 상관없어!"

아니, 사이가는 이 남자에 대한 분노 이외의 모든 것이 아무래도 좋아지기 시작했다. 복수귀가 될 생각은 없었지만, 존 두를 눈앞에 두고 냉정하게 있을 수 있을 리도 없었다.

"하하하, 엄청난 기세로군, 사이가 요! 그래도 아직 나를 쏘지 않다니, 대단한 인내심이야! 아아, 호기심이 생겨 묻겠는데, 만약 사람을 죽이면 어떻게 할 셈이지?"

"경찰을 그만둘 거다. 내 충동에 휩쓸리는 나날은 끝이야.

어차피 지금 여기서 끝나겠지만 말이야! 네 놈을 죽이고!"

"호오."

존 두는 놀란 듯이 눈을 크게 떴다. 그의 표정이 이렇게까지 크게 움직인 것은 이것이 처음일지도 모른다.

"경찰을 그만둬도 커스가 투여된 위험인물은 자유로워질수 없어. 내일부터 피자 배달부가 될 수 있는 게 아니야. 최고로 운이 좋아도 경찰 관계 연구소에서 죽을 때까지 모르모트 신세가 되겠지. 시미파 녀석들의 재취직 자리 말이야. 그들도 감시가 붙은 채 한직에 박혀 있지만."

"네놈의 재취직 자리는 없어. 최고로 운이 좋아도 비공개로 형무소 독방에서 구속된 채 평생을 마칠 거야. 《양들의 침묵》은 봤어?"

"혀깨물기 방지 마스크에 구속복, 오렌지색 바지였나. 동경해. 노스페라투에서 탈환하는 것을 막기 위해 경찰은 성대하게 세금을 들이붓게 되겠지. 그건 그렇고 그렇게까지 분노로 이성을 잃었는데 인질 구출이 우선이로군."

"존 두. 나는 말이야——."

사이가는 그레이버를 강하게 움켜쥐었다. 조금씩 떨림이가라앉아 갔다.

"구하지 못하는 건 이제 사양하겠어. 여자 한 명 구하지 못하면 뭐가 경찰이고 형사고 매장관이야. 아무도 구하지 못

한다면——내가 매장되는 게 나아. 나 따위는 사라지면 돼. 하지만 그 전에——네놈만큼은 없애버리겠어!"

"사이가 요, 신념을 버리지 않으면 나는 죽일 수 없어!"

"너 따위를 죽이는 데 버려야 할 게 있겠냐!"

사이가가 소리치고 그레이버를 고쳐 쥔 것과 동시에——.

메마른 총성이 몇 발 울렸다. 홈의 양단, 저격수가 숨어 있는 방향이었다.

"사이, 여기는 정리했어!"

"인기 많군, 요! 상황 클리어, 가라!"

두 사람의 목소리가 멀리서 울렸다. 누구인지는 확인할 필요도 없었다. 사이가의 초대와 2대 파트너——체이스와 히무로 토오루였다.

우리 파트너는 꽤나 걱정이 많은 모양이야——사이가는 순간 쓴웃음을 지을 뻔했다.

어디에서 약속을 했는지 두 사람은 짜고 저격수를 해치운 모양이다. 이 호기를 놓칠 수는 없다.

사이가는 두 사람의 목소리가 들린 그때 이미 방아쇠에 손가락을 걸고 있었다.

그레이버가 폭발 같은 굉음을 내며 총탄을 두 발 발사했다. 쏘아진 탄환은 곧장 날아가——.

"⋯⋯⋯⋯큭!"

존 두가 총을 쥔 오른손에 명중했다. 한 발은 방아쇠에 걸고 있던 검지를 손가락 뿌리부터 날려버렸고, 또 한 발은 손등에 명중해 M29가 지면에 떨어졌다. 사이가가 한 발을 더 쏘려 한 차에 존 두는 뒤로 도약했다. 거의 예비 동작 없이 몇 미터나 뛰어올랐다.

역시 이 녀석도 시인——그렇게 깨달았을 때 사이가는 오싹했다. 지금의 지금까지 존 두가 시인인지 아닌지를 신경 쓰지도 않았다.

시인들의 조직 노스페라투의 우두머리니까 시인인 게 당연하다——고는 단정할 수 없다. 인간으로는 보이지 않았지만 아무런 증거도 없었기 때문이다.

그런데 사이가는 증거도 없이 머리를 쏘자고 결정했다. 신념도 맹세도 상관없이, 그만큼 피해온 살인을 했을지도 모르는 것이다.

사이가의 그 한순간의 틈을 파고들 듯이——.

"아니……!"

갑자기 홈 아래에서 뭔가가 화살처럼 뛰쳐나왔다. 그것은 사이가에게 날카롭게 육박해 은색 섬광을 펼쳤다.

"리퍼!"

"…………."

말없이 나이프를 휘두른 것은 예의 미청년——리퍼였다.

사이가는 가까스로 일격을 피하고 그레이버를 다시 쐈다. 리퍼는 가볍게 옆으로 발을 놀려 그 총격을 피하고 다시 나이프를 내리쳤다. 사이가는 그레이버의 총신으로 그 나이프를 받아내며 지면을 차고 뒤로 뛰어 간격을 벌렸다.

"……꽤나 좋은 타이밍에 나타나셨군, 리퍼!"

"존 두는 못 죽인다. 여기서 사라져라, 사이가 요."

사이가는 방심하지 않고 그레이버를 들었고, 리퍼도 나이프 두 자루를 교차하듯이 자세를 잡았다.

"하하, 사이가 요. 그는——노스페라투가 만든 최고의 짐승이야. 크레이돌 최강의 남자와 노스페라투의 짐승. 이거 재미있는 조합이로군."

"멋대로 재미있어 하지 마. 관람료는 비싸게 받을 테니."

사이가는 존 두 쪽으로 시선을 돌리지 못했다. 0.1초라도 눈을 돌리면 리퍼가 우리에서 풀려난 짐승처럼 달려들 것이다.

나이프를 든 리퍼의 모습에 사이가는 문득 생각했다.

이 남자, 나보다 강할지도 모르겠어——.

리퍼는 이전처럼 가죽점퍼를 걸치지 않고 긴소매 티셔츠를 입고 가슴 부위와 허리춤에 파우치——벨트 키트를 차고 있었다.

그는 기기에서 캔 같은 깃을 두 개 꺼내 지면에 던졌다. 순식간에 그것들에서 새하얀 연기가 뿜어져 나왔다. 발연 수류탄이다.

"쳇, 갑자기 잔꾀를 부리냐!"

사이가는 그레이버를 들고 초록색 투사 표시를 노려봤다. 이 대형 권총에는 간단한 열 감지 센서도 탑재돼 있다. 하지만 상대는 시인이다. 의태를 하지 않는 한 센서류로 포착하는 것은 불가능하다.

"⋯⋯⋯⋯큭!"

리퍼가 연기 속에서 나타나 사이가에게 다가붙었다. 다시 은빛 섬광이 번뜩였다. 마치 움직임의 중간이 빠진 것처럼, 리퍼가 나이프를 흔든 다음 순간에는 칼날이 눈앞에 다가와 있었다.

상반신을 젖혀 칼날을 피하며 사이가는 떠올렸다. 체이스는 리퍼의 움직임이 전혀 보이지 않았다고 이야기했다. 불필요한 움직임을 극한까지 제거하고 가장 짧고 가장 빠른 궤도로 공격을 반복하고 있는 것이리라.

사이가조차 눈으로는 거의 따라가지 못했다. 리퍼의 자세, 공기를 가르는 소리, 피부에 느껴지는 살기, 모든 감각을 동원해 궤도를 예측하고 있는 것이다.

"큭⋯⋯!"

사이가는 그레이버의 방아쇠를 당겼다. 폭음과 함께 쏘아진 탄환을 리퍼는 앞으로 미끄러지듯이 피했다. 적 역시 사이가의 움직임을 예측하고 있다. 그러지 않아도 총구를 보면 탄환의 궤도는 예측할 수 있다. 하지만 보통은 예측할 수 있다고 피할 수 있는 것이 아니다. 탄도를 읽는 동안 탄환이 몸에 박히기 때문이다.

하지만 리퍼라면 총알보다 빠르고 정확한 위치로 움직일 수가 있다. 게다가 단순한 속도라면 사이가보다 위였다.

블레스와 커스의 차이는 있지만 두 사람 모두 뇌의 기능을 확장시켜 신체 능력을 한계까지 끌어올렸다. 그래도 역시 개인차는 있었다.

사이가는 그레이버를 쥔 손을 물리며 한 걸음 앞으로 발을 디뎠다. 동시에 간격을 좁혀온 리퍼의 다리에 로우킥을 날렸다. 나무 배트라면 몇 자루를 한꺼번에 부러뜨리고 금속 배트라도 원래 형태를 볼 수 없을 만큼 변형시키는 것도 가능한 발차기였다.

"············음."

통증은 없어도 뼈까지 충격이 울렸는지 리퍼의 움직임이 멈췄다. 뼈나 근육이 손상되면 몸은 제대로 움직이지 않게 된다. 시인이라도 그것은 변하지 않는다.

"오오오오!"

사이가는 몸동박치기를 하는 기세로 리퍼에게 접근해 그

레이버의 총구를 박듯이 이마에 대고 방아쇠를 당겼다.

"⋯⋯⋯⋯큭?!"

리퍼는 도망치지 않고 앞으로 파고들었고, 그 기세로 이마에서 총구를 빗겨냈다. 사이가가 발포한 총알은 이마를 살짝 스치고 그대로 날아갔다. 시인이라 피는 거의 튀지 않았고, 살이 벗겨지는 통증도 느끼지 않고 나이프를 번뜩였다.

"크윽⋯⋯!"

리퍼의 나이프가 사이가의 오른 손목을 갈랐다. 아니, 얕았다. 가볍게 베인 정도다. 어떻게든 피했다. 다시 발포. 그 레이버의 머즐 플래시가 리퍼의 눈을 태웠다.

사이가는 그 틈을 놓치지 않았다. 리퍼의 왼쪽 손목을 잡아 앞으로 끌어당긴 후 품속으로 뛰어들면서 내던졌다. 아무런 저항도 없이──리퍼는 인형처럼 던져졌다. 그는 스스로 뛰어올라 몸을 빙글 회전시켜 다리부터 착지했다. 머리부터 떨어지는 것을 피한 것이다.

"쳇⋯⋯!"

사이가는 혀를 찬 후 리퍼의 팔을 놓고 뒤로 도약했다. 몇 미터나 뛰어 반대편 홈에 착지했다. 리퍼는 뒤따라오지 않고 나이프 두 자루를 고쳐 쥐었다.

"⋯⋯대체 어디에 숨어 있었지? 시인은 몰래 움직이든 요란하게 움직이든 전혀 모르겠단 말이지."

"존 두는 내가 지킨다."

"그런 대사는 좋은 여자한테 해줘. 거기 있는 우리 보스 같은——."

말하다가 사이가는 깜짝 놀랐다. 존 두가 모습을 감췄다——어디에도 없었다.

"어디야…… 어디 갔어, 그 녀석은! 어디로 갔냐고!"

"이제 그는 어디에도 없다. 네게는 그가 준 선택지가 있었다. 그걸 헛되이 했을 뿐이다."

리퍼는 조용히 대답했다. 역시 사이가 이상으로 냉정 침착——경험을 얼마나 쌓으면 전투 현장에서 이렇게까지 침착할 수 있는 걸까.

"……그렇군, 너는 존 두의 충견이야. 녀석을 위해 사는 게 유일한 목적인가. 이 시부야에 충견은 이미 충분한데 말이야."

"아니, 나는 전사다. 존 두라는 신을 위해 싸운다."

리퍼는 진지한 얼굴로 엄청난 말을 했다.

"존 두를 방해하는 자는 살아 있을 가치가 없다. 커스에 사자를 부활시키는 힘은 없었지? 그렇다면 너는——단순한 시체가 돼라."

리퍼의 나이프가 번쩍 빛났다. 그 빛은 그의 살의가 구체화된 것처럼 보였다.

사이가는 오른 손목의 봉승을 잠으며 천천히 뒤로 물러

났다. 조준을 리퍼에게 고정한 채 더욱 물러나 시즈카의 곁으로 다가갔다. 그녀 쪽을 보지 않고 손으로 목덜미를 만졌다. 두근거리는 맥박이 느껴졌다. 세계를 보며 속도를 확인할 정도의 여유는 없지만 아마 정상 동성리듬일 것이다. 정말 잠들었을 뿐이리라.

"체이스, 시즈카를 부탁해! 이쪽으로 와서 그녀를 지켜! ……괜찮겠지?"

"마음대로 해. 나는 그런 여자에게 흥미 없다."

멀리서 상태를 엿보던 체이스가 달려와 시즈카의 옆에 앉았다.

"살았어, 체이스. 가끔은 너한테라면 총을 맞아도 좋다고 생각해."

"그런 감사 인사를 받을 준 몰랐군. 아직 쏠 마음은 없지만 네 머리가 걱정이야."

"걱정 마, 커스를 맞기 전부터 이상했어."

사이가는 여전히 리퍼를 응시한 채 히죽 웃어 보였다.

파트너가 결국 달려온 데 불평 한마디를 하고 싶지만 일단 고마웠다.

"그런데…… 리퍼 씨. 그렇게 젊은데 이만한 미인에 흥미가 없다니 정서가 너무 말라 비틀어졌어. 물론 흥미를 가져 봐야 시즈카의 사랑의 매를 맞는 건 나쁘이겠지만."

사이가는 신소리를 하면서도 실제로 초조함을 느끼고 있었다. 존 두를 여기까지 몰아넣고 놓치다니——.

"그렇군, 아니면……나는 기대하고 싶은 걸지도 몰라."

"……뭐라고?"

"나는 명령 외에는 아무도 죽이지 않는다. 하지만…… 너는, 너 만큼은 명령이 없어도 죽이고 싶었다. 살아 있을 때도 잔뜩 죽였지만, 죽이고 싶다고 생각한 적은 한 번도 없었어."

"역시 살인청부업자 부류인가."

사이가는 경계를 더욱 높였다.

리퍼가 상당한 훈련을 쌓은 것은 이제 틀림없었다. 어딘가 자기류의 냄새도 나지만 결코 조잡하지는 않았다. 상당한 수라장을 헤쳐 나왔다고 봐도 좋으리라.

어쩌면 인간으로서, 시인으로서, 두 가지 죄를 합치면 사상 최악의 범죄자일지도 모른다.

"이건——내가 시인이 되고 처음 얻은 감정 나는 죽기 전부터 감정을 이미 잃었다. 그런데 시인이 되고 이런 감정을 가지게 될 줄이야. 사람의 피를 빠는 것 따위는 아무래도 좋아. 내 존재도 상관없다. 다만 너를 죽이고 싶다——죽이고 죽이고 철저하게 죽여버리고 싶어!"

"무슨 말을 하고 싶은 건지 전혀 모르겠군. 설마 사랑 고백은 아니겠지'?"

사이가는 평소대로 신소리를 하면서도 전율을 느끼고 있었다. 시인에게 가장 중요한 일일 터인 자기 유지조차 리퍼에게는 이차적인 문제였기 때문이다.

존 두에 대한 충성과 그 충성을 바치는 자를 해하는 존재에 대한 살의.

저번에 싸운 밴드맨의 꿈에 대한 집착은 발끝에도 미치지 못할 격정.

그 무시무시하기까지 한 감정의 분류가 사이가를 덮치고 있었다.

"너는 존 두의 목숨을 노리고 있어. 그것뿐이라면 다른 누가 죽여도 상관없어. 하지만 존 두는 네게――너에게 마음이 끌리고 있어. 그것만은――용서 못 해!"

"그러니까 무슨 소리를 지껄이는 거냐고! 남자 셋이 삼각관계냐?! 소름 끼치잖아!"

"이 증오로 너를 죽인다. 그건――내게 열락을 가르쳐주겠지."

"…………!"

오싹, 하고 사이가의 등줄기에 강렬한 오한이 퍼졌다. 역시 리퍼는 다른 시인과는 다르다.

리퍼의 과거에 무슨 일이 있었는지는 모르지만 그는 미쳤다고 할 만한 충성심을 가지고 있었다. 그것은 생전의 미련──잔향에 의한 것일까?

아니, 경위를 신경 쓰고 있을 때가 아니다. 존 두에 대한 충성심이 사이가에 대한 살의로 바뀐 것은 사실이다.

사이가의 머리는 어지럽게 회전해 순식간에 그 결론을 도출했다. 다분히 추측도 섞였고, 애초에 리퍼의 증오를 분석한들 의미는 없지만 말이다.

"젠장, 뭐야 이 귀찮은 상황은……!"

사이가는 욕설을 퍼부으며 그레이버를 들었다.

"그래, 힘껏 버텨라. 꼴사납게 발버둥 쳐라, 죽지 못한 자여……!"

리퍼가 높이 도약해 홈의 사이를 뛰어넘어──사이가의 곁에 있는 두꺼운 기둥을 차고 나이프를 휘둘렀다. 사이가는 몸을 주저앉혀 그것을 피하고 그레이버의 방아쇠를 당겼다. 리퍼는 다시 뛰어올라 순식간에 천장에 거꾸로 달라붙은 다음 또다시 사이가를 향해 달려들었다.

"젠장!"

교묘한 움직임에 사이가는 대응하지 못했다. 오른쪽 어깨를 깊이 베였지만 가까스로 무릎을 리퍼의 배에 꽂아 넣어 그 몸을 날려버렸다.

사이가와 리퍼는 동시에 넘어졌다 재빨리 자세를 바로하고 제각기 그레이버와 나이프 두 자루를 들었다.

두근 두근, 하고 사이가의 심장이 크게 울렸다. 이것은 존 두를 놓칠 것 같은 데서 오는 초조함일까, 압도적인 역량을 가진 적에 대한 두려움일까.

리퍼는——시인의 전투법을 알고 있었다. 대미지를 입는 것을 두려워하지 않았고, 지면에 다리를 붙이고 싸워야 한다는 상식 역시 무시했다.

리퍼는 사람일 때도 살인귀였지만 시인이 된 다음에도 새로운 살인 기술을 연마해왔을 것이다. 그에게는 과거에 지나온 길이지만, 다시 시작해 새로운 전술을 익혔다.

그렇다, 이것이 시인의 올바른 전술이다. 하지만 대부분의 시인은 인간이었던 시절의 인식을 벗어나지 못한다. 아리마 요헤이는 복싱에 얽매였고 밴드맨들은 총을 쏘는 것밖에 하지 못했다.

극단적으로 말하자면 총탄이 뚫지 못하는 두꺼운 강철 덩어리 헬멧을 쓰고 총을 든 후 적에게 총구가 닿을 정도로 접근해 발포한다——그 전술을 사용하면 대부분의 매장관은 어찌할 도리가 없으리라.

사이가라면 사격으로 팔다리를 날려버리고 마야라면 온몸을 조각조각 낼 수 있지만——리퍼는 그렇게까지 하지는 않아도 완전히 인간에서 벗어나 있었다.

그렇다면——.

"이쪽도 죽지 못한 자답게 갈 수밖에 없나……!"

"……! 이, 이봐, 사이! 너 설마……!"

체이스가 다급한 목소리를 냈지만 사이가는 들리지 않는 척을 했다. 파트너의 서포트가 있으면 전황은 바뀔 수 있다. 하지만 그에게는 시즈카를 지킨다는 역할이 있었다.

"……무슨 짓을 할 셈이냐, 매장관."

"춤추는 거야, 시인. 죽음에 손을 내밀어 그 녀석과 춤추는 거지. 누구보다 멋지게 스텝을 밟아. 그러면 어라 신기하게도 너는…… 말 못 하는 영혼이 되어 무덤에 들어가지."

사이가는 대담하게 웃으며 말하고 백업인 P228을 꺼냈다. 그리고——자신의 허벅지에 대고 느닷없이 쐈다.

"뭘…… 하는 거지?"

리퍼는 희미한 동요도 보이지 않고 말했다.

"보는 대로 대퇴동맥을 끊었어. 최고로 잘 풀리면 대량 출혈로 1분도 못 버티고 죽지. 피가 웅덩이처럼 고이고. 몸속을 돌아다니는 커스가 절단 부분으로 세포를 증식시켜 혈관을 막아주기는 하지만 말이야."

사이가의 몸에서 힘이 빠져나갔다. 마치 분수처럼 피가 흘러넘치고 있었다. 커스도 만능은 아니다. 파손 부분을 순식간에 고쳐주지는 못한다.

일반적이리면 즉시해도 이상하지 않을 상치디. 하지만 피손 부분이 조금씩 막히고 있는 덕분에 어떻게든 삶과 죽음의 기로에 매달려 있었다──.

"아아아아아아아아!"

사이가는 울부짖고는 지면을 차고 달리기 시작했다. 온몸에서 힘이 빠졌는데 힘이 가득 차 있었다. 모순되지만 사이가는 이제까지 없을 정도로 신체 능력을 발휘하고 있었다.

찰나도 걸리지 않아 리퍼의 눈앞에 육박해 왼쪽 주먹을 내질렀다. 리퍼는 머리를 재빨리 움직여 그 주먹을 피하고 나이프를 휘둘렀다. 사이가의 눈에는 그 나이프의 움직임이 처음부터 마지막까지 똑똑히 보였다.

사이가는 나이프를 피하고 미들킥을 날렸다. 짧은 궤도를 그리며 콤팩트한 발차기를 옆구리에 꽂았다. 물론 리퍼는 전혀 반응하지 않았다.

"하아압!"

나아가 리퍼의 오른 손목을 쥐고 몸을 숙이며 품속으로 파고들어 허리를 튕겨 올렸다. 마치 회오리처럼 리퍼의 몸을 휘감는 던지기였다. 이번에는 스스로 뛰어오를 틈도 없어서 리퍼는 머리부터 부딪──한 것처럼 보였지만 그는 충돌 직전에 자신의 손으로 머리를 감쌌다.

사이가는 자세를 흐트러뜨리지 않고 이번에는 머리를 노리고 무릎을 내리찍었다. 그러나 리퍼는 재빨리 물러나 그것을 피했다. 사이가는 끈질기게 리퍼를 따라붙어 강렬한 라이트 훅을 꽂아 넣었다. 묵직하고 날카로운 소리가 울리고 리퍼의 호리호리한 몸이 요란하게 날아갔다.

"……당한 척하지 마. 그 정도로 네놈의 뇌가 상처 하나 입을 리 없잖아. 스스로 뛰었으니까."

"대체 뭐냐. 어떻게 된 거지, 매장관?"

처음으로 리퍼의 얼굴에 희미하지만 당혹감이 떠 있었다. 자신의 다리를 쏘고 사이가의 움직임이 확연히 좋아진 이 상황을 이해할 수 없는 것이리라.

"간단해. 우리 몸속에 있는 커스는 숙주를 살려서 공존하는 걸 최우선으로 해. 생명의 위기, 생명을 위협하는 상대를 섬멸하기 위해서 한계를 뛰어넘은 힘을 뇌가 끄집어내줘. 존두만 아니라면 네놈과 한동안 놀아도 좋을 텐데 말이야."

"나도 너와 놀 생각은——없어!"

리퍼가 손목을 번뜩였다. 슝 하고 둔탁한 소리가 나고 사이가의 왼쪽 어깨에 투척용 나이프가 꽂혔다. 뼈까지 닿을 만큼 깊은 상처였다.

사이가의 머리 속에서 폭발적인 기세로 아드레날린이 분비되어 고통을 억눌렀다. 그레이버를 들고 한 발 쐈다. 가볍게 피한 리퍼에게 다시 접근해 총대로 후려쳤다. 이것도 리퍼는 상반신을 살짝 움직이는 것만으로 피하고 나이프로 목

덜미를 내리쳤다. 사이가는 피하지 않고 목의 피부를 살짝
베였다.

"……컥!"

이어서 리퍼가 날린 앞차기를 고스란히 배에 맞고 사이가
는 뒤로 날아갔다. 착지해 그레이버를 재빨리 세 발 쏴 견제
했다. 리퍼는 가볍게 스텝을 밟으며 총알 세 발을 멋지게 피
했다.

"쳇……."

사이가는 그레이버의 탄창멈치를 눌러 탄창을 빼냈다. 총
신에서는 연기가 피어오르고 있었다. 강력한 탄약을 발사하
는 그레이버는 총신을 달구기 때문이다.

이로써——그레이버는 총알이 떨어졌다. 갑종 근무로 증
량하고 동료의 몫까지 실례해온 대량의 탄환은 모두 다 쏘고
말았다.

"너야말로 어떻게 된 거냐, 시인. 잘도 획획 피하는군. 잭
더 리퍼는 여자를 죽이고 다녔다는데 현대의 잭 님은 경찰도
죽이는 거냐. 경찰 살인은 죄가 무겁다고."

"존 두를 위해서라면 죽이지 못하는 사람 따위는 없다. 사
람을 죽이지 못하는 너와는 달라."

"엿들었나. 귀를 쫑긋 세우고 홈 아래 숨어 있었던 건가.
주인님의 위기에 언제라도 달려 나갈 수 있도록. 진짜 충견

이로군. 꼬리가 없는 게 신기할 정도야."

"그 신소리는 즐겁나? 이제 충분히 즐겼으니까 슬슬 죽어라. 존 두를 위해서, 내 즐거움을 위해서."

"어차피 오래 살지도 못해⋯⋯."

사이가는 가볍게 웃었다. 커스 바이러스를 활성화시키면 남은 수명도 줄어든다. 사람으로서 살 수 있는 한계를 넘어 시인의 세계로 뛰어들게 된다.

하지만 그에게 후회는 없었다. 존 두를 쫓기 위해서라면 악마에게라도 영혼을 판다. 주류파는 아니었다고는 하나 크레이들의 연구원이 만든 바이러스의 투여마저 받았다. 팔 영혼이 아직 남아 있다면 기꺼이 팔리라.

하지만 어떻게 된 건지——사이가는 막다른 국면에 몰려 있었다. 신체 능력은 이미 한계까지 끌어올렸다. 상처는 막히고 있지만 다시 한번 쏘면 대미지를 입을 뿐이다.

이미 존 두를 놓치고 3분 이상 지났다. 추적할 수 있는 제한 시간은 여기까지다. 체이스를 미끼로 쓸까, 아니면 전대 파트너가 다시 도와주기를 기대할까.

아니, 히무로가 이쪽으로 다가오지 않는 것은 존 두를 쫓고 있기 때문일지도 모른다. 사이가는 그가 빈틈이 없다는 것을 잘 알고 있었다.

그러나 설령 히무로라 해도 자신의 사냥감을 양보할 수

는──.

"죽음을 모르는 자는 죽음을 뛰어넘은 자에게 이길 수
없다. 그것이 죽지 못한 자의──한계다."

"⋯⋯⋯⋯큭!"

사이가는 눈을 크게 떴다. 별안간 리퍼가 눈앞에 다가와─
─사이가의 심장에 칼날을 꽂은 것이다.

푸욱 하고 나이프가 빨려 들어가듯이 꽂혔다. 움직임이 전
혀 보이지 않았다. 한계를 숨기고 있었던 것은 사이가뿐만이
아니었던 것이다──.

"사이!"

"사이가⋯⋯ 군⋯⋯!"

체이스뿐만 아니라──시즈카의 목소리도 들렸다. 겨우
눈을 떴는데 충격적인 장면으로 완전히 의식이 돌아온 것이
리라. 좀 더 자고 있으면 좋았을 텐데, 라고 생각했다.

사이가는 가슴에서 칼날을 꽂은 채 두 무릎을 꿇었다. 리
퍼는 소리도 없이 뒤로 물러났다.

"윽⋯⋯."

사이가는 아직 어떻게든 그레이버를 쥐고 있었다. 그 총신
이 갑자기 경고음을 울렸다. 철컥, 하고 내부에서 뭔가가 움
직이는 소리가 나고──라스트 블릿이 장전됐다.

"사이⋯⋯!"

"기다려, 체이스 수사관! 그는 아직……!"

파트너와 상사의 목소리가 사이가에게는 묘하게 멀리서 들렸다. 의식이 끊어지고 있었다. 한편 그는 정확히 상황을 파악하고 있었다.

사이가는 한없이 죽음에 가까워져 있다. 심장에 손상이 있는 듯했다. 신체 능력이 올라간 덕분에 근육이 수축해서 가까스로 즉사하지 않고 넘어갔을 뿐이다.

커스 바이러스는 죽은 자를 되살리지는 못한다. 그러나 매장관이 죽음에 가까워질수록 활성화되어 그 육체를 시인에 접근시킨다. 사이가는 지금 그야말로 죽지 않고 아슬아슬한 곳에서 생사의 경계를 방황하고 있었다.

이제 곧——커스가 육체를 변화시킨다. 사이가 요라는 인간은 죽음을 거치지 않고 시인으로 바뀌는 것이다.

이미 라스트 블릿이 장전됐지만 사이가는 자신에게 총을 들 체력도 남아 있지 않았다. 파트너인 체이스가 그 역할을 완수하려 하고 시즈카가 말리고 있을 것이다.

이봐, 역할이 반대잖아——사이가는 웃음이 났다. 원래는 시즈카가 명령해 체이스에게 총을 쏘게 해야 할 상황이다.

"——아직 죽으면 안 돼요."

갑자기 목소리가 울렸다. 사이가는 마침내 천사라도 마중 온 것이 아닐까, 라고 생각했다. 물론 그는 천국도 전사도 믿지 않는다. 하지만 죽어가고 있다. 약간 이성을 잃기도 했으리라.

"……미안하지만 천사가 마중 나올 만큼 선행을 쌓지 못했어. 루벤스의 그림을 보러 온 것도 아냐. 거기에 파트라슈는 있으려나."

"언제 네 개가 됐지?!"

체이스가 날카롭게 따지고 들었다. 매장계에서는 한때 고전 애니메이션이 유행해서 사이가를 비롯한 사람들도 특정 애니메이션에 빠진 적이 있었다.

"당신은…… 여전하네요. 어떤 때든 사이가 요 그대로예요."

"……뭐야."

사이가는 고개를 들었다. 두 무릎을 꿇은 그의 앞에──한 여성이 서 있었다.

긴 머리는 투명하듯이 하얬다. 차가운 미모에 날카로운 눈빛이 빛나고 있었다. 자리에 어울리지 않는 것처럼도 보이는, 마치 피서지의 영애처럼 새하얀 원피스라는 복장이었다.

어딘지 모르게 어린 티가 남은 생김새 때문에 10대 소녀처럼도 보였다. 하지만 사이가는 그녀가 소녀가 아니라는 것을 알고 있었다.

"요와……."

"마지막으로 만났을 때도 당신은 그렇게 죽을 뻔했었죠."

그녀는 살짝 웃는 것처럼 보였다. 그것은 순식간에 사라졌다. 아니면 사이가가 본 환상일지도 몰랐다.

"……요와, 머리가 하얘졌어. 이미지 체인지야? 너도 이제 스물일곱 살이니까 더 차분한 색으로 하는 게 어때?"

사이가는 환상에 매달리지 않고 현실을 바라보며 말했다.

과거 요와의 머리는 밤보다도 까마귀의 깃털보다도 새까맸다.

"정말로 여전하네요. 언제나 신소리와 야유를 잊지 않아. 하지만 그런 당신이니까 시설의 모두가 당신을 인정했어요. 아무리 괴로워도 당신을 보고 있으면 왠지 안심할 수 있었어──."

"…………."

눈앞의 여성은 담담하게 이야기했다. 그 목소리, 그 느릿한 말투, 그리고 무서울 만큼 투명한 눈동자. 모든 것이── 사이가의 기억에 있는 여성과 일치했다.

크레이돌에서 함께 자라고 죽음의 행진의 한복판에서 헤어졌다 스크램블교차로에서 본 것을 마지막으로 3년 동안 만나지 못했다.

머리색을 제외하면 3년 전과 아무것도 달라지지 않았다. 부자연스러울 만큼 아무것도.

이 자리에 있는 전원이 멍하니 요와를 응시하고 있었다. 그녀를 아는 사이가와 시즈카뿐만 아니라 체이스와——리퍼마저도. 요와에게서 주위로 발산되는 압력을 느끼고 있는 것이리라.

원래부터 분위기가 있는 여성이기는 했다. 하지만 사이가는 그녀에게서 이런 이상함을 느낀 적은 일찍이 없었다.

"너도…… 죽었구나."

사이가는 쥐어짜듯이 말했다. 각오하고 있었던 일이었다. 예상도 하고 있었다. 하지만 현실을 눈앞에 두고 인정하고 싶지 않은 마음이 솟구치는 것을 멈출 수 없었다.

"네…… 저는 죽었어요. 하지만 아직 여기에 있어요. 그래서 여기에 있고, 해야 할 일을 할——."

"……나를 만나러 온 건가?"

"아직 만날 생각은 없었어요, 요 군. 그게, 당신은——."

사이가는 떨리는 팔로 그레이버를 쥔 팔을 들어 총구를——이 세상에서 가장 사랑하는 여성에게 향했다.

"당신은 시인을 쏴요. 그래, 그것이 나라 해도——."

"내게 총을 맞으러 왔다…… 그건 아니겠지?"

"저는——분실물을 회수하러 왔을 뿐이에요."

그렇게 말하고 요와는 원피스의 주머니에서 휴대 단말기를 꺼냈다. 사이가도 본 적 있는 그녀의 단말기였다.

존 두는 3년 전 시부야에서 주웠다고 말했다. 어째서 그게 요와의 손에 돌아간 걸까──.

"용건은 그리고 하나 더 있어요. 당신에게 '엎드려'라고 말하러 왔어요."

"뭐라고……? 체이스, 시즈카!"

사이가는 깜짝 놀라 소리를 질렀다. 그때 체이스는 이미 반응해 시즈카를 넘어뜨리듯이 밀어 땅바닥에 엎드려 있었다.

직후에 사이가의 시야가 새하얗게 물들었다. 무시무시하기까지 한 빛과 큰 소리, 그리고 열파가 몰아쳤다. 어디에서 날아온 섬광 수류탄이 폭발한 것이다.

"……기, 기다려, 요와……!"

사이가는 일어나려하다 비틀거리며 땅바닥에 양손을 댔다. 잊어버리고 있었지만 여전히 가슴에 나이프가 꽂혀 있었기 때문이다.

어떻게든 눈을 떴을 때──요와의 모습은 안개처럼 사라져 있었다.

그리고 그 대신 새롭게 나타난 것은──.

"존 두……?"

사이가는 중얼거렸다.

그렇다, 방금 전까지 요와가 서 있던 장소에 존 두가 다시 모습을 보이고 있었던 것이다.

그러나 정장 차림의 어디에나 있을 법한 중년 남자는——미간에 커다란 구멍이 하나 뚫려 희미하게 흘러나온 피가 그의 얼굴을 더럽히고 있었다. 활동을 정지한 것은 명백했다. 그의 몸이 흔들리나 싶더니 뒤로 쓰러졌다.

"이건 설마……."

사이가는 어안이 벙벙했다. 달리 생각할 길이 없었다. 도망친 존 두를——요와가 처리하고 여기로 옮겨왔다. 그 참에 단말기도 회수했으리라.

어쩌면 요와에게는 달리 동료가 있을지도 모른다.

그녀는 대체 정체가 뭘까. 과거의 요와는 시부야를 나간 적도 없고 무기류를 쥔 적도 없다. 경찰과 흉악범죄자가 대치하는 현장은 그녀에게 가장 어울리지 않는 장소다.

하지만 요와는 현실에서 이 홈에 있었고, 사이가가 총을 겨누어도 동요조차 하지 않았으며——그리고 다시 사라지고 말았다.

사이가의 머릿속에서 어지럽게 과거의 요와의 모습이 소용돌이 쳤고——.

"……리퍼."

"…………."

사이가는 갑자기 파트너도 상사도 아닌 적의 이름을 불

렀다. 리퍼는 존 두의 시체를 응시하고 있었다.

그레이버의 총신에는 라스트 블릿이 여전히 장전되어 있었다. 남은 총알은 하나.

지금의 사이가에게 이것으로 자신의 머리를 쏠 생각은 조금도 없었다. 방금 전까지 그렇게나 가까이 있었던 죽음이 멀어져 있었다.

분노다──요와를 다른 존재로 바꾼 수많은 것에 대한 분노.

영혼의 밑바닥에서 솟구친 그 분노가 사이가를 죽음의 심연에서 불러낸 것이다.

아마 지금 당장 시인이 될 일은 없을 것이다. 체이스에게 불쾌한 일거리를 떠맡길 필요도 없다.

커스가 끌어올린 신체 능력은 원래대로 돌아가 있었다. 남은 총알도 고작 한 발.

그레이버는 사용자의 상태를 수신해 라스트 블릿을 장전하지만, 원래대로 돌아가면 자동으로 총알이 배출될 만큼 편리하지는 않았다. 그보다는 시인화가 진행된 매장관이 인간으로 돌아가는 것을 상정하지 않은 것이리라.

그렇다면 고맙게 쓰면 된다. 총탄은 한 발이지만 상대도 한 마리. 존 두도 없다. 이 최후의 한 발을 박아 넣으면 시즈카를 지킬 수 있다.

"결판을 내자, 리퍼……!"

사이가는 소리치고 가슴에 꽂혀 있던 나이프를 뽑았다. 시즈카의 비명이 울리고 푸슉 하고 선혈이 뿜어져 나왔다.

또다시 대량의 피를 잃어 의식이 끊어질 뻔했다. 그러나 아직 죽음에는 이르지 않았다. 죽음의 심연을 들여다보지조차 않았다. 근육을 수축시켜 치사량의 피가 흘러나가는 것을 막았기 때문이다.

"요와는――내 손이 닿지 않는 곳으로 가버렸어. 그렇다면 적어도 총알이 닿게 해주겠어……!"

그것을 방해한다면 최강의 시인이라도 쓰러뜨리고 앞으로 나아간다. 사이가는 그레이버를 움켜쥐고 달려 나갔다.

"사이가 요, 너는 어디도 갈 수 없다. 너를 아는 자들도 모조리 죽여 살아 있었다는 증거까지 지워주마. 네 모든 것을――죽인다."

리퍼도 동시에 달리기 시작했다. 나이프를 거꾸로 쥐고 있었다.

역시 빠르다. 원래대로 돌아간 사이가의 눈으로는 움직임을 읽을 수 없으리라.

리퍼는 온몸을 불태우는 불꽃같은 분노와 함께 달려왔다.

그에 반해 사이가의 마음속에는 시인보다 차갑고 얼음 같은 냉철함이 있었다.

사이가는 리퍼에게 육박해 양손으로 그레이버를 겨냥했

고──.

"사이가 군!"

또다시 시즈카의 비명이 날아왔다. 리퍼의 나이프가 사이가의 왼쪽 손목을 절단한 것이다. 손목에서 앞쪽 부분이 높이 날고 피보라가 일어났다.

사이가는 냉정하게 한 손으로 그레이버를 겨냥했다. 녹색 투사 표시, 조준 수정은 보지 않았다. 이미 리퍼의 머리에 총구가 들러붙을 정도의 거리에 있었다.

"이 자식……!"

리퍼가 동요하는 표정을 보였다. 그도 눈치챘으리라. 사이가가 의도적으로 왼팔을 느리게 움직여 리퍼에게 잘렸다는 것을. 팔을 버리는 것에 대한 망설임도, 팔이 잘린 고통도 순식간에 분리한 것을. 살을 주고 뼈를 친다. 시인이 아니라도 자신의 몸을 희생하는 전법은 취할 수 있는 것이다.

수많은 수라장을 헤쳐온 그로서도 본 적은 없으리라.

인간이면서 이렇게까지 자신의 몸을 버리며 싸우는 적을──.

"사라져라, 시인. 존 두에 대한 동경과 함께──."

사이가는 리퍼의 이마에 들이댄 그레이버의 방아쇠를 서두르지 않고 조용히 당겼다.

엄청난 폭음과 섬광, 그리고 대구경 탄환이 청년의 머리를 꿰뚫었고——.

"사이가, 요……! 전사인 내가 어째서 인간 따위한테……!"

"영원은 순간만 못해. 괴물은——인간한테는 못 이긴다고, 리퍼."

천천히 쓰러져가는 청년을 바라보며 사이가는 평온하게 말했다.

요와를 시인으로 바꾼 존 두——그 부하, 노스페라투의 일원들도 한 명도 용서할 생각은 없었다.

시인들에 대한 분노만 있는 것은 아니었다. 사랑하는 사람을 쏴서라도 구하자고 맹세한 사이가의 집념이 한계를 넘지 못해도 리퍼를 능가하게 만들었다.

복잡하게 뒤섞인 애정과 증오와 몇 가지 감정——자신의 존재 유지밖에 생각할 수 없는 시인은 결코 가질 수 없는 것이다.

자기를 사랑해준 여자를 물건처럼 내다버린 아리마 요헤이, 죽은 동료를 돌아보지도 않고 도망친 타쿠토. 그들에게 정신이 육체를 능가하는 현상은 일어나지 않았다.

리퍼도 근원에 있는 것은 존 두에 대한 충성심뿐이다. 사이가는 많은 감정을 품었고, 그 마음은 끝없이 퍼져갔다.

죽지 못한 자라도 사이가 요는 인간이다. 그의 시간은 계속 흘러가고 마음은 계속 변화한다. 하지만 시인인 리퍼의 시간은 멈춰 있다. 그는 존 두에 대한 충성 이상의 마음을 결코 가질 수 없다.

사이가와 리퍼의——인간과 시인의 결정적인 차이가 그것인 것이다.

"너는 모를 거다. 아아, 이미 안 들리려나? 그걸——확인하지."

사이가는 그레이버를 내던지고 바지 뒷주머니에서 P228을 꺼내 쓰러진 리퍼를 향해 쐈다. 머리가 아니라 심장에. 이어서 두 발을 폐에. 간에, 두 발을 신장에.

더 쐈다. 쏘고 쏘고 쏘고 쐈다——소형이지만 장탄 수는 열다섯 발. 아직 쏠 수 있다——.

"이제 그만둬."

갑자기 옆에서 손이 뻗어 나와 사이가의 P228의 총신을 쥐었다.

검정 일색 복장, 헬멧에 프로텍터, 끈으로 M240을 몸 앞에 걸고 있었다.

간부 자위관이자 사이가의 옛 친구——히무로 토오루였다. 존 두를 쫓고 있었던 걸까, 아니면 몸을 숨기고 있었던 걸까.

"……마침 잘 왔어, 토오루. 그 총 내놔."

"그만두라고 했어. 그 녀석은 이미 죽었어. 쏴봐야 총알 낭비야."

"여전히 재미없는 놈이야. 당연한 말밖에 안 하는 거냐. 나는 총알을 낭비하고 싶은 기분이라고."

"멍청이가.

토오루는 날카로운 눈으로 사이가를 노려봤다.

"요와는 이미 죽었어! 그 녀석은――네가 죽였어! 네가 지키지 못해서 그 녀석이 죽은 거야! 그걸 인정 못 한다고 해서 시체에 화풀이하지 마!"

"……닥쳐."

사이가는 P228을 꽉 움켜쥐었다. 그렇다, 그도 알고 있었다. 요와도――마야의 친구들과 똑같다. 크레이돌에서 나고 자라 결국 그곳에서 도망치지 못한 채 죽었다. 죽어서 시인이 됐다.

아니, 마야의 친구들은 실험에 쓰이지 않았다. 요와는 가혹한 실험에서 물건처럼 취급받았고, 이 홈에서 멀리 여행을 떠나는 것을 꿈꾸면서도 사람으로서는 어디에도 가지 못했다.

내 탓이다――사이가는 자신을 용서할 수 없었다. 그녀의 가장 가까이 있으면서 지키지 못했다.

두 번째로 요와의 가까이 있던 히무로 토오루 역시 사이가를 용서할 수 없으리라.

"네게는 속죄가 남아 있어. 이런 데서 시체와 놀 시간이 없어."

"…………."

사이가는 P228을 내던졌다. 그만한 동작에도 견디기 어려울 정도의 통증이 온몸에 퍼졌다. 찔린 심장과 잘린 왼쪽 손목이 욱신거렸다.

속죄──요와를 지키지 못했고 또 그녀를 잃어버리고 말았다. 토오루가 말한 것처럼 사이가에게는 아직 속죄하지 않으면 안 될 죄가 있었다.

올바른 방법 따위는 모른다. 그런 만큼 사이가는 자기 나름의 방법으로 속죄할 수밖에 없다.

"요, 네 분노는 내가 받아주마. 그러니 요와를──요와였던 여자를 쫓아."

"…………."

"…………큭!"

"…………큭!"

커스로 강화된 육체와 파워 어시스트로 강화된 육체가 전력으로 주먹을 내질렀고 그 주먹은 서로의 뺨에 꽂혔다.

마치 거울에 비친 것처럼 움직임에서 위력까지 뭐든지 똑같았다. 같은 스승에게 배우고, 같은 역량을 길렀으며, 형태는 달라도 한계까지 신체 능력을 끌어올렸다.

사이가는 비틀댔고 토오루도 뒤로 한 걸음 물러났다.

"……받아주는 거 아니었어?"

"내 분노도 받아야지. 그렇게 너한테만 이득인 얘기가 있겠냐."

토오루는 희미하게 웃고 사이가의 어깨를 툭 쳤다. 그는 옛 친구다. 두 사람은 이미 절교했지만——우정을 품고 있던 과거가 사라진 것은 아니었다.

두 사람의 사이에는 늘 카스가 요와라는 존재가 있었다.

그녀가 있음으로 사이가와 토오루는 단순한 친구나 라이벌이라는 관계로는 있을 수 없게 됐다.

사이가는 요와를 지키지 못한 것을 떳떳치 못하게 생각했고, 토오루는 사이가를 미워하면서도 철저하게 그러지는 못했다.

20년 이상의 세월에 걸쳐 쌓아왔던 감정은 복잡하게 뒤얽혀 이미 당사자들도 풀 수 없어졌다.

"이제 됐어. 토오루, 얼른 가. 오늘 밤에도 자위대는 출동하지 않은 걸로 돼 있잖아."

"말 안 해도 이 이상 네 얼굴 따위는 보고 싶지 않다."

"그거 다행이군. 이제 슬슬 쓰러질 것 같아. 이왕이면 너나 체이스가 아니라 시즈카한테 안기고 싶어."

"……어처구니없는 놈이군."

토오루는 아직 사이가의 어깨에 놓여 있던 손에 힘을 실어──얼굴을 귓가로 가까이 댔다.

"......................."

토오루는 거의 알아들을 수 없는 목소리로 속삭였다. 한 말은 아주 짧아서──.

"……그렇겠지."

사이가는 그렇게 대답했을 뿐이었다. 그 말을 듣자 토오루는 어깨에서 손을 떼고 등을 돌려서는 홈의 출구로 걸어갔다.

그리고 사이가는 천장을 올려다봤다. 유리로 된 천장에는 밤하늘과 달이 보였다. 보름달까지 아주 조금 남은──십삼야 달이었다. 달을 부르는 방법을 가르쳐준 것은 아직 인간이었던 시절의 그녀였다.

"으아아아아아아아아아아아아아!"

사이가는 울부짖었다. 달을 향해. 흘러넘칠 듯한 감정을 말로 하지 않고 그저 고함에 실어 풀어놓았다.

몸의 아픔도 마음의 아픔도 이제 멀어지고 있었다. 토오루에게 말한 대로 당장이라도 의식을 잃을 것이다.

그래도 사이가는 계속 소리쳤다. 마치 짐승처럼. 그것은 눈물 없는 통곡이자 사냥감을 구하는 울음소리였다──.

연보라색 도라지꽃이 미풍에 흔들리고 있었다.

사이가는 그 꽃들을 보고 살짝 미소 지은 후 자기 집이 아니라 묘지 쪽으로 향했다.

와이셔츠 어깨에 정장 상의를 걸치고 있었다.

새하얀 무덤이 즐비하게 늘어선 묘지로 들어가 더 나아갔다.

묘지 구석에 흙이 평평한 장소가 있었다. 죽음의 행진의 희생자들을 장례 지낸 묘지는 약간의 여유를 가지고 만들어졌다.

하지만 아마 이 이상 무덤이 늘어나지는 않을 것이다. 죽음의 행진의 희생자는 이미 대부분 신원이 확인되어 장례가 끝났기 때문이다.

묘지 근처에 삽이 한 자루 꽂혀 있었다. 언젠가 이 근처에도 화단을 꾸밀 생각에 사이가가 놓아둔 것이다.

"화단은 또 다음으로 미뤄야겠군."

사이가는 오른손 하나로 삽을 뽑았다. 왼팔은 팔꿈치 부근부터 손끝 근처까지 깁스로 단단히 고정되어 있었다.

왼쪽 손목이 절단되고 사흘이 지났다. 다행히 손목의 접합 수술은 무사히 끝나서 커스 바이러스가 혈관과 신경을 수복하고 있다.

고통은 견디기 힘들 정도다. 진통제도 처방되지 않았다. 접합 수술 뒤에 신경이 무사히 이어졌는지를 확인하기 위해서 진통제를 쓸 수 없는 것이다. 아픈 것은 수술이 성공했다는 뜻이다.

단면은 조직이 거의 뭉개지지 않고 깨끗해서 잇기 쉬웠다고 한다. 리퍼에게 감사는 하지 않겠지만 자른 상대가 그였던 것이 불행 중 다행이었다.

"엇, 큭…… 어라? 젠장, 한 손으로 삽질은 어렵군. 1차 세계대전 때는 최강의 무기였을 텐데. 뭐 이리 쓰기 힘들어."

"괜찮으면 내가 바꿔줄게."

"그래…… 응?"

갑작스러운 목소리에 사이가는 고개를 돌렸다. 거기에 시즈카가 서 있었다.

평소의 정장 차림이 아니라 민소매 니트에 미니 청치마라는 편한 차림이었다.

기분은 아주 좋지 않아 보였다. 사이가를 날카롭게 째려보며 삽을 그대로 땅에 꽂았다.

"이봐, 바꿔주는 거 아니었어?"

"그럴 리 없잖아. 너 무슨 생각이야? 병원을 탈출하다니, 심장을 다치고 팔도 사흘 전에 붙였을 뿐이잖아?"

"병원은 싫어해. 밥은 맛없고 디저트로 케이크도 안 나와. 거기다 귀여운 간호사는 어째선지 내 담당이 안 된단 말이지."

"불순한 생각을 하니까 담당해주지 않는 거야. 병원에 뭘 기대하는 거야."

사이가는 입을 다물고 어깨를 으쓱거렸다.

"일부러 여기 출입 허가를 받아 찾으러 와보니…… 뭘 하고 있는 거야. 아사쿠라 씨가 걱정하고 있어. 찾으면 다리도 잘라서 탈출 못 하게 해준대."

"내 고향에서는 그건 '걱정한다'고 안 해. 발상이 병적이야."

"네 고향 얘기는 몰라도 돼. 나도 찬성하고 싶은 기분이야. 그 애, 요전 임무에서 제외돼서 이제 난폭하기만 해. 손을 댈 수가 없어."

"직장에 돌아가기가 무서워졌어…… 범인보다 동료가 무서우면 어쩌자는 거야?"

하지만 사이가는 마야를 데리고 가지 않아서 다행이라고 진심으로 생각하고 있었다. 그녀라면 고전하지 않고 리퍼를 쓰러뜨렸을지도 모르지만 그 청년은 너무 위험했다.

위험의 정도가 낮다고 소녀를 목숨이 걸린 임무에 데리고 나가도 될 리는 없다. 하지만 겉으로는 어쨌든 사이가는 앞으로도 지나치게 위험한 임무에는 마야를 데리고 가지 않을 것이다.

"다음에 데이트라도 하자고 해. 그걸로 기분이 풀린다면 싼 거잖아."

"여고생과 데이트라. 꿈같은 얘기로군. 경찰 아저씨한테 안 잡혀가면 좋겠는데."

이러니저러니 해도 마야를 데리고 나가는 것은 나쁘지 않다. 여름도 본격화되는 시기이고, 아직 어린 소녀를 일만 하게 하는 것도 가엾다. 가끔은 사이가도 기적적으로 상냥함을 발휘한다.

"우왓…… 이런."

갑자기 사이가가 몸을 비틀거렸지만 삽에 달라붙어 겨우 넘어지지 않고 버텼다.

"잠깐만, 괜찮……을 리가 없겠네. 자기 묘를 파는 건 아직 이르잖아. 돌아가."

"요와의 묘야."

사이가의 팔을 잡으려 하다 시즈카는 움직임을 우뚝 멈췄다. 그의 눈을 물끄러미 응시했다.

"그 녀석이 어째서 3년이나 모습을 감췄는지 무엇이 목적이었는지는 몰라. 하지만 하나 확실한 게 있어. 요와는──틀림없이 시인이 됐어. 그러니까 나는 그 녀석을 쏘지 않으면 안 돼. 아아, 확실한 건 두 개였군."

"……네가 할 일은 없어. 아니, 네가 쏴서는 안 돼……."

시즈카는 사이가의 소매를 꽉 잡아끌었다.

"내가 하지 않으면 안 돼. 알잖아?"

"……몰라."

사이가는 많은 것을 설명하지 않았고 시즈카는 작게 고개를 저었다. 정말로 모르는 건지, 모르는 척을 하는 건지. 사이가는 추궁하지 않았다.

요와와 결착을 지을 수 있는 인간은 달리 없다. 사이가는 그녀와 가장 오래 시간을 보냈다. 다른 누구에게도 이 역할을 맡길 생각은 없었다.

"언젠가 나는 나를 쏠 거야. 그 전에──나는, 요와를 쏘겠어."

"…………."

그것이 사이가의 결의였다. 이 결의를 시즈카에게 들려주는 데──의미가 있었다.

"그런데 존 두의 수사는 어떻게 되고 있지? 조사하고 있잖아?"

"……갑자기 화제가 바뀌었네. 당연히 조사하고 있지. 시체를 회수해 지문과 DNA로 신원을 조사하고 있는 차야. 경찰의 데이터베이스와 조회하고 있는데, 현재 괜찮은 성과는 없는 듯해."

지문도 DNA도 전과가 없는 한 경찰에는 등록되지 않는다. 물론 등록자 쪽이 적다. 개인 정보는 엄중하게 보호되고 있기 때문이다.

"잠깐 집에 돌아가고 싶어. 침실에 보여주고 싶은 게 있거든."

"……침실?"

시즈카가 수상쩍은 표정을 지었다. 아쉽지만 사이가에게 그녀를 침대로 끌어들일 생각은 없었다. 이 왼팔로는 아무런 일도 하지 못하리라.

수상쩍게 생각하면서도 시즈카는 사이가에게 어깨를 빌려줘 집으로 데리고 갔다. 안에 들어가 복도를 지나 거실에서 침실로 이어지는 문을 열었다.

"…………?! 이, 이건?!"

열자마자 시즈카가 깜짝 놀랐다.

"남을 이 방에 들인 건 처음이야. 마야 역시 이 문은 안 열어."

"……그 애를 침실에 데리고 들어간다면 문제였겠지만…… 이건 다른 문제가 있어."

사이가는 또다시 어깨를 으쓱거리고 방 중앙에 앉았다. 침

실이라 해도 침대는 없었다. 방의 네 벽에는 모두——중앙
에 놓인 PC에서 나오는 홀로그램이 떠올라 있었다.

"반출 엄금인 수사 자료 파일에…… 이쪽은 전부 사진? 몇
명분이 있는 거야?"

"경찰의 수사와는 별개로 개인적으로도 조사를 진행하고 있
어. 아아, 정확히는 경찰의 수사 결과를 참고하고 있는 거지."

"어째서……? 개인적으로 한들 대단한 성과는 없잖아?"

"경찰의 수사는 상층부가 지시를 내리고 시즈카나 무로마
치가 방침을 결정해. 내 수사는 내 머리로 방침을 정할 수 있
어. 크레이돌 내부에서 20년 이상 자라고 아마 존 두의 옆에
있었던 내 머리가 있으면 결과는 전혀 달라질 거야."

"잠깐만, 존 두는——."

"그건 가짜야."

사이가는 딱 잘라 말했고 시즈카는 할 말을 잃었다.

"대역이라고 하는 편이 좋을까? 똑같이 생겼다면 진짜를
찾기 쉬워지지 않을까."

"기, 기다려봐. 존 두는 카스가 요와가 죽였어. 당신은 그
남자와 얘기했잖아. 그런데 다른 사람이라고 생각했어?"

"토오루가 말했어. 그 녀석은 가짜라고. 그 녀석은 Z야.
자위대도 독자적으로 존 두를 계속 조사하고 있어. 이유까지
는 가르쳐주지 않았는데, 존 두라고 밝힌 그 남자가 누구

인지 알고 있는 건지 달리 뭔가가 있는 건지는 몰라."

"이, 이유도 없이 믿을 수 있을 리가 없잖아. 히무로 이등위는 다른 조직 사람이야. 당신을 혼란시키려 하는 걸지도──."

"나는 존 두라는 의혹이 있는 인간을 닥치는 대로 리스트업하고 있어. 적어도 수상한 녀석은 목록에 싣고 있으니까 3천 명이 넘은 때도 있었어. 겨우 세 자릿수로 끊었지만 줄여가고 있다고는 말 못 해."

사이가는 PC를 조작해서 수십 장의 사진을 모아 벽에 표시했다.

"이건…… 무로마치 경시에…… 키바 형사?! 이쪽의 제복 경찰도 본 기억이 있어……."

"경찰은 늘 선수를 빼앗겨. 정보를 흘리는 녀석이 있거나 그 녀석 자신이 존 두거나. 무로마치는 크레이돌의 주재 연구원 중 한 사람과 도쿄대에서 같은 세미나에 있었어. 키바 아저씨는 죽음의 행진 전에 크레이돌을 의심했던 일부 형사들과 함께 내사를 진행하고 있었지. 그 내사는 놀랄 만큼 성과가 안 나왔어. 마니와 순사는 병을 앓는 딸을 크레이돌에 보냈어. 전원이 어떤 형태로 존 두와 관련됐을 가능성이 있어."

"그럴 수가……."

시즈카는 멍하니 사진을 응시했다.

사이가는 경찰에서 정보가 누설되는 것을 진부터 의심하

고 있었다. 이번 일련의 사건으로 그것은 확신으로 바뀌었다.

다만 용의자를 경찰 관계자만으로 한정하기에는 뒷받침할 정보가 너무 적었다.

벽에 비치고 있는 것은 경찰 관계자뿐만이 아니었다. 지금도 바이러스 연구를 계속하고 있는 시미파의 연구자, 크레이돌의 출자자로 짐작되는 기업 경영자들도 있었다.

"리스트에 요전에 본 녀석은 없어. 그리고——."

"그리고……?"

"뭔지는 알 수 없지만 존 두에게는 목적이 있어. 죽음의 행진 같은 터무니없는 행동을 저지른 것도 그 목적을 위해서야. 3년 동안 꼬리를 잡히지 않을 정도의 녀석이야. 목적도 없이 취미나 호기심으로 움직이지 않아. 지금도 계속 움직이고 있는 이상 녀석의 목적은 달성되지 않았어."

"그러니까——일부러 위험을 무릅쓰고 당신 앞에 나타나지 않는다?"

"생각해보면 리퍼의 행동도 이상했어. 녀석은 진심으로 존 두한테 심취해 있었을 거야. 하지만 그 녀석은 내가 대역의 손을 쏠 때까지 모습을 보이지 않았어. 요와에게 대리가 처리됐을 때도 아무런 반응도 보이지 않았어. 리퍼 정도의 실력자라면 그럴 마음만 먹으면 대역에게 상처 하나 안 나게 하는 건 간단하잖아?"

"……이미 대역으로 확정했네."

"리퍼는 진짜 강했어. 어떤 인생을 보내면 그렇게 강해 질지 상상하기도 싫어질 만큼. 그런 그 녀석이 지키지 못 했다──아니, 진심으로 지키려 하지 않았다. 그게 가장 큰 증거일지도 몰라."

시인인 리퍼를 인정하는 말은 하고 싶지 않았지만, 그의 힘만은 진짜였다. 수많은 시체를 쌓아올리고 넘칠 정도의 피 를 흘려서 얻은 힘.

사이가 역시 마찬가지다. 리퍼가 인간을 죽이고 강해졌듯 이 사이가는 시인을 부수고 강해져갔다.

사이가와 리퍼는 지극히 가깝고 결정적으로 달랐다.

그것 역시──인정하고 싶지는 않은 점이었지만 말이다.

"뭐, 그리 오래는 걸리지 않을 거야.

사이가는 웃고 PC를 조작해 이번에는 사진을 지웠다.

"조만간 그 대역의 정체는 판명되겠지. 존 두가 아니라는 것도 증명될 거야."

"그리고 당신은 다시 무모한 짓을 계속하는 거네."

"이해심 있는 상사의 밑에서 일해 다행이야 나는. 앞으로 도 잘 부탁해, 나카조 경부님.

"…………."

시즈카는 진심으로 싫은 듯한 얼굴을 하고──다음 순간 눈을 크게 떴다.

"……사이가 군?"

"………………."

사이가는 아무 말도 할 수 없게 됐다. 그도 알고 있었던 것이다. 자기 눈에서 눈물이 흐르고 있는 것을.

"……존 두를 쫓고 있으면 잊을 수 있다고 생각했는데 말이야. 녀석을 쏘는 것만 생각하면 된다고 생각했는데 말이야."

"슬퍼?"

"요와는 죽었어──걷고 말해도 이미 옛날의 요와는 아냐. 시인은 이미 살아 있지 않아. 내가 계속 해왔던 말이야. 얄궂은 얘기지……."

사이가는 흐르는 눈물을 그대로 두고 말을 이었다.

"시인에게는 이 3년 동안 익숙해졌을 거야. 하지만 아는 상대가, 잘 아는 여자가 시인이 돼 나타나는 건──나 같은 남자도 조금 힘겨운 모양이야."

"……가끔은 솔직해져보는 것도 좋은 일이잖아?"

시즈카는 부드럽게 말하고 몸을 숙여 사이가의 몸을 끌어당겼다.

사이가는 달콤한 향기와 상냥한 부드러움에 감싸였다.

"아직 인사를 못 했네. 구해줘서 고마워. 네가 없었다면 나는 분명 죽었을 거야. 너는 적어도 나를 구했어."

"두 번 다시 못 구하는 건…… 질색이야."

사이가는 오른팔을 시즈카의 등에 두르고 강하게 끌어안았다. 이 포옹이 어디로 향하는 건지 그는 알지 못했다.

하지만 이대로 그녀를 안고 있고 싶었다.

그렇다, 그는 슬프다. 가장 소중한 사람에게 총을 겨누고——두 번째 죽음을 줘야 하게 됐으니까.

그래도 이 슬픔을 안고 살아가는 것이다.

언젠가 그녀를 쏘는 날까지——.

작가의 말

처음 뵙겠습니다, 혹은 오랜만입니다. 카가미 유입니다.

처음 책을 내는 레이블에서 집필하게 되어 담당자님과 상
의한 결과 '형사물'이라는 소재는 비교적 순조롭게 결정되
었지만 또 한 가지 요소가 탐이 났습니다.

원래 좀비물 게임이나 드라마를 좋아해서 소설에서 쓸 기
회를 호시탐탐 노리고 있기도 했으니 그쪽 요소도 섞어보
았다──는 것이 이 작품이 탄생한 경위입니다.

성인 주인공도 신선하네요. 초식계 성인 주인공은 몇 번인
가 쓴 경험이 있지만 이번 작품처럼 껄렁한 쪽도 써보니 즐
거웠습니다. 좀비보다 고약한 주인공의 활약, 즐겨주시면 기
쁘겠습니다.

일러스트를 담당하신 Daisuke Izuka 선생님, 담당 편집자님, 이 책의 제작에 관계해주신 모든 분, 그리고 독자 여러분. 감사합니다!

　그러면 다시 만나 뵙기를 바라겠습니다(그리고 작가의 말이 어수선해서 죄송합니다).

카가미 유

도쿄 데드라인

2022년 7월 23일 1판 1쇄 인쇄
2022년 7월 30일 1판 1쇄 발행

지 은 이	카가미 유
일 러 스 트	이즈카 다이스케
옮 긴 이	신동민
발 행 인	유재옥
본 부 장	조병권
편 집 1 팀	김준균 김혜연 박소연
편 집 2 팀	정영길 조찬희 박치우 정지원
편 집 3 팀	오준영 곽혜민 이해빈
디 자 인	이가민
라 이 츠	맹미영 이승희 이윤서
디 지 털	박상섭 최서윤 김지연
발 행 처	(주)소미미디어
등 록	제2015-000008호
주 소	서울시 마포구 토정로 222, 403호(신수동, 한국출판콘텐츠센터)
판 매	(주)소미미디어
제 작 처	코리아피앤피
영 업	박종욱
마 케 팅	한민지 최원석 최정연 한소리
물 류	허석용 백철기
전 화	편집부 (070)4253-9250, (070)4164-3960 기획실 (02)567-3388
	판매 및 마케팅 (070)4165-6888, Fax (02)322-7665

ISBN 979-11-384-1180-6 04830
ISBN 979-11-384-1161-5 (세트)